L'APOTHÉOSE

Florian Reynaud

L'APOTHÉOSE

© 2024 Florian Reynaud

Édition : BoD · Books on Demand GmbH,

In de Tarpen 42, 22848 Norderstedt (Allemagne)

Impression : Libri Plureos GmbH, Friedensallee 273,

22763 Hamburg (Allemagne)

ISBN : 978-2-3225-5326-6

Dépôt légal : Décembre 2024

1.

Lily bloqua sa respiration et mit la tête sous l'eau. La piscine était douce, à peine chlorée. Entrer dedans était pour elle ce qu'il y avait de mieux à faire pour commencer la journée.

Elle avait d'abord pensé sortir le roman qui se trouvait au fond du sac, en attendant que les autres fussent levés. Mais elle avait ressenti le poids lourd du soleil, passé le seuil de la maison. L'appel de l'eau avait donc été plus fort, un moyen de se réveiller doucement. Elle s'était glissée dedans mais n'y avait simplement trouvé qu'une légère fraîcheur. Elle aurait préféré se mettre nue, mais craignait qu'on la surprît.

Le décor de la veille sous les yeux, elle se remémorait la soirée. De courtes scènes lui revenaient, transformant le paysage matinal d'amoncellement de restes, en instants d'échanges et de fête. Les mégots reprenaient leur allure de vives cigarettes, les verres vides au sol retrouvaient leur éclat vertical. Elle revoyait les sourires et les rires qui entouraient David, le sujet de toutes les attentions le jour même de ses quarante ans.

Il y avait là pour lui les frères, sœurs, cousins, cousines, que Lily fréquentait depuis l'adolescence, les épouses et époux, qu'elle connaissait aussi. Ils étaient rentrés chez eux, peu à peu, après les animations programmées. À la fin de la parodie écrite exprès, sur le tube de Gloria Gaynor, c'était comme un car qu'on aurait affrété pour rejoindre Marseille, où tout le monde ou presque résidait. Ceux qui dormaient sur place, c'était les hôtes et les amis, une quinzaine de personnes tout de même.

Lily s'apprêtait ce matin à découvrir le seul convive avec lequel elle n'avait pas échangé un mot la veille, Alain, qui sortit de la maison sans cacher sa surprise, étouffé par la chaleur.

L'onomatopée *pfiou* ne saurait suffire à représenter le son qui sortit de sa bouche, tant ce son fut long, languissant, sinueux, accompagné d'un sifflement profond depuis le ventre. « Tu devrais me rejoindre dans l'eau, on y est bien », lui dit Lily. « C'est une idée », répondit-il. Ce fut ainsi le début de leur première conversation, parfois assis sur le rebord du bassin, parfois l'un dedans, l'autre dehors.

Lily fut d'abord frappé par l'aspect blanchâtre et boutonneux de la peau d'Alain, qui se paradait de plaques rouges dès qu'il passait cinq minutes hors de l'eau. Une peau de roux, se dit-elle, alors qu'il avait les cheveux bruns. Alain, quant à lui, dut attendre avant de voir le corps de Lily en entier. Ce fut d'abord le visage, blond et tanné, puis le buste, deux seins qui l'étourdirent sur le moment, enfin des jambes qui le convainquirent qu'ils n'étaient pas faits du même bois. Dans le respect de leurs origines respectives, elle avait la silhouette toscane généreuse, il avait la carrure ornaise fragile. Elle était loquace quand il se savait taiseux, elle lui semblait de bonne famille quand il se disait de modeste facture.

Alain était un ami de longue date de David. Ils s'étaient connus pendant leurs études en informatique à Grenoble, fréquentant les mêmes cours. Ils avaient gardé le contact, tous les deux, tandis que les autres copains de la promotion avaient peu à peu disparu. Alain venait du Grand Ouest, mais il ne rendait plus visite à sa mère qu'une fois tous les deux ans. Il se demandait s'il n'allait pas attendre encore davantage, le temps passant. Il avait une sœur, dans l'Orne également, en couple sans enfant. Stérile, dans une démarche complexe d'adoption, elle n'était pas très agréable à côtoyer, dit-il à Lily, de ce fait selon lui. Il ne souhaitait pas davantage la revoir que sa mère, tout du moins dans les semaines ou les mois à venir. Le téléphone suffisait, de temps en temps, mais pour ne rien se dire, savoir qu'on est vivant, tout simplement.

Le père d'Alain ? Lily sentit qu'elle touchait un point sensible en abordant le sujet. Elle comprit d'abord qu'il était décédé plutôt qu'il n'était parti, une intuition qui s'avéra juste une fois qu'Alain se fut autorisé à en parler. Il était mort dans un accident de chasse, Alain n'avait que quinze ans. C'était difficile pour lui d'en discuter, perçut Lily. Il précisa tout de même que ce père ne travaillait plus depuis trois ans, quand le drame était arrivé, licencié de sa boîte à cause de son goût trop prononcé pour le l'alcool.

Alain résidait maintenant dans Valence. Venu à la fête parce que ce n'était pas loin, il ne connaissait personne en dehors de son ancien camarade. Il passait dix jours dans le Sud à cette occasion. Il aimait Marseille, pour ce qu'il en connaissait.

Ils travaillaient dans le même domaine, David et lui, ils avaient toutefois pris deux voies différentes. Alain était à son compte, seul, dans la conception de sites web pour les entreprises et les collectivités, tandis que David s'était spécialisé dans les solutions internes à de grandes structures, programmant des logiciels de gestion. Au-delà de leurs parcours, ils n'avaient plus grand-chose à échanger, s'était-il dit cette nuit, leurs préoccupations et leurs loisirs avaient également bifurqué.

Alain cherchait à se dégourdir dans l'eau. Il avait dormi sur un matelas une-place, au sol, à l'entrée de la salle de bains, à l'étage. Plusieurs fois dans la nuit, ils l'avaient réveillé, ceux qui confondaient sa porte avec celle des toilettes. Ses articulations et ses nerfs s'en remettaient dans la lenteur.

Lily n'avait pas eu cet embarras, on lui avait réservé son lit, deux places et seule. Ainsi convive de marque, elle aurait mal vécu un quelque autre traitement. Certes une heure après son coucher, elle eut la surprise de se voir rejointe par une amie de David, mais qui l'avait à peine réveillée. Un autre corps dormait au pied du lit, au matin, sur le tapis, sans qu'elle n'en ait rien perçu avant de manquer lui marcher dessus en quittant la chambre.

Elle dormait toujours mieux en dehors de chez elle, elle disait que cela venait de son enfance, quand dormir chez ses amies, toutes de familles aisées, était un refuge vis-à-vis des difficultés supposées de son foyer. Née à Marseille, elle n'avait quitté la ville qu'à dix-huit ans. Ses parents, ouvrier du bâtiment et employée de supérette, l'avaient appelée Simone, mais dès le collège elle avait choisi, pour la vie quotidienne, son deuxième prénom, Liliana, d'où le diminutif Lily, du nom de sa grand-mère paternelle, celle qui lui donnait ses origines toscanes. L'aïeule était morte à présent, tout comme les parents de Lily. Il ne lui restait plus que son autre mémé, qu'elle visitait régulièrement dans son petit logement de la Rouvière, au sud de la ville. Lily était revenue à Marseille, dans l'appartement que lui avait laissé la famille, un héritage qui dénotait par rapport à leurs emplois modestes, tout comme le compte en banque bien pourvu qu'avait laissé son grand-père d'Italie, d'affaires louches qui restaient pour elle un mystère.

Pendant sa scolarité marseillaise elle avait rencontré David, devenu son meilleur ami. Elle avait côtoyé, au fur et à mesure, toute sa famille, ses amis, jusqu'à Sarah sa première petite amie sérieuse, devenue plus tard son épouse, devenue entre temps meilleure amie de Lily, au début du lycée. Elle les avait perdus de vue pendant ses études à Lyon dans le marketing, milieu professionnel dans lequel elle survivait malgré elle à présent, sans conviction. Le retour à Marseille avait primé sur une quelconque évolution positive de carrière. Il lui paraissait vain de chercher à faire plus, et mieux, sans y croire elle-même.

On en était là, de considérations personnelles, quand ils firent place à deux nouveaux dans la piscine. David et Kader se joignirent à eux, encore à leur soirée. Ils rappelèrent à Lily quand elle avait fait l'expérience, avec les autres filles non mariées, de jeter sa chaussure du haut de l'escalier. Tombée à l'endroit, pour elle, pas de mariage dans l'année. Mais à l'envers, la semelle visible, on comptait les marches pour savoir le nombre de semaines avant les noces, et ce furent huit semaines pour une cousine de Sarah, malgré ses dix-huit ans, ce qui les fit ce matin de nouveau bien rire.

Alain gardait le silence, ce ne fut pas sans faire de la peine à Lily. Elle voulait continuer avec lui, et le simple fait de prendre conscience de ce souhait, de ce désir, elle en fut touchée. Alors elle rusa. Elle prit le parti d'aller préparer le café, sans réveiller les deux filles allongées sur les canapés du rez-de-chaussée. Elle se sentit comme un éléphant dans un magasin de porcelaine, quand elle ouvrit les placards pour trouver le sachet d'arabica et les filtres. Bon an mal an elle remplit quatre tasses, en sortit deux sur une grande table pour David et Kader, toujours dans l'eau, et en apporta deux dans le salon de jardin en faisant signe à Alain. Sorti de la piscine, il était resté tout le temps debout, comme perdu, le regard vers le massif proche.

Ils purent reprendre leur conversation, mais ce fut court. Elle eut à peine le temps de lui expliquer qu'elle voulait changer radicalement de métier, qu'à quarante ans c'était le déclic. Il avait pu esquisser qu'il comprenait, qu'il se posait lui-même la question parfois mais sans se décider. Les deux filles du salon se levaient, les petits bruits de Lily et l'odeur de café les avaient convaincu qu'elles n'étaient plus très fatiguées. Elles sortirent et reprirent comme si le sommeil n'avait été qu'une touche pause enfoncée. Ainsi se remirent-elles à danser, mais sans musique encore, et à causer dans la grandiloquence, encore tout à la fête.

Ils se retrouvèrent vite une dizaine à tourner sur la terrasse. Sarah, encore mal éveillée, sortit des viennoiseries, d'autres cafés furent servis. On allait et venait dans l'eau, on discutait de tout de rien. Alain lui-même commençait à s'ouvrir, à trouver le sourire qu'il n'avait pas réussi à décrocher dans la nuit.

Pour briser la glace, dans la soirée, il avait bien pris une initiative, servir le Champagne. Il était passé voir chacun, tendre un verre, mais cela n'avait pas pris. On l'avait considéré comme le serveur auquel on sourit en retour, sans autres égards. Ce matin, il attrapait des mots, des phrases, au passage, il rebondissait dessus, et les autres étaient plus détendus. Parfois chantonnait-il *I will survive* dans le texte parodié qu'il avait été le seul à apprendre par cœur pour la surprise à son ami.

Lily, toujours dans la ruse, le repéra de nouveau seul dans la piscine. Elle se détacha discrètement des filles pour le rejoindre. Elle voulait savoir ce qu'il avait en projet pour les heures et jours à venir. Et ce n'était pas grand-chose. Alain passait la semaine à Marseille dans une location de la Pointe Rouge. Il avait prévu une promenade dans les calanques de Sugiton, dès ce lundi ; il apprit à Lily que c'était réservation obligatoire pour y aller. Le projet plaisait à Lily, c'était son enfance, les calanques. Elle dit qu'ils pourraient y aller ensemble. S'il ne s'y opposa pas, elle sentit l'homme habitué à la solitude, qui s'était forgé son idée de la semaine, qu'il vivrait seul, isolé. Elle pouvait le conduire à Marseille en voiture, comme il n'en avait pas sur place et comptait sur David pour le transporter. Elle pouvait lui faire la visite. Il ne s'y opposait pas, avec même un semblant d'enthousiasme.

En les voyant flirter dans la piscine, d'abord sans trop y croire, puis en admettant que c'était bien ce qu'elle observait, Sarah fut sujette à une réaction physique d'ampleur. Son visage, encore ensommeillé, se décomposa doucement, les yeux ronds, mais surtout le menton qui tombait, les joues qui dégoulinaient, la bouche qui s'ouvrait à demi, lentement. Pour elle c'était sa meilleure amie s'avilissant. Elle avait un mauvais souvenir d'Alain, quand il était venu chez eux, deux ans auparavant, un sentiment de perversité. Elle n'avait rien eu de concret à lui reprocher ; elle ne l'aimait pas, tout simplement. Elle n'aimait pas son attitude, elle était rebutée par sa peau, elle trouvait son regard trop fuyant.

Et quand Lily prit une pause pour aller aux toilettes, et pour assurer, au sec, sa propre réservation pour les calanques, Sarah ne se fit pas attendre et la retrouva, dans la discrétion d'un intérieur maintenant vide, pour lui faire part de son avis. Ce fut alors une scène qu'aucune des deux n'aurait imaginé vingt-quatre heures auparavant.

- Mais que fais-tu donc, avec Alain, tu le dragues ? Lily, tu le dragues ?

- Comme tu y vas ! On discute, simplement, là, je ne le connaissais pas.

- Fais attention, Lily, je ne sens pas ce gars-là, je ne le sens pas.

- Tu me connais, Sarah, tu sais que je n'y vais pas comme ça. On discute simplement, là.

- Je te connais, Lily, je te connais, oui. Et c'est pour ça que je te le dis, que je ne le sens pas.

- Arrête de marronner, Sarah. Moi je te dis de me laisser voir, je ne suis pas plus bête que toi. Je le sens, je le sens pas, on verra bien, je te dis qu'on discute simplement, là. Je vais le conduire à Marseille, et voilà.

- Quoi ? Tu vas le conduire, et puis quoi ? Je te connais, Lily, tu vas t'embarquer dans un truc qui te dépasse, là ! Il n'est pas clair, ce mec, il m'a fait peur, quand il est venu, j'ai même eu peur pour mes enfants, dis-toi.

- Oh, tu me gaves, toi ! Il a fait quoi, donc, de si grave ?

- Rien, c'est en lui, comme une forme, que j'en sais, de maladie, de vilenie.

C'était un dialogue sans issue, la seule sortie fut l'explosion. Tandis que jusque-là les deux filles parlaient sans trop d'intonations, sans trop d'accent du Sud, celui-ci arriva dans la bouche de Lily, avec ses expressions, comme seulement quand elle se mettait en colère.

- Oh, cagole, tu l'insultes, comme ça, sur une vague idée, et tu me dis quoi, que je suis une folasse ? Réagit-elle en se surprenant elle-même du ton qu'elle prenait, presque à en rire mais trop prise par la colère.

Les menaces et les insultes continuèrent de tomber, de part et d'autre. Elles savaient toutes deux que ce n'était pas pour grand-chose. Sarah avait son avis bien arrêté, Lily voulait encore se faire le sien. L'intention de Sarah de lui dire de se méfier, elle avait été dépassée par des propos trop vifs. Lily sortit en trombe de la maison, vexée, blessée. Sans mot dire elle reprit l'eau et resta flotter sans voir ni n'entendre personne.

Alors qu'on s'approchait de midi, elle sortit et fit quelques pas vers Alain, l'air timide et froid. Elle voulait partir. Il ne s'y opposait pas, et l'enthousiasme était plus franc. Renfrognée, elle fit tout de même un tour de bises, même un câlin pour Sarah, c'était la dernière fois qu'elles s'embrassaient.

*

La voiture au soleil était en cours de cuisson. Lily eut beau tout ouvrir, le temps d'enfourner les bagages, le volant restait brûlant, les ceintures de sécurité tout autant. Mais elle ne voulait pas attendre plus longtemps. Ils prirent la route en sueur.

Dans cette fournaise, l'inconfort fut d'autant plus grand pour Alain : Lily fumait alors que lui non. Ce fut un choc, l'odeur du tabac froid, les mégots à ras bord des cendriers, mais aussi à leurs pieds, parmi les bouteilles d'eau vides et les sachets de gâteaux écrasés.

La voiture garée au milieu des autres, dans la propriété, Alain s'était demandé à qui appartenait l'épave. Il le lui aurait alors dit qu'elle l'aurait très mal pris. Dans le parking improvisé, où les Audi A3 crânaient devant les Golf, cette Mégane, première version, celle de 1995, dénotait sérieusement. Lily n'en avait pas grand usage, mais elle était toutefois attristée quand on en disait du mal.

Dedans tous deux dégoulinaient, littéralement, et rien n'y changeait de rouler fenêtres ouvertes. Avec trente-six degrés à l'ombre en extérieur, l'intérieur passait difficilement sous les quarante.

Alain observait le paysage, cherchant l'abstraction. Entrés sur l'autoroute, il regarda à droite l'aéroport de Marignane et sa piste qui formait une presqu'île dans l'étang de Berre. Il sentit qu'à côté de lui, Lily se détendait, mais que c'était progressif, lent. Avec du mouvement dans ses épaules, dans sa poitrine, elle reprenait de la vigueur, en éliminant douloureusement sa peine.

Elle fut la première à voir le panache de fumée, loin devant eux. C'était à leur gauche, sans encore la possibilité de savoir si cela concernait la route qu'elle comptait prendre. Alain alluma la radio, grésillante, mais ils ne trouvèrent pas l'information, trop fraîche pour que les médias s'en fussent emparés.

- On risque d'être coincés, ce furent les premiers mots de Lily depuis leur départ de Rognac. Foutus feux de forêts !

- Pas d'itinéraire bis ? demanda-t-il.

- Si. Tout dépend si l'incendie se trouve avant ou après.

Devant eux les voitures ralentissaient. On approchait doucement des fumées, à cinq kilomètres à vue de nez. L'itinéraire bis était possible, on le devinait au bout de la ligne droite. C'était une autre autoroute, qui rejoignait la zone portuaire de la ville plutôt que le sud qu'elle avait prévu.

Ils furent soulagés quand il s'engagèrent sur l'autre voie, mais la paix fut de courte durée. Car ce que Lily vit passer en un instant, de gauche à droite, de haut en bas, telle une fumerolle, Alain la ressentit, lui, comme une boule de feu. Alors que les véhicules reprenaient de la vitesse dans le secteur, le macadam rougit tout d'un coup devant eux. Une gifle claqua la route, un crépitement passa dans leurs oreilles, des étincelles roulèrent devant eux. Lily pila net et s'arrêta près de l'impact. Alors l'herbe le long de l'accotement prit feu, dans un mouvement qui se répandit comme une traînée de poudre sur dix mètres d'une bordure verte qui s'embrasa.

Les flammes montaient à hauteur d'homme. Directement menacé, Alain se dégagea du véhicule. Il en fit le tour, léché par la chaleur vive, moins lourde que celle à l'intérieur du véhicule, presque fraîche en comparaison. Il ouvrit la portière de Lily et l'engagea à le suivre dehors. Il suffisait d'un coup de vent pour que tout s'enflammât, lui dit-il, ce qu'elle admit tout en sortant. Pendant qu'ils se retrouvaient tous deux debout près de la voiture, un coup de vent vint de l'arrière, le feu fouetta les deux visages, les deux corps, l'un contre l'autre, vivifiés. On eut dit qu'il les entourait, qu'il les enlaçait. Il glissa doucement, attaquant leur peau, de bas en haut, jusqu'à ce que Lily prit le visage d'Alain pour l'embrasser, transportée. Le passage de la flamme, le baiser, cela ne dura qu'un instant. Mais ils le ressentirent l'un comme l'autre comme une douce éternité.

Le souffle passa, les flammes restant vives sans les atteindre de nouveau. Lily reprit place au volant, démarra, s'éloigna de quelques mètres en prenant la voie de gauche, puis s'arrêta. Alain courait la rejoindre. Le véhicule qui les précédait prit feu, sans personne à son bord.

Il fallut attendre quelques minutes, le passage d'un tunnel puis la vue sur la mer, avec un petit air salé, pour que leur esprit fût rafraîchi. La visite de Marseille pouvait commencer.

On devinait là les quartiers nord à gauche, avec leurs barres d'immeubles éparses, l'Estaque à droite, puis le grand port plus loin, parsemé de navires de croisière qui allaient bientôt faire route pour Alger ou Bastia, embarquant les aoûtiens.

On voyait les fumées des incendies monter, brunir le ciel vers le sud, comme une menace sur la ville.

Alain pianotait sur le téléphone, toujours à la recherche d'informations. Il en trouva sur le site de *La Provence*, après plusieurs tentatives vaines sur les réseaux sociaux qu'il avait à sa disposition. Ils apprirent ainsi que le premier feu provenait d'une voiture en panne, dont le moteur à l'arrêt s'était enflammé. Une portion d'autoroute avait d'abord été fermée, puis la deuxième, celle qu'ils avaient empruntée. L'accès à la ville se faisait ainsi bien plus difficile à présent, ce n'était pas anodin pour un dimanche en début de soirée.

Au-delà des soucis générés pour la circulation, c'était plusieurs hectares de nature qui étaient en danger. On en avait l'habitude, fit Lily, on ne craignait jamais vraiment pour les zones urbaines. Déjà deux cent cinquante marins pompiers étaient mobilisés sur place, des hélicoptères lâchant des ballons d'eau sur des endroits précis, avec un canadair en complément pour arroser plus largement. Du fait de cette mer proche, de cette réserve d'eau de l'étang, Alain ne s'inquiéta pas davantage et se mit à profiter de la vue, la Bonne Mère au loin.

Ce fut lui qui, étonnement, commença la visite, mais par un point de sa spécialité qui n'intéressait pas Lily : les échanges numériques entre le Maghreb et Marseille. C'était là, dans cette zone portuaire, voulut-il détailler, qu'on réceptionnait et qu'on envoyait les données, par un câble épais, au fond de l'eau, qui courait d'une côte à l'autre. Lily changea de sujet pour lui faire observer les nouvelles constructions autour d'eux, près des anciens docks, dans une ville en continuelle densification, près de la Joliette. Des immeubles de verre ou de crème côtoyaient de rares terrains nus parsemés de grues. Du haut de leur passerelle autoroutière, Alain et Lily surplombaient ces quartiers grossièrement rénovés, entre les habitats décrépis du nord qu'ils avaient dépassés et les rues plus aérées du sud qu'ils allaient rapidement rejoindre.

S'il connaissait un peu la zone, Alain n'avait jamais parcouru précisément cette voie. Lily était contente, surtout pour lui annoncer qu'ils allaient passer sous l'eau, sous le Vieux-Port, pour rejoindre la Corniche et y retrouver ses quartiers. Tandis qu'on slalomait autour d'eux, dans un trafic encore dense, ils entrèrent dans le tunnel, perdant de vue la cathédrale La Major qui trônait comme neuve à l'entrée du Panier. Ce n'était qu'un tunnel, mais tous deux ressentirent un frisson lors de la pénétration. La voiture ralentit dans le flux et Lily se détendit, se prélassant et se tassant dans le siège. Alain s'étira, cherchant et trouvant l'occasion de parler vraiment, plein de sincérités.

- C'est troublant, commença-t-il, c'est impressionnant, comme on ressent le poids de l'eau, de cette masse liquide. J'entends au loin comme les bateaux, les mâts tinter, des vibrations sourdes à travers la dalle épaisse de béton. Si je faisais un petit effort, car je les sens si proches, j'aurais même l'impression de deviner les poissons qui entrent et sortent du bassin. C'est amusant comme je suis touché par cette humidité, à la fois lourde et subtile, à la fois corrosive et douce, comme si l'eau de mer s'infiltrait dans ma peau, dans mes pores.

- C'est très joli, répondit Lily, c'est très beau, ce que tu dit. Tu as, je le pense vraiment, un certain talent, vois-tu. Mais nous ne sommes pas sous l'eau, mon gros malin. Il y a encore un bon kilomètre avant cela, alors le poids de l'eau, toucher les poissons, entendre les bateaux…

Elle ne voulait pas le vexer, bien sûr, mais elle rigolait tant intérieurement, en le regardant avec un simple sourire, qu'il éclata lui-même de rire. Un rire fou, qu'il transmit à sa voisine, un rire dément qu'il ne contrôla que sous l'eau, sans n'avoir alors senti aucune différence de pression. Un rire nerveux qui devint un rire joyeux, ils partagèrent aussi cette évolution. Parvenus sur la Corniche, les larmes provoquées par l'épisode coulaient encore et brillaient sous le soleil éclatant qu'ils retrouvaient avec au loin mais si près d'eux les îles du Frioul, dorées sous une lumière vive.

On avait terminé de rénover la promenade depuis peu, expliqua-t-elle. Peu fréquentée ce soir, elle leur permettait d'apprécier la vue sur la mer et de deviner à la gauche les quartiers aisés du Roucas blanc, les villages fermés à fleur de collines, dans lesquels séjournaient des célébrités de la ville et d'ailleurs. On dépassait de petits ports engoncés, des entrées de villas à barrières et vigiles, des murs de soutènement qui cachaient les richesses d'autres maisons. Au loin, on devinait les planches à voile, les plages bondées du dimanche. Alain connaissait sans connaître, sans savoir, en de rares escapades ponctuelles, le week-end. Lily parlait d'endroits qu'elle savait par cœur, qu'on ne voyait parfois pas de la route et qu'elle lui donnait envie de découvrir : le Prado, l'Escale Borély, la Vieille Chapelle ou encore en contrebas la campagne Pastré dessinée près de la Pointe Rouge.

Ils passèrent la plage du Prophète, du nom d'un bateau qui, dans les années 1850, faisait souvent escale dans cette petite baie, puis le monument des Rapatriés d'Algérie, immense hélice de bateau fabriquée par le sculpteur local César, pour symboliser la traversée de retour des Pieds noirs, puis la statue de David, copie de celle de Michel-Ange, en marbre de Carrare, installée là en 1949, ou encore l'hippodrome Borély, régulièrement menacé de disparition pour laisser place à des immeubles à vue sur mer, mais résistant finalement à tous les projets depuis déjà 1860. Elle l'emmena dans le quartier de la Vieille Chapelle, tout près de l'Airbnb qu'Alain avait loué, et vers Mazargues, pour lui faire voir la ville qu'elle aimait, des zones qu'il n'avait jamais parcourues ainsi guidé. Elle prit le long boulevard Michelet, jusqu'au Prado, d'abord pour apercevoir le stade, puis retourner vers la mer et rejoindre son appartement à elle, dans une ruelle sans nom près de la rue du Commandant Rolland, général de la guerre franco-prussienne de 1870 qui n'avait, lui dit-elle, de Marseille, que son lieu de naissance.

Lily ne demanda pas s'il voulait monter chez elle. Elle se gara tout simplement sous l'appartement et lui annonça, sans autre forme, qu'elle l'invitait à prendre un verre avant de le conduire.

Cinq minutes plus tard ils étaient nus, sans trop comprendre, ni chercher à comprendre l'enchaînement depuis la porte de l'immeuble jusqu'au lit. Cette excitation qui était doucement redescendue après l'effleurement du feu, avait repris de plus belle en grimpant les escaliers jusqu'au troisième. Et dans l'étroit vestibule de l'entrée les frôlements de leurs corps avaient fait le reste. Plus aucun mot ne comptait, mais les souffles, les soupirs, les sueurs et l'enivrement physique.

Leurs corps se répondaient en deux dimensions différentes. Souvent s'observaient-ils de loin, doubles d'eux-mêmes, loin de toute considération raisonnable ou pratique, guidant leurs gestes en une harmonieuse anarchie. Ce n'était finalement que réflexes primaires. Ce qui dictait là leur relation, c'était leur degré d'épuisement, mêlé à leur degré d'extase, dans un équilibre qui s'établissait entre eux, instinctivement, progressivement. Il y avait là une osmose incontrôlée dont ils s'accommodaient. Il y eut longtemps avant qu'ils ne se missent à parler de nouveau comme des êtres humains, simplement pour des discussions courtes, anodines, avant de vite redonner la priorité à leurs instincts animaux.

Puis il y eut une pause, un verre d'alcool, un verre de vin, sur la terrasse du côté Est, avec une vue sur la fumée qui, au loin, continuait de marquer le ciel. C'était quatre-vingt hectares de brûlés, selon ce qu'on pouvait lire sur les réseaux sociaux, tandis que les pompiers maîtrisaient enfin le feu.

*

Trois mois plus tard ils se réveillaient ensemble tous les matins chez Alain, à Valence, et travaillaient ensemble. Lily avait quitté son emploi sans regrets, mais avait tout de même conservé l'appartement marseillais.

Il n'avaient pas eu de difficulté à s'entendre pour le travail en collaboration. Lily s'aperçut cependant bien vite que financièrement ce ne serait pas si simple. Elle s'était laissée convaincre pour être l'associée d'Alain, même s'il l'avait prévenu d'un contexte économique défavorable. Elle n'imaginait pas que le problème venait essentiellement de lui, dont le projet périclitait. Elle pouvait communiquer, démarcher, c'était son rôle, mais il lui fallait revoir les ambitions à la baisse.

La formation d'Alain datait, vingt ans déjà, et sa pratique avait peu évolué. Certes il savait créer des sites web, certes il était au point sur les nouveaux langages d'affichage, sur leur évolution, mais il n'avait pas fait d'efforts de mise à jour ou d'apprentissages en matière de programmation. Il ne voulait pas entendre parler, par exemple, de solutions informatiques en ligne nécessitant des paiements bancaires sécurisés, ce qui réduisait considérablement le marché. Il était aussi dans l'incapacité de rénover des sites sans en perdre les contenus. Enfin, et ce n'était pas le moindre des problèmes, ses compétences graphiques étaient très limitées. Trop sûr de lui, mais aussi parce qu'il n'avait aucune culture de gestion d'entreprise, il n'avait jamais estimé nécessaire de recruter une équipe de développement, ce qui lui faisait réellement défaut maintenant.

Le site web d'un hôtel qui finalement ne vous donnait pas envie d'aller dormir dedans, c'était le travail d'Alain, constatait Lily. Le site municipal qui vous faisait revoir votre idée d'aller vivre dans la commune concernée, idem.

Il fallait compter cinq ou six nouveaux contrats par mois pour un salaire, le double pour tous les deux. Si les contrats étaient assortis de maintenance, on pouvait réduire les recherches de nouveaux clients, mais c'était trop rare et trop peu payé, trop instable dans le temps. Dans ce cadre contraint la demande existait, mais la concurrence également. Les autres entrepreneurs étaient ici plus jeunes, mieux formés, et souvent constitués en équipes.

Alain se plaignait régulièrement de la clientèle, trop exigeante à son goût. Lily estimait de son côté que cette attitude était le résultat d'une frustration, sans solution : il ne souhaitait pas compléter ses compétences, et prenait mal le peu qu'elle osait lui dire à ce sujet, encore plus mal quand elle soutenait qu'il n'aimait plus son métier. Elle n'était pas inquiète outre mesure, ils avaient tous deux de l'argent, rien que d'être chacun propriétaire d'un appartement.

Lily prit le parti de l'insouciance. Comme Alain ne croulait pas sous le travail, elle le convainquit pour sortir de plus en plus régulièrement en ville avec elle, simplement se promener. Elle connaissait déjà mieux Valence que lui, qui était toujours resté enfermé dans l'appartement avant leur rencontre.

Ils se racontaient leur passé en marchant, ils se perdaient dans les vieilles rues. Parfois ils s'arrêtaient prendre un verre, ou bien chez Pépé, ou bien au Dauphiné.

Puis Lily l'emmena dans un endroit moins habituel, pour lui comme pour elle, une petite librairie ésotérique qu'elle avait repérée, rue de l'université, où l'on pouvait aussi boire le café. Elle lui proposa d'entrer, comme si de rien n'était, comme s'ils passaient devant par hasard. Elle pensait qu'Alain ne serait pas volontaire, et ce fut une agréable surprise pour elle quand il accepta sans sourciller.

- Il est loin le temps quand je lisais de tels ouvrages, lui fit-il une fois installé.

- Tu en as lues déjà ?

- Oui, j'en ai deux cartons pleins chez ma mère : un carton pour les phénomènes paranormaux et les extraterrestres, un carton pour l'occultisme, la démonologie et l'alchimie. J'en étais un adepte, entre mes quinze et mes vingt ans. C'est une tante, que je ne vois plus depuis des lustres, qui m'a contaminé, après la perte de mon père. Elle ne voulait surtout pas que j'en informe ma mère, de ces lectures, c'était amusant, assez fou.

- Je ne m'y attendais pas, persuadée que j'étais de devoir davantage te convaincre pour entrer !

- Je ne dis pas que je m'engagerais de nouveau dans de telles lectures. C'était une période particulière de ma vie. Il était intrigant, cocasse, de plonger dans ces histoires. Les extraterrestres, c'était pour rire ; mais le diable et sa présence parmi nous... Après coup, je ne crois pas que cela m'ait beaucoup aidé.

- Il n'y a pas forcément besoin que cela nous aide.

- Dans le domaine de l'informatique, ce sont des sujets qui sont toujours présents, dans l'imaginaire, à croire que le *geek* apprécie forcément l'ésotérisme. Mais c'est souvent à l'arrière-plan, c'est comme un jeu de références. Ce qui m'intriguait encore dans mon village, petit, je ne le vois plus que comme un mauvais folklore, maintenant que je suis plus vieux.

- Qu'est-ce qui t'intriguait à ce point, dans le village ?

- Tu sais, on ne se promène plus de la même manière, dans un bois, et surtout le soir tombé, après avoir lu les récits de ce qui pouvait être pratiqué là.

- Des légendes qu'on te racontait ? Sorties du Moyen Âge ?

- De périodes plus récentes, peut-être d'aujourd'hui encore, c'est bien l'aspect troublant. Les récits te laissent penser que ce ne sont pas les gens du coin qui ont la maîtrise de leurs croyances, mais que ce sont les esprits, et surtout l'esprit malin, qui sont à la manœuvre.

- Je vois qu'on a des spécialistes, fit la responsable de la boutique, qui s'était postée à côté de leur table avec un grand et bien aimable sourire tout en laissant Alain répondre à la dernière question de Lily. Je me prénomme Anna. Comment puis-je vous aider ?

- Serait-il possible de vous demander deux cafés allongés, afin qu'il me raconte tranquillement sa campagne normande pleine de démons ? fit Lily en rendant le sourire tandis qu'Alain rentrait ses épaules. On regardera ensuite les livres que vous proposez.

- C'est noté. Et surtout, fit-elle vers Alain, n'hésitez pas si vous avez le goût et l'envie de partager vos histoires avec le plus grand nombre. On organise des veillées, régulièrement, de préférence quand c'est soir de pleine lune.

- Ce que je veux dire, reprit Alain quand Anna se fut éloignée, c'est que par le passé les hommes et les femmes avaient, selon les lieux, selon les périodes, des croyances différentes, parfois multiples, mais qu'il y avait un dénominateur commun. L'enchantement, l'envoûtement, le maléfice, le sortilège, on en trouve des traces dans presque toutes les civilisations. Comme s'il était normal, vois-tu, dans un peuple, quel qu'il soit, d'être engagé dans ces pratiques. On pense que cela a disparu, dans notre monde moderne, dans la course à la rationalité, à la scientificité. Alors que non, cela n'a pas disparu. Dans les campagnes ce sont des croyances tenaces, qui survivent aux générations qui se succèdent. Rien que d'y penser cela réveille des souvenirs. Quand j'étais jeune, vois-tu, avant que je ne lise ces livres, je savais que la sorcellerie, elle était là, présente autour de moi, autour de nous. Elle faisait partie du quotidien.

- Mais sous quelle forme ?

- Cela ne se disait pas, mais qu'une fille jetât un sort à un garçon parce qu'il l'avait quittée, parce qu'il n'avait pas été correct avec elle, c'était l'usage. Et quand un garçon de vingt ans avait un accident de la route, ou qu'il se blessait au travail, on ne cherchait pas la raison dans l'alcool ou dans l'inattention, non. On se demandait avant tout s'il n'y avait pas quelqu'un qui lui en voulait. Et cela rendait folles certaines familles, ces histoires, dans le voisinage, dans le village. Aux sorts on répondait par contre-sorts. Quand une fille demandait à ce que le garçon ne trouvât pas le sommeil pendant un mois, la mère de ce dernier rendait les règles douloureuses à la demoiselle. Quand la même fille souhaitait ensuite l'impuissance sexuelle du jeune homme, le père de ce dernier demandait la mort du bétail du père de la fille, et ainsi de suite, sur des générations parfois même on se répondait ainsi.

- J'ai l'impression, fit Lily, qu'on préférait la violence physique, chez moi, pour pareilles affaires. Même s'il devait y avoir aussi de mauvaises pensées, peut-être des maléfices aussi.

- La violence physique, elle était là aussi. Entre vrais sorts et rumeurs, on pouvait se perdre, et les ouï-dire, quant aux supposés envoûtements, engageaient à ce qu'on en vînt aux mains. Plus d'une fois le fusil fut sorti pour régler les comptes.

- Mais d'une simple rupture qui s'était mal passée, on en venait à demander l'anéantissement d'une exploitation agricole ?

- Ce n'est sans doute pas si simple, je crois d'ailleurs qu'un sort déjà ne fonctionne que s'il a de la légitimité, que si une autre force juge que l'acte est fondé. Et le sort, s'il est lancé sur une personne qui se trouve dans le remords, elle-même, par rapport à ce qu'elle a pu faire, un remords sincère, alors le sort peut s'avérer comme inopérant. Le sort peut aussi se retourner contre celui ou celle qui l'a lancé, si c'est fait de manière trop légère, sans raison valable. En tout cas c'est l'idée que je m'en fais.

- Moi qui venait là par simple curiosité, je suis servie.

- Il faut savoir que souvent, il n'y pas qu'une seule raison qui motive les sorts : il y a des conflits larvés, des conflits familiaux, des conflits de territoire, des conflits financiers, que sais-je encore.

- Je comprends que cela t'ait fait peur, sourit Lily.

- Puis il y a la sorcellerie, pour les mêmes raisons complexes et nombreuses. C'est autre chose encore, qu'on n'opère pas soi-même : on fait appelle au spécialiste.

- Au sorcier.

- Et là, quel que soit le bien-fondé de l'acte, le sort revêt une autre dimension, une autre force. On s'éloigne de simples superstitions. Quand j'étais jeune, je me souviens, on redoutait plus que tout ce type d'action, davantage que d'en venir aux mains. Ce qui était encore plus impressionnant pour moi, c'est quand cela prenait un tour collectif. Par exemple, quand j'étais jeune, on avait une procession chaque année, pour un saint, qui s'appelait saint Fraimbault : il a donné le nom à trois villages dont un juste à côté du mien, sur la Pisse.

- La Pisse ?

- C'est le nom de la rivière... Au lundi de Pentecôte, les gens marchaient sur plusieurs kilomètres, avec de quoi boire tout le long. Pas de l'eau, mais du vin, du cidre, du Calva, du poiré, afin d'honorer ce saint qui, par le passé, était venu courageusement s'installer là, dans nos campagnes. Il y avait des croix, posées régulièrement, sur les bords de route, pour suivre le chemin.

- Elle servent à cela, les croix ?

- Il y avait aussi le mont Margantin, mais ce n'était pas le même saint, si je m'en rappelle bien. Sur ce mont, il y avait aussi des processions religieuses, de l'alcool également, même si le clergé ne voulait pas en entendre parler. Le mont Margantin, avec sa grande croix, on disait que c'était le repère des sorciers, le lieu de sabbats nocturnes. C'était à cinq kilomètres de chez moi. Sans maudire, sans arrière-pensées, on y faisait la fête pour les moissons, pour les cultures, mais dans un esprit païen ; on y dansait en cercle, en rondes, sur le mont. C'était amusant, initiatique, on se retrouvait là-bas, on se rencontrait, mais on n'avait pas envie de s'y attarder au coucher du soleil. Par les nuits sans lune on entendait des sonorités curieuses qui en provenaient, des musiques, des messes, des bruits sauvages d'animaux. Ensemble, on rigolait sur les chemins, et les plus grands buvaient jusqu'à plus soif, au moins tant qu'il faisait jour. Si la fête se poursuivait de nuit, c'était au village. Seuls, on craignait les sentiers obscures, on redoutait l'installation à la hâte d'un temple païen au sommet du mont. Ensemble, on chantait des litanies, sans cesse, pour la survie des cultures. Seuls, on priait silencieusement qu'il ne nous arrivât rien.

- Je ne m'y connais pas en sabbat, pensa naïvement Lily à haute voix tandis que la responsable Anna était revenue écouter.

- En haut du mont, répondit-il, il faut imaginer un feu, à flammes jaunes et rouges, diffusant comme une vapeur magique, assurant le lien entre le monde profane et le monde sacré. Il faut aussi imaginer, un peu à l'écart, un grand Satan de bois, noir, velu, ténébreux et fier. Avant le sabbat, comme pour l'annoncer, on a le choix des procédures. On peut tuer un cortège de sept chats, par exemple, qu'on laisse dans un tonneau près du brasier. Avec le feu, des torches sont allumées, et les hommes vont parcourir les champs et les prés, dansant et chantant tout du long, afin d'assurer la protection des bêtes jusqu'à l'année suivante. L'alcool aidant, on en arrive à deviner un diable dans les flammes, pour aider à se libérer du quotidien, du labeur. De là à devenir le prétexte à l'orgie, à la reproduction...

- Tu vas me dire que tu es le fruit d'un sabbat ?

- Non, non, mes parents n'en étaient pas. Je n'ai rien vu de tel, moi-même, je ne faisais que les marches, le jour. Mais on m'en a parlé, ma tante notamment, qui y participait régulièrement. »

Anna était attentive, et ne fut pas éconduite.

- J'en termine avec une simple petite légende, parce qu'elle concerne mon village, fit Alain avec un regard à la fois timide et conquérant pour les deux auditrices. C'était sur le mont Margantin, un jour, on y trouva le cadavre d'un sorcier, abandonné dans une cahute, petite cabane de forestier. C'était un sorcier connu dans toute la région, pas seulement dans les environs, mais dans le Maine aussi, dans le Perche, dans le Bocage plus au nord. On le reconnaissait facilement parce qu'il se déplaçait avec une louve noire, qu'il appelait Finette. On avait davantage peur du sorcier que de la louve, pas seulement parce qu'elle avait un jolie nom inoffensif, mais surtout parce qu'elle avait comme une humanité dans les yeux, une douce lueur qui ne devait pourtant pas tromper sur sa dangerosité. On ne doutait pas qu'elle avait tué déjà, mais on pensait aussi que le sorcier avait enfermé dans l'animal une âme d'enfant, et que Finette était ainsi tout à la fois d'une sauvagerie naturelle et d'une mansuétude humaine, impuissante devant la rage qui s'imposait en elle.

Lily concentrée sur la bouche d'Alain, Anna s'assit.

- Ce sorcier, on lui avait reproché d'avoir déclenché une épidémie sur les poulaillers : les volailles tombaient sans raison alors qu'il rôdait dans le secteur. Des bûcherons l'avaient aperçu dans les alentours, passant près des fermes avec sa louve. Ils ne le laissèrent pas tranquille, au contraire ils le surveillaient. Un soir, une nuit, ils le surprirent en train de creuser dans les tombes du cimetière de Torchamp, mon village. Repéré, il s'enfuit avec Finette. Mais ils le traquèrent, dans les prés, dans les champs, ils le poursuivirent et l'abattirent, sans avoir pu obtenir d'autres mots que des vers, dans une langue latine qu'ils n'étaient pas à même de comprendre. L'épidémie cessa deux jours après, quand on découvrit son cadavre...

- Mais la louve, dans l'histoire, que devint-elle ?

- Elle resta près de lui. Quand les bûcherons coincèrent le sorcier sur le mont, elle ne fit rien pour le défendre, elle se tint à l'écart, couchée. Ils comprirent alors qu'elle leur donnait son assentiment. L'un des bûcherons rapporta qu'au moment où le sorcier expira son dernier râle, un souffle lumineux s'échappa de la louve, comme pour une âme libérée.

Le récit terminé, Anna invita sérieusement Alain à envisager une présentation pour un prochain soir. Ce pouvait être pour la nouvelle lune dans le week-end de Noël, s'ils étaient là. Il se sentit gêné, dit qu'il réfléchirait : c'était des souvenirs comme ça, fit-il, ce n'était pas dans les livres, ce qu'il racontait là. Pour ne pas s'empêtrer ni se résoudre à s'engager, ils allèrent voir les étagères et présentoirs. Lily prit un petit document illustré sur l'alchimie, sujet pour lequel elle avait souhaité venir ici, comprendre ces images qu'elle avait croisées sans savoir à quoi elles correspondaient ; cette idée de changer le plomb en or, elle en était intriguée.

*

De retour à l'appartement, ils se retrouvèrent aussi excités que la première fois qu'ils avaient grimpé les trois étages à Marseille : l'imagination des flammes normandes du sabbat, plutôt qu'un incendie de broussailles, se dirent-ils, amusés, une fois leurs ébats achevés.

- J'ai une question, fit Lily, encore nue.

- Dis-moi.

- Pourquoi ta tante t'a-t-elle amené à lire ces livres, à connaître mieux ces histoires ?

- Ma tante était une « désensorceleuse », vois-tu. Elle intervenait dans les familles, dans les hameaux, pour aider, pour sortir les paysans des difficultés qui se cumulaient chez eux. Eux-mêmes considéraient qu'ils avaient été victimes d'un sort, ou de plusieurs. Et elle tentait d'agir pour éloigner le Mal. Je ne sais pas si elle y croyait vraiment, je crois que oui. Et pour moi, disons qu'elle s'inquiétait, en quelque sorte…

- De quoi pouvait-elle s'inquiéter ?

- Elle me racontait déjà des histoires, avant la mort de mon père. C'était du folklore qu'elle partageait avec moi. C'était un peu pour me faire peur, ou pour s'en exorciser, pour en parler à quelqu'un, de préférence à moi plutôt qu'à un adulte. Elle ne pouvait partager ses pratiques, de crainte qu'on en tirât parti contre elle. Elle m'en informait donc parce que j'étais innocent, et de telle manière que je ne comprît pas vraiment que c'était elle, au cœur de ses contes, de telle manière que je ne la prît pas trop au sérieux. Après la mort de mon père, toutefois, ce fut différent. Car ce n'était pas n'importe quelle tante, Suzanne : c'était la sœur de mon père, et elle a ressenti les choses, quand il nous a quitté, elle a compris, elle est venue vers moi très vite.

- Il y a quelque chose que tu ne veux pas me dire, Alain. Tu tournes en rond, sans aller à l'essentiel, je le sens bien, je commence à te connaître.

- Parce que je ne l'ai jamais dit à personne, Lily, fit-il en trouvant, fragile, tout le courage pour une révélation qui allait le terrasser, aussitôt annoncée. Au sujet de mon père, je n'ai jamais pu le dire à personne, que ce n'était pas un accident de chasse, Lily. Je l'ai tué, mon père.

Elle ne sut comment réagir alors, elle n'en demanda pas plus. Alain n'était pas prêt à continuer, il avait perdu la confiance, sous le choc qu'il avait provoqué, chez lui comme chez elle, et tous deux s'éloignèrent pour la soirée.

Le lendemain ils se retrouvèrent au petit déjeuner, Alain pour se dévoiler, Lily pour l'écouter.

*

Ils chassaient ensemble, père et fils, chaque dimanche matin qui leur était permis. Ils partaient dès six heures tapantes.

Ce ne fut jamais un plaisir pour Alain, et ce devint une obligation explicite dès la première fois qu'il osa dire non. Ce jour-là son père, qui décuvait rarement du samedi soir, était entré dans une rage folle. Sans ami pour venir avec lui, de perdre ainsi son seul compagnon possible, son fils de surcroît, c'en était trop pour lui. Sa mère en paya les frais davantage qu'Alain : elle prit un coup violent dans l'épaule pour avoir pris sa défense, un coup qui la fit lourdement tomber sur les fesses. La sœur d'Alain était alors à l'étage, encore couchée, au lit, ne montrant pas davantage le bout de son nez après les cris. Le père accusa le fils d'avoir maltraité la mère, à terre, en pleurs, d'être la cause de ses souffrances. Alain ne réagit pas, il acceptait la sentence. Son père attrapa la besace, contenant pain, pâté, litron de vin, et ils partirent tous deux avec leurs fusils, sans même attendre qu'elle se fût relevée.

La relation était froide dans le couple depuis la naissance de la sœur d'Alain. Son père n'avait pas souhaité de deuxième enfant, et encore moins d'une fille. Il désirait qu'Alain devienne un homme, « un vrai », il avait estimé très vite que c'était mal parti : le petit trop frêle, il ne voyait pas une once de virilité en lui, il tenait trop de sa mère, répétait-il à l'envi.

Quand Flavie était venue au monde, son père ne s'en était pas approché. Même Alain ne l'avait pas accueillie, ne l'avait pas appréciée, il s'en voulait d'ailleurs après toutes ces années. Son père avait instillé ce désamour en lui de manière irrémédiable, c'est ce qu'il lui semblait plus de vingt ans après.

Le coup à l'épaule, qui fut le premier d'une longue série, marqua la séparation de principe dans le couple, définitive. Sa mère continuait d'être là pour eux tous, elle faisait le ménage, préparait les plats, comme avant, mais ce n'était plus qu'une soumission. Elle se murait. Ils regardaient les téléfilms ensemble, mais elle était absente. Quand un plat n'était pas assez assaisonné, d'après le chef du foyer, il y avait les insultes, puis elle prenait un coup. Les deux enfants impuissants et lâches fuyaient à l'étage.

À l'automne de 1996, un an s'était écoulé depuis la première colère paternelle. L'homme s'était fait licencier : une bête erreur, un simple énervement rougeaud, avait été le prétexte au test d'alcoolémie sur le lieu de travail. Ce fut forcément fatal comme il ne descendait plus sous deux grammes par litre de sang. Avec Alain, sur ses quinze ans, quand le calendrier l'autorisa, ils reprirent l'activité de chasse. Son père embarquait avec lui le cubi de rouge, un bordeaux bas de gamme, il craignait maintenant qu'une seule bouteille ne suffît pas. Ils rataient leurs tirs, le plus âgé par ivresse, le plus jeune par choix. Ils ne rapportaient plus grand viande à la maison, un ou deux faisans par sortie, que seul monsieur appréciait dans l'assiette, à condition d'être bien cuit par madame, ce qui relevait de sa subjectivité maussade.

Le père passait le reste du temps devant le poste de télé, seul. Et chaque dimanche matin dans la nature la colère montait, contre la femme qui servait des plats dégueulasses, contre le fils infoutu de viser proprement, contre la fille ignare, illettrée, incapable, contre la femme hideuse et ses varices en plein essor, contre le fils encore imberbe, impuissant, infoutu de lever une fille à son âge, contre la fille non désirée, aussi laide que sa mère, qui ne séduirait jamais personne, pas même le pire écervelé du village, contre la femme écœurante, contre le fils infect qui passait son temps à se tortiller pour ne rien dire...

Alain visait son père, qui lui-même le tenait en ligne de mire mais sans trop le savoir, continuant de maugréer contre la petite famille, contre la Flavie bête à manger du foin, qui ne savait pas aligner deux mots, sur le papier comme à l'oral. Alain avait lâché une cartouche sur le terme « aligner », ne permettant pas à son père de finir la phrase. Puis il avait posé son fusil à côté de l'arme tombée près de son père gisant. Il s'était mis à courir pour rejoindre la maison.

Arrivé devant sa mère, il avait annoncé que son père était mort, d'une balle. Il ne pleura pas, elle non plus.

Il y avait eu un gendarme, un qu'il connaissait bien, que sa mère avait appelé par téléphone. Ils étaient allés tous trois sur les lieux, voir ce père allongé sans vie, plongé vers l'avant, la crosse du fusil sous lui, le canon plein de son sang. Alain était sorti du fourgon, mais seuls les deux adultes s'étaient approchés du corps. Alain n'avait rien entendu de leur conversation. Il avait simplement vu le gendarme prendre les deux fusils, identiques, avec ses mains nues, les nettoyer sommairement dans l'herbe encore humide de rosée, puis venir les déposer à l'arrière du véhicule. Il l'avait vu retourner près du corps, qu'il avait traîné sur quelques dizaines de centimètres, le retourner tandis que sa mère regardait ailleurs. Les pistes étaient brouillées.

Puis les renforts étaient arrivés. Alain l'avait compris seulement plus tard, qu'on le laisserait tranquille. S'il y eut une enquête, une autopsie, des analyses, il s'en sut rien, et n'en avait toujours aucune idée tant d'années après. Il n'avait pas cherché à savoir. Le journal avait mentionné un accident de chasse, rien d'autre, et pour Alain l'article faisait autorité. Avec sa mère, avec sa sœur, ils n'en avaient jamais reparlé.

Mais sa tante Suzanne ? avait demandé Lily comme inquiète pour lui aujourd'hui malgré le temps passé. C'était son frère à elle qu'il avait tué. N'avait-elle donc rien fait ? N'avait-elle pas cherché à connaître le fin mot de l'histoire ?

Très vite elle avait compris, très vite elle avait su. Prévenue par la police, elle était arrivée en fin de matinée. Elle était venue chez eux. On lui avait donné la version officielle, le strict minimum. Puis quand elle avait croisé le regard d'Alain, il sut qu'elle avait tout compris. C'était comme si ses yeux révélaient tout, malgré lui, comme si sans un mot Suzanne lui répondait qu'elle entendait tout, mais aussi, c'était plus surprenant pour lui, comme si elle comprenait, comme si elle compatissait, comme si elle excusait. Elle savait l'atmosphère pesante, dans les rares visites qu'elle faisait avant, elle savait la tristesse des enfants, et percevait ce jour leur délivrance.

Elle revint régulièrement après l'événement, donna de l'aide pour les provisions, pour la cuisine. Elle permit à la mère d'Alain de retrouver son énergie. Elle fit de son mieux pour leur dénicher un appartement près de chez elle, à Domfront, comme il n'était plus question de rester dans ce village trop petit pour eux.

C'était quinze à vingt ans de vie qu'il fallait trier, ranger, déplacer, ils en furent remués, comme s'ils ne l'étaient pas déjà. Ils n'en avaient pas fini avec le père violent. Il était toujours là. Les mots haineux rebondissaient encore sur les murs, sa solitude alcoolique hantait chaque pièce. Seules les chambres des enfants semblaient vierges de sa présence, et souvent la mère et la fille dormaient ensemble, malgré l'étroitesse du matelas de l'enfant.

Suzanne affirma que le lit conjugal devait être brûlé. Alain n'en crut pas ses oreilles, elle aurait même incinéré le corps de son propre frère si elle l'avait pu, il n'avait aucun doute là-dessus.

Elle l'invita à passer quand il sortait du lycée. Il la retrouvait chez elle, près de l'église, avant de rejoindre ensuite l'appartement près de la gendarmerie. Il restait près d'une heure avec elle, deux ou trois fois la semaine. Alors il apprit pour la sorcellerie, elle lui raconta les histoires du coin, dans son petit séjour tapissé de bordeaux, avec aux murs des cadres plus intrigants les uns que les autres.

Elle ne lui racontait pas de légendes, mais bien des histoires vraies ; elle insistait sur ce point. Elle lui parla de son père, quand il était petit, de son grand-père, pas simple à vivre, rude comme l'hiver. Elle disait que c'était des paysans bien ancrés par ici, qui n'avaient peur de personne, mais qu'on craignait. Elle lui prêta alors ses livres, ceux qui dormaient aujourd'hui dans les cartons. Jour après jour, semaine après semaine, ce furent dans leurs échanges des histoires de famille, des fiches de lecture, son grand-père qu'on avait soupçonné de malveillance sur un élevage voisin, des contes de la région, son père qui avait reçu la malédiction quand il avait quinze ans, et l'apprentissage de rites, de cultes.

Peu à peu, il distinguait et comprenait le contenu des cadres dans le séjour sombre, ici des regroupements, en photographies, sur le mont Margantin, pour une procession, pour un sabbat, là des reproductions de gravures d'Albrecht Dürer. L'une d'entre elles en particulier le troublait, qui montrait un brave chevalier, déterminé, sur une fière monture, près duquel se tenait le diable édenté, de sévères serpents lovés dans sa couronne, autour de son cou, brandissant un sablier dans lequel on arrivait à la moitié du temps. À l'arrière on observait le diable malin, bouc aux yeux ronds, aux cornes biscornues, asymétriques, tendant sa main griffue vers l'homme... Alain n'en menait pas large quand il se retrouvait devant la scène, de nouveaux détails régulièrement l'interpellaient, un crâne, le village en surplomb, les racines à l'air libre, provenant d'arbres morts...

Quand bien même Suzanne ne faisait jamais allusion au meurtre, à l'accident, elle lui transmettait son inquiétude, par ces récits. La malveillance du grand-père et la déchéance du père, c'était pour lui faire comprendre sa propre crise, pour le ramener à cet acte dominical, à ce crime qui pouvait en précéder d'autres. Alain s'était ainsi laissé convaincre, il lui fallait lire, mieux connaître ces mystères pour mieux les maîtriser, pour mieux les combattre.

Il commençait toujours la lecture chez elle. Sa tante l'engageait à prendre un livre avant de partir, à l'ouvrir, tandis qu'elle marmonnait dans son fauteuil. Il continuait ensuite chez lui, après le repas, après les devoirs, il veillait tard. L'inquiétude de Suzanne avait déteint sur lui.

Puis au début de l'été, sans préavis, soit qu'elle n'eut plus rien à lui donner à lire, soit qu'elle eut le sentiment d'avoir fait le tour de la question, elle mit fin à leurs rendez-vous. Elle lui demanda simplement de ne plus venir. S'il ne comprit pas cette décision sur le moment, il l'accepta. Il continua de bouquiner, quelque temps, jusqu'à épuiser le propos, jusqu'à tout savoir, jusqu'à se prendre de passion pour une autre littérature, si proche, Anne Rice d'abord, et tout Stephen King à mesure que l'écrivain publiait.

Il oublia peu à peu tout de cet ésotérisme local, de cette sorcellerie pour initiés. Mais après l'entrée dans cette librairie d'Anna beaucoup de petites choses lui étaient revenues à l'esprit, pas tant les détails de son passé que des connaissances enfouies.

*

Professionnellement, Alain prenait du retard. De son côté Lily ne trouvait pas de nouveaux clients. Elle avait du temps libre, en conséquence. Elle était curieuse, après le récit qu'il avait fait, mais sans vouloir le brusquer. Elle pouvait fouiller les archives de presse, mais n'osait pas, c'était trop indiscret. Comme pour régler ce dilemme, son passé à elle s'invita dans leur vie, d'une manière tout aussi inattendue, mais cette fois dans la violence et la peur.

L'alerte fut donnée par une voisine de l'appartement de Marseille. La dame avait les clés, elle venait arroser les plantes. Elle avait appelé tôt, ce matin-là, la voix tremblante. Elle connaissait bien Lily, elle la connaissait depuis ses quinze ans. Elle avait de l'affection pour elle.

Ce n'était pas un simple cambriolage qu'elle lui annonçait, ce n'était pas la télé volée, ni les bijoux dérobés. Non, c'était la serrure éclatée, le canapé dépecé, la télé renversée, brisée, les bijoux éparpillés, les colliers démontés, c'était les pots de terre vidés, les placards ouverts, la vaisselle au sol, en morceaux, les cadres jetés en tous sens.

Il y avait un message peint en rouge sur le grand mur blanc du salon, en italien. C'était une langue que Lily connaissait peu, mais elle comprit quand la voisine lui transmit la photographie des trois mots. On reconnaissait le français de « restituer » et de « solde », pour restituer le solde : « rends l'argent », lui criait-on en majuscules.

C'était cela, ce qu'elle n'avait pas cherché à savoir, les biens et les sommes dont elle avait hérités du grand-père toscan et de ses affaires louches. Maintenant qu'elle était seule survivante de la lignée, le passé se rappelait avec violence.

Elle se fichait de l'état de l'appartement. Elle se demandait surtout de quel argent il était question, de quelle somme on parlait. Elle en avait une idée, un peu floue, qui n'était pas pour la rassurer.

En voiture, Alain au volant, Lily ne savait pas quoi dire, d'une histoire de famille dont elle ne connaissait pas grand-chose. Son grand-père était un mystère. On n'en parlait jamais, de son travail, de ses affaires. On savait qu'il passait régulièrement d'un pays à l'autre, on l'en plaignait. Quand les sommes présentes sur ses comptes bancaires furent révélées, après son décès, même son épouse Liliana fut surprise. Elle ne lui survécut que quelques mois, sans rien dépenser de cet argent à ses yeux trop suspect. Les parents de Lily étaient restés prudents, eux aussi. Mais ils l'avaient utilisé, de plus en plus, le temps passait, voyant que rien ne leur tombait sur la tête. Lily, quant à elle, ne s'était pas privée.

Ce que les Italiens pouvaient réclamer, c'était de quoi la mettre sur la paille, de quoi l'endetter pour quelques années. Cet argent, il avait payé l'appartement, il avait payé la vieille Mégane, il avait payé les études, quelques voyages, des soirées sans compter...

Sur place il n'y avait rien à découvrir. Les photographies de la voisine leur avaient déjà tout dit. Ils remplirent des cartons avec les vêtements que Lily souhaitait conserver, les documents qu'elle n'avait pas encore déménagés, avec des bibelots et bijoux qui n'avaient d'autre valeur que sentimentale. Le coffre d'Alain fut vite rempli, tandis que le serrurier s'affairait.

Ils eussent pu rester dormir, mais Lily n'était pas rassurée. Sans messages plus précis ni démarches à suivre, elle était dans l'attente et sur ses gardes. Ils reviendraient vers elle, mais il n'y avait ni quand ni comment. Elle fut inquiète qu'ils fussent alors dans l'appartement de Valence pour opérer le même carnage.

Avec Alain, ils se permirent une longue promenade au bord de l'eau, osant des hypothèses sur la somme demandée, sur les intérêts exigés. Dans le petit libanais qu'ils choisirent pour dîner, sur le front de mer, ils réveillaient régulièrement leurs téléphones, aux aguets.

À l'hôtel, à peine endormis, un bruit sourd les fit sursauter, suivi de cris, et d'une lueur venant de la rue. Alain se dirigea vers la fenêtre, plus curieux qu'inquiet, pour découvrir le feu sortir du capot de sa voiture, glisser le long des ailes, saccadé, se redresser contre les bords du pare-brise, de chaque côté. Des fumées sortaient du dessous, des flammes animaient l'arrière. Lily se joignit à lui quand le coffre s'embrasa, de même que les documents qu'elle y avait entreposés, dont des feuilles de son enfance et les photographies de famille. Ils observèrent les efforts vains du gardien de l'hôtel. Son petit extincteur n'avait aucune emprise sur le feu.

Le téléphone de Lily se mit à notifier des messages en série. Les Italiens savaient donc : leur résidence de ce soir, le numéro pour la joindre, qui sait quoi d'autre… La colère montait en elle, face à des messages dont le sens global lui échappait. Alain, plus calme, et ce malgré la disparition en cours de sa voiture, ouvrit de son côté le traducteur en ligne.

- J'espère que nos trois actions, *tre azioni*, vous convaincront de suivre nos *istruzioni*, nos instructions, commença-t-il à lire tandis que Lily allumait une cigarette en regardant dehors.

- Il faut appeler quelqu'un, à Valence, savoir ce qu'ils ont fait, répondit-elle avec l'accent, il y a forcément le troisième boucan là-bas, dans ton appartement…

- Pour l'appartement de *Marsiglia*, Marseille, vous avez rendez-vous demain chez le notaire, continua-t-il de traduire. Puis ils donnent son nom, Maître Perrot, et l'adresse, et l'heure. Ils ajoutent que tout est prêt, qu'il n'y a plus qu'à signer, une cession pure et simple.

- Mon vier !

- Pour l'argent, *i soldi*, ils parlent des deux cent mille euros qui ont été volés. C'est le même notaire qui va s'en occuper, sous la forme d'une donation à une fondation, *donazione alla fondazione*.

- Et je vais les trouver où, les deux cent mille euros, ils nous le disent, ça ? fit Lily, se mettant à pleurer. Si j'en ai la moitié, c'est bien le maximum. L'appartement, il n'est pas dans les deux cent mille au minimum ?

- Ils ont prévu dix versements de vingt mille euros, un versement par mois, ce qui te laisse quelques mois, pour trouver ce que ta *famiglia du ladri*, ta famille de voleurs, a déjà dépensé...

- Arrête donc de lire leur langue, j'ai l'impression que c'est toi qui parle à leur place, que c'est toi qui dit tout cela. Je n'y suis pour rien, dans cette histoire.

- Ils disent qu'ils nous surveillent, finit tout de même Alain.

L'appartement de Valence avait été visité dans l'après-midi, son état rendu proche de celui de Marseille, avec des marques aux murs, la vaisselle brisée, les placards et étagères des chambres et du bureau bazardés, le matelas éviscéré. Les ordinateurs d'Alain avaient été jetés à terre, ainsi que les écrans, dont certains abîmés ou fêlés, indiqua son contact par téléphone, un ancien client qui avait bien voulu se rendre sur place.

Lily, telle un rat dans une cage, admit sa défaite. Il n'y avait pas de discussion, pas de point de retour. Il n'y avait qu'à obéir, attendre l'espoir d'une mansuétude, l'espoir d'une négociation qui pourrait éventuellement venir ensuite. Mais elle ne croyait pas, ce soir, en cette ouverture. Elle n'avait jamais vu telle détermination.

Elle se reconnut dans les yeux d'Alain, tous deux en perte de sens, en perte de repères : c'était tout à la fois le dégoût, la liberté, la colère et l'impunité, la condamnation de leurs agresseurs, le premier désir de vengeance, le premier goût dans la bouche, salivaire, pour une réponse violente.

Dans le silence revenu de la nuit, ils échangèrent leurs impressions, l'un à côté de l'autre, dans le lit, sans aucun mot. Lily était convaincu que cet homme à côté d'elle avait toutes les raisons de fuir, mais pour lui ce ne fut qu'une pensée fugace, qu'il chassa aussitôt de son esprit. La clarté de leur être ensemble lui parut évidente. Ils étaient là dans la joie comme dans la peine, l'un près de l'autre dans une religiosité qui couvait au-dessus d'eux.

Elle enchaîna toute la nuit les cigarettes à la fenêtre, pendant qu'Alain ronflait. Elle observait l'épave, en bas, y voyant clairement, comme intactes, les photographies de ses parents, de leur mariage, les photographies de sa propre naissance, de son enfance. Il n'y aurait plus que la mémoire à conserver, les cendres à pleurer.

*

Chez le notaire ils agirent comme les pantins d'une comédie bien ficelée. L'homme n'était qu'une ombre. Lily lui remit les clés, puis le premier versement fut effectué, programmé pour se reproduire chaque mois.

Il y eut le retour en train pour Valence, la découverte de l'appartement dévasté. L'acceptation stoïque des événements gagnait la partie, dans leur fatigue. Ils se laissèrent aller dans le machinal ménage et l'inconscient rangement. Toutefois c'était comme un chaudron plein bouillant dans leur tête. Leurs corps étaient parcourus de soubresauts nerveux à peine perceptibles, d'électricités sourdes.

2.

Le deuxième virement de vingt mille euros se rapprochait qu'ils n'avaient pas beaucoup avancé dans leurs réflexions sur la situation. Trois semaines après leur mésaventure marseillaise le choc était toujours là.

Peu après leur retour Alain avait émis l'idée de vendre l'appartement de Valence, mais pour elle il n'était pas question d'une telle résignation. D'autant que Lily avait des doutes sur leurs capacités à vivre sans ce logement, avec un loyer à payer ensuite, supposant de vrais salaires quand leur situation professionnelle était en l'état très précaire.

Le premier prélèvement avait été opéré sous la contrainte, sans recul. Là c'était différent, dans une colère froide plutôt que dans l'émotion vive.

Ils en étaient à perdre l'équivalent d'un salaire annuel chaque mois. C'était de l'argent placé, certes, presque un bonus, mais tout de même un héritage, avec une valeur telle, symbolique, quelle qu'en fût la provenance originelle, un bonus pour un train de vie que Lily n'était pas prête d'abandonner. Alain lui-même en était affecté, par capillarité. Cette perte sèche, elle entamait d'autant sa motivation déjà faible à générer de son côté des revenus.

Malgré la pluie et le froid dehors, ils ne purent rester enfermés. Ils avaient besoin de marcher, de retrouver les rues dans lesquelles ils avaient pris plaisir à s'arrêter boire un verre, c'était encore il y a si peu de temps. Sans échanger un mot ils avaient simplement l'élan de baguenauder.

Sans doute ne furent-ils pas entrés pour la deuxième fois dans la librairie si Anna ne les avait pas reconnus, depuis son intérieur, et si elle n'était pas venue les héler à leur passage. Deux êtres seuls passant dans la rue, emmitouflés mais trempés, à l'allure triste. Elle leur fit passer le seuil sans leur laisser le temps d'un refus.

- Vous nous reconnaissez ? fit Lily, telle effacée du monde, à la fois surprise, triste, enjouée, rassurée.

- Bien sûr que je vous reconnais, répondit Anna, étonnée par la question. Vous cherchez à attraper la mort, à vous promener ainsi ? continua-t-elle en s'occupant d'ôter son manteau du dos de Lily, pendant qu'Alain se débrouillait seul.

- C'est que nous ne savions pas où aller, répondit Lily.

- Il n'y a qu'ici, sourit Anna, quand cela ne va pas. Allez ! installez-vous, mettez-vous à l'aise, je vous apporte un bon café. Car vous êtes plutôt café, vous, je m'en souviens bien aussi, et du bocage normand. Je ne suis pas amnésique !

- Merci, fit Alain, retrouvant un peu de couleurs dans la chaleur de la boutique.

Un homme, invisible jusqu'alors, se tenait à la caisse. Il s'approcha tout sourire, costume blanc, mocassins, coupe courte brune, chemise bleue : « Martin ». Il s'assit à leur table tandis qu'Anna revenait avec le plateau.

- Mon frère Martin vient parfois m'aider, il a beaucoup de temps libre, sourit-elle.

- C'est une impression qu'elle partage plus que la vérité, réagit Martin. Je travaille plus qu'elle ne le croit. Mais bon, passons, je ne vais pas me plaindre devant des mines aussi grises que les vôtres.

- Alain et Lily sont venus il y a quelques temps, dit Anna en direction de son frère ; Alain semble être une pointure, mais très modeste, sur les légendes et pratiques de sorcellerie de sa région natale.

- Installez-vous, buvez votre café, fit Martin, réchauffez-vous. Reprenez vos esprits.

- Je suis désolée, fit Lily. Nous avions besoin de prendre l'air, nous n'avons sans doute pas choisi le bon jour.

- C'est très bien ainsi, reprit Anna. Espérons simplement que vous n'ayez rien attrapé de mal. Si vous avez envie de nous parler, de quoi que ce soit, nous sommes là.

- Si vous avez besoin d'oreilles ou d'autres choses, de conseils, d'aide, n'hésitez pas, compléta son frère.

- Martin vit près d'ici, dans un ancien corps de ferme qu'il a rénové à son goût, avec sa compagne, poursuivit Anna en choisissant de parler d'abord d'eux pour mettre le couple en confiance. Il était ingénieur en aéronautique, à Paris et à Toulouse. Il a cessé l'activité il y a deux ans, pendant la pandémie. Il s'est reconverti dans les vignes. Il a du temps, même s'il dit parfois le contraire, parce que ses cultures sont à peine commencées, sur des surfaces encore petites, c'est plus un loisir qu'autre chose.

- Pour être complet, ajoutons que nos parents sont tous deux morts des suites du Covid, dans les premiers temps de la pandémie, enchaîna Martin sans répondre à la provocation de sa sœur. Je n'avais plus beaucoup de goût pour le métier d'ingénieur, un peu dépassé je dois l'avouer par les évolutions technologiques. Je n'avais plus l'élan de me tenir à la page. Alors comme nos parents nous ont laissé un héritage substantiel, et que mes revenus étaient confortables, j'ai fait le pas. Et c'est aussi à ce moment-là qu'Anna a acheté le fonds de commerce et installé sa boutique, pour le plaisir

- C'est vrai, dit Anna, je tiens d'abord boutique pour le plaisir, pas pour l'argent. Mais cela fonctionne, il faut bien le dire. Il y a toujours une mode pour l'ésotérisme, c'est assez fou quand on y pense, c'est permanent, une valeur sûre !

- Nous nous sommes pris de passion pour ce domaine, fit Martin, tous les deux le même soir, quand nous étions petits. J'avais quinze ans, Anna en avait dix, un soir d'été, dans le jardin : nous avons aperçu des points lumineux qui bougeaient de manière étrange, comme aléatoire, comme anarchique. Nous connaissions déjà les phénomènes ovnis, bien sûr, surtout moi, et nous avons tous les deux été convaincus que c'était là, sous nos yeux. C'était une évidence.

- Par la suite, continua sa sœur, on est revenu un peu sur cette évidence. Mais le fait est qu'on est tombé dedans et qu'on n'en est jamais vraiment sorti. Ce n'est pas pour rien d'ailleurs que Martin s'est lancé dans l'aéronautique.

- Et vos parents, que faisaient-ils ? questionna Alain, osant enfin cette initiative, titubant sur les premiers mots mais se redressant ensuite pour prendre confiance.

- Notre père était dans la finance, dans la banque, fit Anna. D'abord à Valence il a été agent, directeur d'agence. Il a plus tard été muté à Paris, j'avais douze ou treize ans, il a pris des responsabilités nationales.

- Notre mère était artiste peintre, et très inspirée par l'ésotérisme : il n'y a pas que le fantasme des petits hommes verts qui nous a attirés dans ce domaine, sourit Martin.

- Papa a fréquenté une loge maçonnique parisienne, compléta Anna, mais c'est anecdotique, un petit club de nantis.

- Leur décès a été particulièrement difficile à vivre, poursuivit Martin. Avec cette pandémie, ces restrictions, il nous a été très compliqué de les voir, d'assister à l'inhumation.

- J'en suis désolée, fit Lily.

Pour Martin et Anna, ce n'était pas qu'un fait exprès, dévoiler leur vie. C'était une habitude, une façon d'être. Ils avaient conscience, les années passant, que cela produisait un effet sur leurs interlocuteurs, celui de les amener à faire de même, à s'ouvrir. Et quand Alain et Lily se mirent à parler d'eux, alors Anna ne put s'empêcher d'échanger un regard entendu avec son frère. L'assimilation jouait pour beaucoup : Alain se retrouvait dans le Martin qui ne voulait plus de son travail et de son évolution ; Lily se retrouvait dans le désir libre de vivre d'Anna. Quand le robinet à parole fut ouvert, il eût été difficile de l'interrompre.

Lily terminait son histoire, Martin se tenait la tête dans les mains, les coudes posés sans les regarder. Il ne bougea pas, concentré, les yeux dans la table, comme la traversant pour mieux trouver ce qu'il cherchait, non pas quoi dire, mais une aide à leur fournir. Il leva les yeux sur Alain, toujours à réfléchir, puis sur Lily.

- Nous allons vous épauler, fit-il enfin. Nous allons vous accompagner. Mais il va nous falloir être malins, et surtout déjà que vous ne refusiez pas cette aide, s'il-vous-plaît. Si vous en êtes d'accord.

Après un temps d'hésitation, après un regard bref avec Alain, Lily dit oui.

- Vu les sommes en jeu, fit Martin, partons du principe que vous êtes surveillés et suivis, vingt-quatre heures sur vingt-quatre. Nous allons tabler sur le fait qu'on vous a vus entrer ici. On ne discerne pas grand-chose depuis l'extérieur, avec cette pluie, avec cette buée sur les vitres, mais nous sommes restés longtemps à cette table. Je vais chercher quelques ouvrages à vous présenter, pour créer du mouvement, les brandir de manière ostensible, et je vous dis la suite.

Anna retournait à la caisse, Martin s'affairait dans les étagères.

- Voilà, prenez-les, feuilletez-les, fit-il en revenant, chargé.

Le couple était tout ouï.

- Nous allons tabler sur l'idée qu'il n'y a qu'un homme pour vous surveiller, éventuellement deux qui se relaient, pas plus.

Le couple attendait.

- Je vous explique la suite. Je vais vous accueillir chez moi. Mais il va nous falloir être malins. Donc vous allez rentrer chez vous, préparer deux valises avec vos vêtements, les objets auxquels vous tenez, des objets utiles, nécessaires. Partez du principe que vous n'allez pas revenir de sitôt chez vous.

Lily feuilletait, Alain réfléchissait.

- Je vous donne deux jours pour vous organiser. Demain vous préparez vos affaires, vous vous promenez, beaucoup, sans doute encore sous la pluie, j'en suis désolé, vous allez prendre des cafés, des verres, ce que vous voulez, vous faites quelques boutiques, vous entrez dans des églises : je ne veux pas que cette librairie bizarre soit le dernier endroit dans lequel on vous a vu avant votre disparition.

Par mimétisme ils levèrent les yeux sur le lieu, comme le découvrant par l'entremise de Martin.

- Et vendredi les valises sont prêtes, dans l'entrée. Vous sortez sans fermer, en début d'après-midi, vous laissez les clés sur la porte, à l'intérieur. Vous prenez la voiture, vous allez vous promener un peu. Il ne pleut pas, vendredi. Vous prenez la direction de Mirmande, vous y allez par la Nationale 7, vous montez tout en haut du village, il y a un parking, près d'un cimetière et d'une église. Vous me suivez ? C'est la partie la plus compliquée du plan.

- On ne connaît pas Mirmande, fit Alain.

- C'est un petit village perché, à flanc de collines, un joli village médiéval fortifié, ancien *castrum*. Pour nous, il a un intérêt, c'est que c'est parsemé de ruelles de haut en bas. Vous irez voir sur internet. L'idée, c'est de semer celui qui vous suit, si jamais quelqu'un vous suit. Donc vous vous garez en haut, vous descendez le village tranquillement d'abord, et dès que vous êtes cachés du parking, vous courez en bas, où je vous attends moteur allumé, ce sera une Audi A3 noire, sur la route principale, et je vous embarque. J'aurai récupéré les valises, avant, chez vous, et je vous emmène à la maison, où vous passez au moins le week-end de Noël avec nous !

Alain et Lily n'eurent d'autre expression que les yeux ronds.

- Je sais, je peux faire peur, mais je vous assure que c'est bien la première fois que je fais cela ! fit Martin avec un grand sourire. À présent, surtout pas de « oh non, c'est trop, nous ne pouvons pas accepter votre hospitalité ». Vous dîtes oui, ou vous dîtes non. Puis on avise. J'aimerais simplement qu'on fasse ainsi, dans un premier temps. Je vous aime bien, et nous n'avons personne pour les fêtes, de surcroît. Partez du principe que ma femme est d'accord, si c'est ce qui vous gêne. J'ai envie de vous aider, je ne sais ni d'où ni pourquoi.

- Alors d'accord, fit Lily, très vite.

Ils choisirent l'un des livres parmi ceux qu'avait ramenés Martin, un peu au hasard, *La ballade des réprouvés*, avec un sous-titre à rallonge, « à tous les pesteux, lépreux, prostituées, maquerelles, juifs, huguenots, escrocs, immigrants, débauchés paresseux, amants maudits, bohémiens, sorcières, miséreux et autres réprouvés qui peuplèrent et enrichirent la Drôme provençale ». À la caisse, Anna leur expliqua, par acquis de conscience professionnelle, que l'auteur avait laissé des exemplaires en dépôt. D'ailleurs on reconnaissait bien que c'était de l'édition personnelle, indépendante, on ne le trouvait pas en librairie normalement, comme si pour eux c'était une chance. On y pouvait lire de petites histoires du Moyen Âge qui se déroulaient vers Montélimar et le sud du département.

Pendant qu'Alain payait, Lily vit dans le sommaire qu'on y trouvait entre autres « Le cul du diable », « La légende des saintes fontaines », « La Monge, missionnaire en jupons ». Puis ils partirent avec des au revoir discrets, gardant dehors le livre en évidence même s'il pleuvait.

*

Martin ne s'occupait que de vignes. Il avait choisi une méthode bien précise, la biodynamie. Il en avait découvert le principe à Paris, pendant un cours d'œnologie. Dans son penchant pour la protection de l'environnement, et surtout dans sa passion pour l'ésotérisme, il avait apprécié cette alliance de deux mondes. C'est à ses vignes, en bordure de rivière, qu'il allait passer son temps pendant les deux jours avant de recevoir Alain et Lily pour Noël. Il allait retrouver son côtes-du-rhône.

Il n'avait pas encore eu de récoltes avec sa méthode, et les parcelles qu'il gérait, suffisamment à l'écart d'autres pour ne pas être touchées par les pesticides, n'étaient pas encore bien libérées de la méthode antérieure, sans même encore avoir obtenu le label « agriculture biologique ».

Les viticulteurs voisins n'avaient généralement pas été séduits par son approche, ils s'y étaient montrés hostiles pour beaucoup. Son parcours de converti les avait d'abord laissés de marbre, sceptiques. Mais deux années étaient passées, Martin avait sympathisé avec certains d'entre eux, à force de les côtoyer dans leurs champs, dans leurs foires, à leur demander conseil, en toute humilité, tout en assumant son originalité. Martin avait du charme. Il savait comment parvenir à ses fins. Cette année était enfin la première pendant laquelle il n'eut pas de ceps arrachés, ni de coupes sauvages, ni de passages rageux de quads dans les rangs. Il en était heureux.

Il avait étudié Rudolf Steiner, fondateur de l'anthroposophie, qui, au début du XXe siècle, avait fait des rythmes cosmiques l'alpha et l'oméga de la vie, de sa philosophie. Martin avait lu aussi avec attention les agronomes allemands qui avaient développé la méthode, dont Maria Thun, qui avait établi dans les années 1960 un calendrier des opérations à suivre, selon les différentes périodes lunaires. Ce document, qui avait rapidement joui d'une renommée mondiale, il en possédait l'édition 2021, en plus de documents spécifiques à la vigne et à la biodynamie. Il avait convaincu sans difficulté sa sœur de consacrer un rayon dans sa boutique à ce domaine spécifique de l'occultisme, qui plaisait beaucoup d'ailleurs. Cela concernait aussi des méthodes de médecine ou d'éducation qui avaient pignon sur rue dans le pays.

Là, comme tout vigneron de son obédience, il devait continuer la taille des ceps avant la nouvelle lune de vendredi : cela ne devait se faire qu'en phase descendante. Il reprendrait sur les rangs restants après la pleine lune du 7 janvier, ensuite. Son ouvrier Pascal le retrouvait sur place pour aider. Martin tenait à ce qu'ils fussent toujours tous les deux présents, et surtout que Pascal ne fût pas seul. Martin s'estimait le garant d'une concordance des forces entre la terre et la lune. Il se devait aussi de contrôler la répartition, sur la terre, au pied des ceps, de la mixture à base de valériane qu'il avait préparé avec sa compagne Vinciane pour protéger les vignes du gel.

Le soir en retournant chez lui, il y avait à récupérer des cornes, de la bouse également, chez le seul éleveur bio qui ne s'était pas montré réticent, même quand Martin avait ajouté qu'il fallait que ce soit issu de vaches d'un âge moyen et qui avaient déjà vêlé. La matière fécale était mise à fermenter dans certaines cornes, sans perdre de temps, il y en avait peu à faire, quelques grammes suffisait, pour répandre ensuite la préparation dès février, afin de stimuler les pieds. Ils en avaient déjà chez lui, mais pas assez, à son jugé, ils poursuivaient la tâche.

S'il continuait de ne pas geler, il voulait aussi planter un nouveau rang. Il devait opérer le 5 janvier, selon son calendrier, soit deux jours avant la pleine lune. Il fallait au préalable préparer le sillon avec son employé. C'était pour lui le moment optimal pour que la phase de lune descendante, toujours elle, favorisât ensuite la croissance de la vigne. Il pensait installer un dernier rang vers mars ou avril.

Ce serait en même temps que répandre la poudre broyée à partir des cornes de vaches enterrées pendant six mois dans le fonds du jardin, pour un vin de qualité, pour protéger les plants des maladies, en complément de la tisane de prêle qu'il avait parsemée l'année précédente. Il avait programmé l'opération pour les jours avant la pleine lune au début mars, sur les premières pousses, sept mois après leur mise en terre, en continuant début avril quand vraiment les feuilles se feraient plus présentes. Quatre grammes dans cent litres d'eau de pluie, précisait-il à Pascal, à répéter trois fois pour trois hectares, fameuse « préparation 500 » dynamisée par de l'eau tiède à l'aide d'une canne en bois pendant précisément une heure et sans interruption, à pulvériser dans les trois heures après le mélange effectué.

Pascal, du haut de ses vingt-cinq ans, suivait les directives, sans toujours bien comprendre le rythme sidéral, le passage devant les douze constellations du Zodiaque, sans entendre les termes de périgée ou d'apogée. Il avait surtout acquis l'idée qu'on fonctionnait par quatorzaine ou quinzaine, pour la taille, la moitié d'une phase complète de lune. Le reste du temps, on passait dans les vignes, surtout le soir après la nuit tombée en automne et en hiver, pour, lui disait Martin, associer les énergies, celle de l'homme, celle du fruit en devenir, celle de la force lunaire. Pascal avait alors la sensation d'être en terre étrangère, d'entendre et de comprendre un autre langage, non pas martien mais lunaire, ou sélénien.

Cependant, il ramenait parfois Martin à la raison, car il avait auparavant déjà fréquenté les vignes, dans sa Corse natale ; il connaissait bien le sujet. Après la mort de son père, qui l'avait amené avec son frère à abandonner leurs rares parcelles de Cargèse, il avait passé plusieurs années dans les rosés de Figari. Certes ce n'était pas tout à fait le même climat, ni, du fait de Martin, les mêmes techniques, mais il savait bien ce qu'était un cep et son développement, tout comme une grappe et la manière de l'entretenir ou la cueillir.

*

Le soir Martin fumait un joint, que Vinciane préparait en apéritif avec un vin rouge qu'elle sélectionnait toujours avec le plus grand soin. Ils en fumaient un chacun, c'était leur manière de se retrouver, un rituel depuis qu'ils s'étaient installés ici. Pascal vivait à côté, dans une petite maison attenante, mitoyenne mais indépendante. Ils se quittaient quand ils rentraient tous deux des vignes, sur le pas de leurs portes respectives.

Pascal vivait seul. Martin avait souhaité qu'il vécût ici près d'eux, qu'il fût comme leur garçon de ferme, leur homme à tout faire. Il n'avait pas posé la question de savoir pourquoi Pascal avait quitté l'île de Beauté. Il l'avait débauché d'un vignoble du secteur, qu'il était venu observer, à la fin de vendanges de l'année précédente. Pascal venait d'arriver sur le continent. Son origine corse se lisait sur son visage bourru et dans sa petite taille, quoique son caractère ostensiblement fermé pouvait être, d'après Martin, la conséquence d'une fuite. Entre l'histoire de cœur et l'affaire de mafia, entre la fuite coupable et la simple envie subite d'aller voir ailleurs, Martin toutefois ne pouvait se prononcer, et décida que ce n'était pas son affaire.

La maison de Pascal était la propriété de Martin et Vinciane, elle appartenait au domaine. Il en disposait gracieusement, en surplus du salaire. Il y avait encore un autre bâtiment après la maison de Pascal, qui renfermait tout le matériel nécessaire à la ferme, aux vignes, ainsi qu'à la vinification. Pascal aidait Vinciane au jardinage. Ils s'occupaient tous deux des plants de cannabis, du potager qui les fournissait pour les soupes hivernales, pour les choux cuisinés qu'elle aimait apprêter. Hormis quelques volailles, essentiellement des poules pour les œufs, il n'y avait aucune bête. Martin et Vinciane étaient végétariens, Pascal s'était converti depuis qu'il les avait rejoints.

Les deux hommes avaient d'abord travaillé à la rénovation de la petite maison, pour que Pascal y fût à l'aise. Ils avaient tout fait ensemble, du sol au plafond, de la cave au grenier. Martin avait complété le mobilier du jeune homme. Puis ils s'étaient occupés de la bâtisse principale, de la maison de maître, comme aimait à l'appeler Vinciane.

On y entrait par une porte cochère, qu'ils avaient transformé en un grand panneau coulissant de chêne, avec ensuite un grand hall sous toiture qu'ils avaient rénové. Martin avait installé là des tables et chaises, des canapés, avec un grand bar contre le mur de la maison. Le hall donnait sur une vaste cour intérieure. Des lierres, qu'ils avaient ramenés à la vie, venaient donner un cachet à la façade de la bâtisse, sur la gauche. Une verrière, sur la droite, permettait de cultiver quelques plantes et fleurs susceptibles de ne pas aimer le climat local, avec ensuite un accès au jardin du domaine, deux hectares dont l'essentiel en herbe, vers une petite rivière qui tranquillement partait rejoindre le Rhône.

Passé le porche, passé le lierre et la verrière, on entrait tout droit dans la maison, leur entrée favorite, dans une annexe qu'ils avaient ajoutée ; la longère initiale était devenue maison en forme de L. On trouvait là une cuisine rudimentaire, de pierre et de carrelage brut, avec un four qui servait à cuire pains et pizzas. La vaisselle était paysanne, avec un grand évier dans une roche évidée, une desserte haute aux sièges de bistro. Puis on allait dans un salon d'été, fermé, avec des verrières coulissantes donnant sur la pelouse à l'arrière et sur la piscine, un bassin des années 1960 avec des faïences blanches et bleues. Une autre pièce servait d'atelier de peinture pour Vinciane.

Depuis cet espace de salon et de cuisine en annexes, deux portes donnaient sur la vieille longère, avec un grand living et sa cheminée. On y découvrait une autre cuisine, ouverte sur le living, plus contemporaine que la première, avec l'électroménager notamment, les machines à café à dosettes.

Dans la suite du salon, deux grands bureaux, dans une seule pièce toute blanche, des bibliothèques tout le long des murs. Sur la gauche, la porte qui donnait sur le bar dans le hall d'entrée. Enfin dans le renfoncement de la maison, plus sombre, un peu plus bas aussi, deux salles d'eau, l'une simple à douche et toilettes, sur trois mètres au carré, pour Martin, l'autre à baignoire d'angle, pour Vinciane, avec deux chambres enfin qu'ils se partageaient. À l'étage, les travaux se poursuivaient pour trois chambres et deux salles d'eau. Seules celles qui allaient accueillir Alain et Lily étaient prêtes. Une série de cinq à six petites pièces, à la suite, n'avaient pas encore de fonction précise. Sur deux niveaux en mezzanine, elles donnaient sur un toit terrasse avec vue sur les jardins et la piscine.

C'est dans le living, près de la cheminée allumée, que Martin et Vinciane prirent ce mercredi soir leur apéritif enfumé et aviné. Vinciane partagea ses lectures de la journée, son activité de peinture un peu gênée par le bruit de la pluie. Parfois l'eau l'inspirait, facilitait sa concentration, ce n'avait pas été le cas aujourd'hui. Elle n'avait pas insisté. Elle lui raconta ses pérégrinations sur internet, à la recherche d'informations en ce moment sur Pierre Rabhi, pour lequel elle s'était prise d'affection à la fin de l'été, depuis un article qui l'avait rappelé à son souvenir, lui qui avait un lien qu'elle ne connaissait pas jusqu'alors avec l'anthroposophie.

Le cultivateur algérien, philosophe, écologiste, décédé à quatre-vingt-trois ans à la fin 2021 près de Lyon, appliquait la biodynamie à ses pratiques agricoles. Connu pour son installation dans les Cévennes ardéchoises, il s'était atftelé à ces méthodes dès les années 1960. Il avait été reconnu nationalement, mondialement, écrivain, conférencier, se souciant d'aider les pays africains pour avancer dans leurs propres actions de développement agricole. Elle avait retrouvé dans ses détracteurs le sociologue Gérald Bronner, qu'ils abhorraient tous deux. C'était la première fois qu'ils se retrouvaient à détester un sociologue, si engagé qu'il semblait l'être contre toute croyance. Martin eut l'occasion de revenir sur son élan du moment pour le subjectivisme, relatant son sentiment du soir avec la lune, parmi les vignes, pour exprimer son propos d'un respect nécessaire envers les autres façons de voir les choses. Le pétard faisait son effet.

Il faillit en oublier d'entretenir Vinciane de l'essentiel. Il y pensa quand elle demanda des nouvelles de sa sœur. Comment avait-il pu oublier cela, alors qu'il s'était dit pendant la taille des ceps qu'il leur faudrait bien ranger et préparer la chambre du haut ? Vinciane fut maintenant vite au fait de tout ce qu'il savait sur Alain et Lily, comme elle apprit qu'ils venaient ce vendredi pour au moins passer le week-end de Noël ici avec Anna.

C'était la première fois qu'ils accueillaient du monde, depuis leur installation ici, Vinciane était ravie. Elle ne les connaissait pas, ces deux-là, mais elle accueillit la nouvelle avec une certaine joie. Dans sa tête enfumée, elle imaginait déjà le repas, la mise en avant de leurs propres récoltes, de leurs propres produits. Elle pensait la liste de courses. Elle lui avoua qu'elle commençait à s'ennuyer, que c'était une bonne idée qu'il avait eu là, pour Alain et Lily sans doute, qui en avaient besoin, mais pour eux-mêmes aussi, pour de l'animation dans leur vie.

Elle partit chercher deux feuilles dans le bureau, en tendit une à Martin qui commença alors, se mettant debout, à lire ce passage qu'ils aimaient partager de temps en temps, extrait du deuxième acte des *Batailles* de la *Jeanne d'Arc* que Charles Péguy avait publié en 1897. Martin tenait le rôle de Raoul de Gaucourt, chevalier, conseiller et premier chambellan du roi, bailli d'Orléans, âgé de soixante ans. Vinciane était Jeanne :

- Madame Jeanne, les principaux capitaines et les principaux bourgeois vont s'assembler ici, tout-à-l'heure, pour le conseil : voulez-vous prendre part à ce conseil ?

- Messire, je veux bien, moi, vous allez dire ce qu'il faut faire.

- Voyons, madame Jeanne : allons un peu moins vite, s'il vous plaît. Vous savez bien qu'il ne s'agit pas de cela. Si les principaux capitaines s'assemblent dans votre maison, ce n'est pas pour prendre vos ordres, madame : c'est pour que vous teniez conseil avec eux sur ce qu'il faut faire.

- Mais puisque je le sais, moi, messire, tout ce qu'il faut faire.

- Eh bien ! madame Jeanne : puisque vous le savez, vous viendrez au conseil, vous nous direz tout ce que vous savez, nous vous écouterons bien posément, puis nous discuterons...

- Mais c'est ce que je ne veux pas, messire, que l'on discute ce que je dis.

- Voyons, madame Jeanne, écoutez-moi bien : Voilà quarante ans passés que je fais la guerre ; j'ai fait la guerre aux Turcs ; j'ai fait la guerre, hélas, à beaucoup de chrétiens pour le bien du royaume ; j'ai traîné treize ans dans les prisons des Anglais : eh bien, madame Jeanne, quand je parle, à mon tour, en conseil, je permets qu'on me discute, et même, ce que je dis, je le dis justement pour qu'on le discute. Et pourtant, voici que je vais avoir mes soixante ans sonnés. Et vous, Jeanne, vous qui êtes arrivée d'hier parmi nous, vous qui allez à peine sur vos dix-huit ans, vous ne voulez pas, mon enfant, qu'on vous discute !

- Monsieur de Gaucourt, il ne s'agit pas de moi : Je n'ai rien à commander, moi, qui soit de moi. Je n'ai pas de commandement qui soit à moi. Mais je viens de Celui qui a commandement sur tout le monde ; et celui qui me dit que Dieu m'ordonne, c'est un ancien capitaine aussi, monsieur de Gaucourt, un bien ancien chef de guerre, puisqu'il menait l'armée céleste à l'assaut des maudits.

Puis elle lui tendit sa feuille et partit dans ses appartements sans un mot. Il s'amusa de ce texte, quelques instants, se rassit et prit son livre du moment, un Grisham qu'il continua dans le silence du crépitement des flammes.

*

Vinciane aimait son confort du matin, seule. Alain et Lily venant bientôt loger, elle se dit qu'elle ne retrouverait peut-être pas un tel calme avant longtemps. Elle savourait ces quelques heures, d'abord pour elle-même, mais aussi pour préparer sereinement leur accueil.

Elle parcourut la maison une première fois avec plusieurs bâtons d'encens dans la main droite, des variétés « Himalaya » et « Bouddha », pour apporter une saveur relaxante aux pièces. Puis elle ouvrit toutes les fenêtres, le temps de préparer la chambre du couple et leur salle d'eau. Elle laissa brûler là de l'*aloe vera*, dans l'objectif de chasser les mauvais esprits.

Ailleurs, quand toutes les fenêtres furent de nouveau fermées, elle prit son rituel à cœur, le musc dans l'atelier pour la créativité, l'opium dans le bureau pour la méditation, l'ambre dans le séjour et les annexes pour freiner et bloquer les ondes négatives. Ce n'était que de petites touches, un bâton chaque fois suffisait.

Elle rangea le texte de Péguy, laissé négligemment par Martin sur la table basse. Elle s'arrêta au passage sur une photographie d'elle avec ses deux parents, l'une des seules qu'elle avait, sans cadre, sur l'une des étagères du bureau. Ils n'étaient pas encore venus ici, elle ne le souhaitait pas. Elle les appréciait, ce n'était pas tant la question, mais elle avait changé de vie, avec Martin, quand les quarante-cinq premières années n'avaient été que dépendantes d'eux. Vieille fille, ils l'avaient épaulée, surtout son père. Sans jamais rester avec un homme plus de trois mois, ils l'avaient toujours accueillie en retour dès qu'elle sautait le pas, dès qu'elle emménageait pour se retrouver à la rue le plus souvent une semaine plus tard. Avec Martin cela durait depuis huit ans.

Elle avait passé l'essentiel de sa vie à Mâcon, dans la maison de ville de ses parents, maison étroite qu'ils n'avaient eux-mêmes jamais quittée depuis leurs fiançailles. Après ses études à Lyon, elle était revenue chez eux, installée pour son métier de graphiste dans une maison d'édition du coin, d'aura nationale. C'était avant le coup de foudre avec Martin. Lors d'un salon du livre à Paris, elle était exposante, il était visiteur. Elle présentait des bandes dessinées humoristiques pour la jeunesse, il cherchait des romans graphiques pour adultes, du fantastique et de l'horreur.

Après quelques allers-retours le week-end, elle était venue vivre avec lui dans la capitale, dans son appartement. Cette fois, miracle à son sens, elle y resta. Elle abandonna son emploi, sans en reprendre d'autre, sans même en chercher d'autre. Martin installa pour elle un atelier, pour créer, et depuis lors c'était à cela qu'elle se consacrait. Elle vendait parfois ses œuvres, mais sans compter dessus pour en vivre. Ils s'entendaient bien ainsi.

Dans cette photographie qui lui rappela ce parcours, elle ne voyait plus ces êtres indispensables, comme si elle les avait subis. Elle ne voulait plus les voir, jamais, que sur ce papier mat.

La maison lui sembla nette, prête, après deux heures de travail. Elle mangea sur le pouce quelques feuilles de salade assaisonnées d'une vinaigrette à sa sauce, avant de s'atteler à la table et au repas du soir.

*

Après avoir taillé les vignes de six à onze heures, Martin et Pascal prirent la direction de Valence, savourèrent le plat du jour de leur snack habituel et allèrent se garer près de l'appartement d'Alain. Quand le couple sortit et prit la route, ils ne perdirent pas de temps pour rejoindre le logement, sortir trois sacs plus lourds les uns que les autres. La porte fermée à double tour, ils dévalèrent les escaliers, fourrèrent les paquets dans le coffre et se dirigèrent vers Mirmande. Ils n'avaient pas de crainte particulière quant aux temps de parcours, ils devaient tout de même y être suffisamment tôt pour cueillir le couple au pied du village.

La veille en se promenant pour suivre les instructions de Martin, Alain et Lily avaient eu le sentiment qu'on les suivait. C'était peut-être une forme de paranoïa qui s'était développée dans leur tête, mais ils s'imaginaient un homme, typé italien, jamais très loin derrière eux, en train de les épier. Cette crainte s'était concrétisée quand l'homme s'était installé en terrasse, au bar dans lequel ils étaient entrés boire une bière.

Quand ils furent sur la route pour Mirmande, la Fiat blanche derrière eux, toujours à deux voitures derrière, prenait le même chemin. Ils la retrouvèrent dans les rétroviseurs à l'arrivée dans le village. Garés en haut près de l'église, sortis du véhicule, Lily prit le temps d'un baiser fougueux pour Alain, afin de mieux regarder vers le chemin et voir arriver doucement l'autre voiture.

Ils entrèrent dans le village et dévalèrent les ruelles, suivant les consignes de Martin, prenant les chemins tels qu'ils se proposaient à eux. Après un temps d'hésitation, arrivés en bas, Alain reconnut le véhicule à rejoindre, et ce fut fait, tous deux se glissèrent à l'arrière et se baissèrent du mieux possible pour ne pas être vus de l'extérieur. Pascal ne s'attarda pas et démarra direction le domaine.

Vinciane fut heureuse de les recevoir. Martin leur fit un simple petit tour de la bâtisse, mais ils eurent vite pour instruction de déballer leurs affaires, seuls, de l'installer, de sa familiariser avec leur espace. Ils disposaient de deux armoires, d'un bureau, d'un lit, de quelques étagères sur lesquelles ils pourraient poser des livres pris librement de la bibliothèque en bas, enfin d'une table basse et deux fauteuils.

Alain et Lily, malmenés dans leurs habitudes, bousculés depuis deux jours en sus de ce qu'ils subissaient depuis que les Italiens avaient fait irruption dans leur vie, se sentirent vite à l'aise. Le travail invisible de Vinciane, à peine odorant, faisait son effet. Ils avaient un étage pour eux, dans une campagne isolée, c'était, se dirent-ils, ce dont ils avaient eu besoin depuis le début, sans le savoir, comme si déjà Vinciane et Martin, Anna, même l'inconnu Pascal, les avaient sauvés.

On vint les chercher pour l'apéritif, quand Anna fut arrivée. On ne les brusqua pas pour autant ; Anna et Vinciane causaient ensemble, Pascal affairé près de la porte de l'annexe, observant. Martin attendait de les trouver à leur aise. Ce furent deux statuettes qui permirent d'entamer la conversation, deux statuettes posées sur un grand rebord de fenêtre donnant sur l'extérieur, deux statuettes que Lily observait avec curiosité.

- Voilà la beauté ! fit Martin. Vous voyez là deux copies, conformes en taille, de statuettes de Rodin. Vous les connaissez ?

- Non, répondit Lily, je n'y connais rien. Mais c'est original, ce n'est pas ce qu'on attend d'une statue, cette laideur, ou cette souffrance.

- Effectivement, et c'est ce qui fait leur charme. À gauche, en gris, c'est la *Cariatide à la pierre*. Elle date de 1883. Le mot désigne une statue de femme, dans la Grèce antique, qui fait office de colonne pour soutenir un élément d'architecture. D'habitude la cariatide est sereine sous le fardeau. Mais Rodin a choisi de présenter les choses différemment, à l'occasion de son travail sur la « Porte de l'Enfer », une sculpture monumentale de plus de six mètres de haut, qu'il a mis plus de trente ans à concevoir, en haut de laquelle on retrouve un penseur, sa figure la plus célèbre. La cariatide est comme abattue, comme vaincue, accroupie sous le rocher.

- Mais belle toutefois, comme endormie.

- Oui, on peut la voir ainsi. Elle est jeune, elle soutient la roche, sur son dos ployé, sur le cou contorsionné. Et à droite la vieillesse, un bronze noir créé peu après la cariatide, c'est *Celle qui fut la belle heaulmière*. Il s'agit également d'une figure de la « Porte de l'Enfer », chair flétrie pour un visage marqué, mais digne.

- Qu'est-ce qu'une heaulmière ? fit Alain.

- La femme d'un heaumier, répondit Martin, la femme de celui qui fabrique les casques pour la guerre. La sculpture est inspirée, semble-t-il, d'un poème de François Villon, j'en ai mis un exemplaire dessous, regardez, prenez, fit-il à Lily, désignant un papier plastifié pendant qu'il soulevait l'objet. C'est du vieux français, mais c'est lisible. Elle se décrit elle-même, et c'est sans doute ce qu'a voulu reproduire Rodin.

- « Qu'est devenu ce front poly », se mit à lire Lily à voix haute arrivée à la moitié du poème. « Ces cheveulx blonds, sourcilz voultyz, Grand entr'œil, le regard joly, Dont prenoye les plus subtilz ; Ce beau nez droit, grand ne petiz ; Ces petites joinctes oreilles, Menton fourchu, cler vis traictis, Et ces belles lèvres vermeilles ? »

- « Cler vis traictis » ? interrogea Alain.

- Clairement tracé, sourit Martin, bien dessiné.

- « Le front ridé, les cheveulx gris », continua Lily en sautant les tétons, les hanches et les cuisses. « Les sourcilz cheuz, les yeulx estainctz, Qui faisoient regars et ris, Dont maintz marchans furent attainctz ; Nez courbé, de beaulté loingtains ; Oreilles pendans et moussues ; Le vis pally, mort et destainctz ; Menton foncé, lèvres peaussues : »

- Voilà, acheva Martin en reprenant la feuille, comment deux arts se rencontrent, à quatre siècles d'écart, de 1461 à 1887 !

Vint l'heure de préparer les pizzas. Le temps qu'Alain et Lily fussent resservis en vin par Martin, les autres avaient ramené sur une grande planche, fixé dans une dalle en pierre de l'annexe à hauteur d'homme, tous les éléments nécessaires, chacun dans un grand plat. Il y avait la pâte préparée la veille, le fromage que Vinciane avait râpé dans la journée, des champignons et oignons émincés, des tomates coupées tandis que d'autres avaient longuement mijoté pour une sauce à l'odeur inimitable que Vinciane avait agrémenté de ce qu'il fallait selon elle de marjolaine et de persil. On en oubliait qu'il s'agissait de produits décongelés ou de conserve. On disposait aussi de lamelles de fromage de chèvre, de mozzarelle, de tranches de courgettes, d'aubergine, de fragments d'olives noires. C'était là un panel de couleurs que les yeux humectés d'alcool apprécièrent d'autant plus qu'un crépitement serein se dégageait du four intégré dans le mur.

Le sourire jusqu'aux oreilles, le verre aux lèvres, la main à la pâte, les langues se délièrent à mesure que les ingrédients vinrent garnir chaque création personnelle. Anna eut vite fait de plaisanter sur l'arrivée d'Alain et Lily, mouillés, dans sa librairie, de la crainte qu'ils ne fussent alors suivis.

Alain rigola de cette surveillance dont ils avaient fait l'objet, du jeune Italien qu'ils avaient réussi à berner. Lily, qui se serait en temps normal inquiétée des risques pris, n'eut qu'un « peuchère » tonitruant pour le jeune homme, enchaînant avec une gorgée de rouge et la bouffée d'un pétard que lui tendit Martin. À vue d'œil, les pizzas commençaient à gonfler.

*

Quand Alain et Lily étaient sortis de leur voiture pour aller dévaler les ruelles de Mirmande, Marco s'était garé et avait attendu sagement. Il n'était pas parti les suivre, souhaitant simplement faire le guet ici, se tasser dans le siège en attendant leur retour. Cela ne l'intéressait pas, de visiter.

Il ne se doutait de rien, il n'y avait pas à douter. Leur promenade sous la pluie, elle avait été étrange, certes, cela ne lui avait pas plu de les suivre ainsi. Le rapport qu'il avait écrit dans sa langue à ce sujet était pourtant resté sommaire. « Ils ont marché sous l'eau une bonne partie de la journée, ils sont entrés dans un commerce et en sont ressortis avec un livre. » Point. Son camarade Angelo avait pris le relais, ce soir-là, sans rien à signaler. Marco s'y était remis le lendemain, constatant de nouveau une longue promenade, sans trop de pluie cette fois-ci : « ils sont entrés dans des boutiques de vêtements, sans rien acheter, ils ont pris un verre dans un bistro, ils ont visité deux églises ».

À Mirmande, ce fut surtout le froid qui le gêna. Ce n'était pas rien de rester dans une voiture à l'arrêt tout en haut d'une colline. Au bout de deux heures il sortit, après avoir observé, au plus profond de son siège, une voiture de gendarmerie effectuer le tour du parking.

Il fit quelques pas vers l'église. Le soleil venait offrir de ses rayons sur une terrasse prêtant sa vue sur le village. C'était joli, mais il ne put s'empêcher de penser qu'il avait mieux chez lui. Sur le même principe en coteau, il préférait Cortona, un peu au sud de sa ville Arezzo. Ajouté à cela qu'il était là pour épier deux personnes à son sens insignifiantes, pour un salaire qu'il trouvait tout juste respectable, l'endroit ne trouvait aucune grâce à ses yeux.

Il passa de nouveau deux heures dans la voiture. Il commençait à faire nuit, ils ne revenaient pas. Il craignait s'endormir, il vérifiait de plus en plus souvent que la Mégane de Lily fût toujours là, comme s'il avait pu manquer leur retour et leur départ. Il était sur pied depuis huit heures le matin, il somnolait. La surveillance comprenait normalement de longues pauses, quand le couple restait à l'appartement. Il y avait un capteur sur la porte à Valence, une application sur le téléphone pour savoir quand elle s'ouvrait, c'était confortable. C'était encore mieux quand il travaillait de nuit, ils alternaient, avec Angelo, une semaine sur deux. Il pestait que cette sortie de jour tomba sur sa semaine à lui.

La nervosité le gagnant, pour la première fois depuis le début de leur mission il mit en lien ce temps long sans les voir avec la légitimité de cette surveillance. Malgré l'option sérieuse du restaurant pour deux amoureux, il se sentit fébrile. Les gendarmes venaient de passer de nouveau. Il sortit de la voiture, inquiet du froid, pas équipé pour le supporter longtemps. Il retourna sur la terrasse, sans aucune envie de descendre les ruelles. Pour lui c'était inutile, sauf à contrôler chaque restaurant, sans aucune idée de leur nombre ni de leur emplacement.

Son premier appel fut pour son acolyte. Du haut de ses vingt-deux ans, Angelo n'était pas à même de l'aider, de deux ans son cadet. Ils n'avaient qu'une voiture pour deux, qu'ils se partageaient. Au mieux Marco pouvait-il lui-même retourner à Valence afin qu'Angelo prît le relais ici. Mais ils avaient peur de ne pas bien s'y prendre, ils se l'avouèrent, en estimant qu'au-dessus d'eux on n'appréciait pas ce genre d'initiative.

Ils se mirent enfin d'accord. Marco s'engageait à fouiller le village pendant qu'Angelo se renseignait sur la marche à suivre. Ce dernier fut d'autant moins difficile à convaincre qu'il pouvait aisément mettre en avant les fautes de son collègue, ce dont il ne se priva pas.

Marco se rappela les balades avec son grand-père dans les rues de Cortona, pendant qu'il parcourut Mirmande. Angelo de son côté recevait les foudres du patron, mais sans encore le constat que le couple s'était enfui, constat qu'ils ne se permettraient que le lendemain. Marco serait alors revenu à Valence, Angelo se serait empressé d'aller prendre sa place, retrouvant la Mégane qui n'avait pas bougé.

Quand Marco, le troisième soir, fut repéré par le faisceau de lumière d'une torche policière, il se justifia maladroitement, dans un français approximatif, avec des hésitations qu'il sauva par l'excuse de son accent, expliquant qu'il venait pour une rencontre ici après des échanges avec une fille sur une application de rencontre. Ils décidèrent alors d'abandonner définitivement ce guet, non sans avoir entre temps disposé un traceur sous la voiture, au cas où celle-ci reprenait vie.

*

Arezzo, leur patrie de naissance, ancien bastion défensif de la république romaine, puis lieu d'échange entre Goths et Lombards, était par ailleurs à l'origine d'un paradoxe de Burali-Forti dont le commun des mortels eut été bien incapable d'expliquer le principe. Dante était passé par là, au début de 1304, pendant son exil, quelques mois avant un long séjour dans la ville de Vérone.

Umberto n'avait pas besoin de maîtriser les concepts locaux d'ordinalité ou d'isomorphisme pour comprendre qu'il s'était fait prendre à son propre jeu. Les jours passants le confortèrent dans cette idée, et c'est bien plus dans les enfers que dans les mathématiques que son esprit séjournait. Les amis restés à Marseille firent se glacer le sang de Marco et d'Angelo, quand ils relayèrent un simple message téléphonique, « *Ducci arriva in Francia* », sans préciser la ville de la destination. Ducci, c'était le nom de famille d'Umberto ; son arrivée, elle ne présageait rien de cordial, surtout que cela supposait qu'il ne passât pas les fêtes avec ses proches, une hérésie.

Ils connaissaient maintenant tous l'histoire :

Umberto, cinquante-quatre ans, était originaire du même petit village que le grand-père de Lily, entre les deux villes de Florence et d'Arezzo, sur les pentes du Pratomagno, et contre la forêt de Vallombrosa. Ducci avait quitté l'endroit pour la ville à quelques kilomètres au sud, mais il restait attaché à ses racines. Quand il avait découvert, par son propre grand-père, autre Umberto, avant qu'il ne mourût, que l'un des leurs avait progressivement soustrait, en toute discrétion, vers la France, le produit de leurs affaires locales, jusqu'à représenter quatre cents millions de lires, deux cent mille euros d'aujourd'hui, il était devenu fou furieux. Non pas que la somme représentât beaucoup pour lui, mais que c'était l'honneur de la famille, qu'on avait attaquée là. Il ne comprenait pas que son grand-père n'eût pas agi lui-même. Certes c'était une amitié d'enfance, certes c'était une femme qui avait fait tourner la tête du traître Giuseppe, mais Umberto ne comprenait pas ce manque de courage. Il s'était promis de le venger.

Il était à la tête d'un ensemble immobilier d'ampleur, qui comprenait des terres riches en Toscane ainsi qu'un ensemble foncier très profitable à l'intérieur et aux alentours d'Arezzo. Il gérait également un trafic notable d'armes et de drogues. À la tête d'une escouade familiale de quinze hommes, il avait les moyens d'une action de vengeance. Il se rendit même vite compte, à force de recherches, d'enquêtes, qu'il pouvait en retirer un revenu substantiel.

Quand Lily disparut dans Mirmande, Umberto avait déjà profité financièrement de l'opération. L'appartement de Marseille recouvrait la somme due et promettait une plus-value non négligeable. Mais ce n'était pas suffisant, il désirait qu'elle souffrît davantage de ce qu'avait fait son aïeul, qu'elle comprît mieux la valeur de l'argent.

Il était dans la propriété de son grand-père, petit château bucolique entre Reggello et Canova, quand il apprit la nouvelle, et sa décision fut vite prise, qu'il s'en occupât lui-même.

Angelo et Marco reçurent des instructions cryptées. Renommés Sirisco et Tindaro, ils devaient accueillir Parmeno directement dans l'appartement d'Alain, ce serait leur quartier général, on abandonnait l'hôtel. Le risque était important, selon Sirisco, de se faire repérer, par les voisins par exemple. Mais comme on ne discutait pas les décisions du chef, les deux acolytes eurent vite fracturé la porte pour s'installer en l'attendant. Umberto-Parmeno arriva en taxi. Ils le trouvèrent fatigué, moins en colère que ce à quoi ils s'attendaient. La cohabitation démarrait sous les meilleurs auspices, sans parler encore de cette affaire qui les occuperait vite, et Parmeno fut heureux du bon vin ouvert en son honneur en cette première soirée.

- Vous voyez, votre cousin Tofano ? fit Parmeno, ne trouvant en réponse que des mines circonspectes à entendre un prénom qui ne leur disait rien. Si, Tofano, continua-t-il, voyons, recevant alors un acquiescement poli des deux garçons. Il nous en a fait voir de belles, avec Ghita. On ne connaît pas toute l'histoire, mais on a beaucoup ri de lui, fit-il.

Sirisco et Tindaro avaient l'idée qu'éloignés de l'Italie, certaines anecdotes familiales leur échappaient.

- Vous savez comme il est jaloux, le Tofano, et la Ghita n'en pouvait plus. Il était tellement à lui faire des scènes, sans qu'elle eut à se reprocher quoi que ce soit, qu'elle en fit une raison de l'en punir comme il se doit. « Autant qu'il soit jaloux, autant se trouver un amant », ce fut son credo. Elle fit boire Tofano tant et si bien qu'il fut tout le temps, du midi jusqu'au soir, dans un état lamentable d'ivresse. Il s'écroulait chaque soir seul dans le lit conjugal. Elle convolait chez le voisin pour y prendre du plaisir.

- Quelle histoire ! annonça Tindaro.

- Mais Tofano s'est mis à douter, voyant qu'elle le faisait boire sans prendre une goutte de son côté, si bien qu'il a fait semblant d'être ivre, une journée entière, et qu'elle est tombée dans le panneau. Quand il est couché, elle sort. Il a le toupet de fermer la maison, l'empêchant de rentrer, la traitant comme une pestiférée. Elle devient folle, en revenant, voyant la porte close. Elle fait une scène depuis la rue, le menace de se jeter dans le puits, elle y jette même une grosse pierre, faisant croire que c'est son corps, si bien qu'il vient dehors. Alors elle sort d'une cachette, entre dans la maison, qu'elle ferme à son tour, le laissant seul dehors. C'était à la fin novembre, là, à chacun son tour d'avoir froid, vous imaginez l'affaire. Les voisins peu à peu s'en sont mêlés, d'autant que Tofano y allait gaiement en injures de toutes sortes. Les deux frères de Ghita ont été appelés, et ils sont venus la chercher, dès le lendemain, avec ce qui lui appartenait.

- Et ensuite ? fit Sirisco, pris d'affection pour ce cousin, même inexistant, et surtout transporté par cette langue natale qu'il n'avait entendu aussi longuement depuis plusieurs semaines, chantante et rugueuse dans la bouche du Ducci.

- Ils viennent de se rabibocher, répondit Parmeno. Il y a passé du temps, mais Tofano a fait tout son possible pour la ramener à lui et pour vaincre son mal.

- Sa jalousie ? demanda Tindaro.

- *Ma*, une affreuse jalousie, oui, quand elle pousse l'autre à la justifier en prenant un amant !

Parmeno entra dans le vif du sujet dès le lendemain matin, oubliant les fantaisies boccaciennes, mettant fin au répit de Sirisco et Tindaro. Il insista sur trois actions : ne plus utiliser que ces noms pour communiquer entre eux, reprendre leurs rapports de surveillance pour vérifier ce qui pouvait paraître suspect dans le parcours du couple pendant les derniers jours avant leur disparition, garder un œil sur les outils d'alerte, pour la voiture comme pour les entrées dans l'appartement. Il mit fin par ailleurs à la crainte des deux acolytes d'être repérés ici en leur expliquant qu'ils joueraient les locataires Airbnb, une fausse annonce ayant d'ores et déjà été publiée sur la plateforme en ligne pour qu'une preuve fût éventuellement présentée.

En vrais touristes ils écumèrent la ville. Ils éclusèrent des rouges, Parmeno curieux des breuvages locaux. Ils n'accusèrent que des échecs en leur enquête, toutefois. Malgré eux, ils excusèrent un seul oubli, la librairie ésotérique, fermée pour les congés. Ce lieu restait une piste, pour Parmeno, mais bien légère. Tindaro insista sur cette légèreté : ils n'y étaient entrés qu'une fois. Ils y étaient restés longtemps, certes, mais c'était simplement pour lui la pluie qui l'expliquait, rien d'autre.

Parmeno était à Valence depuis quatre jours, prêt à repartir, quand l'application de suivi du traceur sonna dans le téléphone de Sirisco. C'était la voiture de Lily qu'on déplaçait.

Il y avait une demi-heure pour atteindre Mirmande, il ne leur fallait pas perdre de temps. Sirisco conduisait, Parmeno tenait à prendre la main sur l'application.

La Mégane était partie de Mirmande, et vers le Sud elle prenait une petite route en forêt, escarpée, direction Marsanne. Parmeno se montrait confiant. Ils roulaient plus vite, sur la grande voie, ils gagnaient du terrain.

Dès avant le village de Marsanne, le poursuivi semblait stationné : Parmeno sut alors qu'ils avaient déniché la cachette. La voiture était à l'écran bien à l'arrêt, les Italiens se rapprochaient. Sur place, pourtant, le véhicule, bien visible sur l'application, ne l'était pas dans la réalité. Il n'y avait que le traceur, déposé en bord de route, que Parmeno, pris d'une rage impuissante, jeta dans le décor.

*

Cinq jours plus tard, samedi 7 janvier, c'était jour de pleine lune. Martin et Alain se retrouvaient seuls, en fin d'après-midi. Pascal était chez lui, Vinciane et Lily dans leurs chambres respectives.

- Demain nous reprenons le travail avec Pascal, commença Martin après avoir servi deux verres de vin. Ce serait bien que tu viennes avec nous, pour aider.

- Volontiers, répondit Alain.

- Regarde, voilà ce que j'aimerais atteindre, continua Martin en tendant le bouchon de la bouteille. Ces lunes dessinées, de la croissante à la décroissante en passant par la pleine.

- *Demeter* ? lit Alain.

- Oui, en biodynamique. Est-ce que tu le trouves à ton goût, ce domaine des Carabiniers ? C'est ce que j'aimerais faire.

- Je n'y connais pas grand-chose en vin, mais je le trouve aéré, j'apprécie.

- Ce n'est pas un grand vin, mais c'est un bon vin, et c'est ce qu'on souhaite avec Vinciane.

- Et le cheval, sur la bouteille ?

- C'est le symbole de leur domaine. Il faudra qu'on trouve notre propre emblème, c'est encore un autre sujet, mais cela viendra. Je les ai rencontrés, ceux-là, déjà trois fois, ils m'ont donné beaucoup de conseils. Ils sont au Sud, près d'Avignon.

- C'est surtout le label *Demeter*, qui t'intéresse.

- Ce n'est pas pour cette année, c'est un projet au long cours. Toutes les étapes ont leur importance, pas seulement la vigne et sa culture, il y a les préparations à répandre. Entre la 500 et la 501 selon les cas, entre la bouse et la silice, parfois je m'y perds un peu. Il y a des contraintes de vinification : peu de sulfites, pas de levures industrielles, pas d'acidification...

- Pourquoi ce projet est-il si important pour toi ?

- Ce serait comme une fierté d'avoir réussi, d'avoir respecté le cahier des charges. L'idée de faire un vin de qualité qui, s'il ne se conserve pas longtemps, a bien d'autres atouts, en lien si direct et si sain avec la nature, avec la lune.

- J'aurais cru que c'était pour l'argent.

- Le domaine est petit, Alain, et l'argent, je l'ai déjà.

- J'aurais cru que c'était pour la philosophie derrière tout cela, en ce cas, Martin. Je sais ce qu'on reproche à l'anthroposophie. J'entends bien cette idée de mieux respecter la nature, ses rythmes, mais cela va plus loin, c'est presque religieux. Comme il y a des rituels pour le halal ou le kasher, il y a des rituels en biodynamie.

- Tu as sans doute raison, oui. Dans ce domaine on ne voit parfois pas trop la frontière entre pratique et mystique. Le rapport à la nature ou à la lune a toujours été l'objet de raccourcis, de parodies, de moqueries. Être dans la lune, être perché, la tête en l'air. Je pourrais mettre cela en parallèle avec les procès en sorcellerie du Moyen Âge. On s'y oppose presque par principe, sans savoir, sans s'y intéresser. Ce sont des préjugés.

- Mais Steiner, il a tout de même de sacrées casseroles à traîner : il laisse un héritage eugéniste qui pose problème, non ?

- Il fut allemand, son mouvement fut proche des nazis quand d'autres à son époque furent proches des nazis, quand ceux-ci étaient attirés, au plus haut niveau, par l'ésotérisme. Il est mort en 1925, tout de même, Steiner, mais il avait effectivement des idées peu orthodoxes, c'est certain. Il n'est pas simple de vivre avec un tel héritage. Pour autant je ne suis pas un de ses disciples, et j'aime à savoir qu'il était aussi un grand spécialiste de Goethe, qu'il a été reçu docteur ès philosophie. Ce qui m'intéresse, ce n'est qu'une partie de lui, le meilleur, le louable, des pratiques qui ont été reprises et développées par d'autres, et qui n'ont rien à voir avec cet aspect sombre dont tu parles.

- Mais l'eugénisme, il est toujours là, dans l'anthroposophie contemporaine, dans les écoles qu'elle développe, dans la santé qu'elle promeut, l'individualisme élitiste, le protestantisme de bon aloi.

- Il me fait plaisir que tu connaisses un peu le sujet. C'est appréciable et troublant à la fois. D'autres y voient un goût certain pour le vivant, pour la matière animé, pour l'énergie, ou encore pour la science de l'esprit, pour la science de l'occulte.

- Les nazis avaient aussi le goût de l'occulte. Ce que je veux dire, Martin, c'est qu'il n'est sans doute pas nécessaire de chercher à s'affilier à un label aussi controversé pour faire le vin qui te semble bon, surtout sur une surface si petite. S'il y a bien quelque chose que les derniers événements m'ont fait apprécier, c'est l'indépendance, quand bien même je suis à présent dépendant de toi, de Vinciane, de Pascal.

- Tu n'es pas dépendant de nous. Ne vois pas la situation de cette manière, Alain, ajouta Martin en remplissant les verres.

- Alors soyons ambitieux, Martin, soyons créatifs !

- Peut-être as-tu raison. Mais abandonner *Demeter*, ce serait un coup dur pour Vinciane, et pour Pascal aussi, je peux te le dire, depuis le temps que je leur en parle.

- Mais tu n'abandonnes pas ce bio-dynamisme pour autant, Martin. Tu le fais à ta manière.

- À notre manière.

- À notre manière, oui, si tu préfères, avec tes propres règles, avec ta propre philosophie, sans supporter cet héritage nauséabond, sans financer un groupe, un lobby, et des activités qui, je l'espère, ne te correspondent pas.

- Pour ma part, ce que les derniers événements m'ont fait apprécier, à mon tour de le dire, ce sont ces prémices d'une vie en communauté. Que vous soyez là, tous les deux, c'est un grand plaisir. Et j'aimerais développer cette façon de vivre, ici.

- Qu'as-tu à l'esprit ?

- Dans tout cet étage inoccupé, j'aimerais qu'on fasse venir du monde, qu'on vive ensemble, qu'on établisse nos propres règles, qu'on travaille ensemble, qu'on fasse la fête ensemble…

- Qu'on communie ensemble ! j'ai l'impression que tu ne quittes pas cette envie de rituels.

- Peut-être oui, répondit Martin. C'est peut-être de cela dont j'ai besoin, de communion, de religion, mais aussi d'échanges nourris, d'effervescence, vois-tu.

- Il y a peu de chance que cela fonctionne.

- Sauf si on y travaille ensemble, répondit Martin en se levant, qu'on établisse les bases d'une petite communauté, fit-il en revenant avec une autre bouteille. À moins bien sûr que tu te sentes coincé ici, avec Lily, et que vous n'ayez qu'une hâte, partir, ajouta-t-il en souriant.

- Je ne peux pas parler pour elle, mais je n'ai pas hâte de partir. Nous sommes coincés ici pour un moment, sourit-il, au regard de la colère que nous avons suscitée chez nos amis toscans. Alors à la nouvelle communauté ! lança Alain, levant son verre

- Trinquons à cette belle idée ! Et faisons-nous en les messagers et questeurs auprès de nos belles, mon cher frère !

3.

À cinq ils avaient pris la décision, à la mi-janvier, de développer la communauté. Pascal eut, deux semaines après, une idée d'action dont il fut fier. Voyant le projet stagner, il osa prendre une initiative qui l'excitait depuis quelques temps.

Souvent chargé de l'impression de documents pour l'administration du quotidien de la ferme, il se rendait dans la zone des Couleures, au nord de Valence, dans une enseigne de fournitures de bureau qui permettait de disposer tranquillement d'un photocopieur, avec l'utilisation d'une clé USB ou d'internet pour gérer les documents à sortir sur papier. Il lui était arrivé une fois, par oubli, d'utiliser la deuxième option, avec accès à sa messagerie, donc ; il avait alors découvert que le dossier de téléchargements n'était jamais vidé. Ainsi tout était là, des dizaines de fichiers, sur plusieurs mois, de tous ceux qui s'étaient servis de l'outil. Il avait pris soin de supprimer ses propres fichiers, et cette faille était restée dans son esprit.

*

Pour le projet de cercle, Martin et Alain avaient d'abord fait part de leur échange à deux, de leurs premières réflexions. Vinciane s'était laissée séduire, non sans avoir essayé plusieurs fois de défendre leur volonté initiale d'une affiliation aux principes de l'anthroposophie. Elle fut convaincue par trois termes de leur projet : l'indépendance, la liberté, l'autonomie. Pascal avait été plus difficile à rallier, c'était pour lui des mots vides de sens. Mais Lily, en effectuant la démarche à haute voix d'une argumentation qu'elle déclinait surtout pour elle-même, le fit progressivement changer d'avis.

Rester entre eux, c'était ne se faire trahir de personne. C'était maîtriser leur mode de vie, dont leur production agricole, son évolution à mesure que le groupe s'étofferait, leurs besoins et leurs gains financiers. C'était s'assurer dès le début que l'un serait l'égal de l'autre dans le groupe, sans concurrence, sans compte à rendre sauf à leur propre collectivité, à leur petit groupe. On laissait par exemple de côté le label défini pour la vigne et le vin, le groupe formulerait ses propres exigences.

Dès le soir de cette première discussion, quelques règles simples furent énoncées, ensuite rédigées soigneusement par Vinciane. Avant le temps d'un règlement plus conséquent, plus précis, on se mit déjà d'accord sur la contribution financière de chacun et sur les procédures de recherche et d'accueil de nouveaux membres.

On décida d'un provisionnement financier par les cinq membres fondateurs. Chacun, même Pascal, pourtant toujours employé de Martin et Vinciane, versait deux mille euros. On estima ensuite la contribution mensuelle à la communauté, qui pouvait être ensuite revue à la baisse ou à la hausse. En estimant les charges fixes associées au domaine, les besoins alimentaires, les coûts liés aux véhicules, aux productions, on s'accorda pour deux cents euros par mois de chacun, qui s'ajoutaient donc à la première assise de dix mille euros.

Seuls Martin et Vinciane étaient en mesure de gérer un compte pour la communauté, c'était une confiance que les trois autres furent prêts à leur accorder. On parlait là d'un compte communautaire, il n'était pas question d'effrayer les nouveaux arrivés. La contribution de ces recrues était prévue du même ordre, avec un apport initial, si besoin sous forme d'une dette, puis une contribution mensuelle.

Tout accueil de membre était à valider par les cinq fondateurs. Tous sans exception devaient donner un avis favorable pour que le nouveau fût intégré et mis au fait des règles et objectifs de la communauté.

Anna était-elle également fondatrice, ou même simple membre ? La question fut posée. Martin ne pensait pas qu'Anna voulût les rejoindre ; il souhaita qu'on lui donna le titre d'alliée. Ils avaient besoin de tels individus, au fait de leur organisation, de leurs activités, ils avaient besoin de tels relais entre eux et le reste du monde. Anna, pour lui, correspondait à ce profil. Elle ne quitterait pas son activité, il en était convaincu, elle ne viendrait pas vivre avec eux, cela semblait une évidence. Mais elle était une personne de confiance, ils ne devaient pas en douter. Martin souhaitait parler avec elle, pour la sonder, la préparer, la convaincre. Au-delà de l'administration ce furent leur première décision collective, que de lui donner ce mandat, séduits par l'idée d'associer sa sœur au projet.

*

Martin eut l'occasion de trouver Anna seule dans sa boutique dès le lendemain.

- Alain et Lily vivent-ils toujours chez toi ? s'enquit-elle très vite après les salutations d'usage.

- Oh, cela ne risque pas de changer de sitôt, répondit-il.

- Tant que cela ne te dérange pas, ni Vinciane.

- Au contraire, bien au contraire. La vie en communauté prend forme, ajouta-t-il. Tant qu'à vivre ensemble, nous nous organisons, vois-tu, avec Pascal également. Nous pensons nous inspirer d'expériences du passé pour engager un cadre de vie commun, réglé, et je suis venu te demander des conseils de lecture, sourit-il.

- Tu ne me surprends même pas, tu le sais.

- Pas encore, pas encore.

- Qu'est-ce qui pourrait me surprendre, venant de toi ?

- Que nous ne soyons pas que cinq, peut-être.

- C'est-à-dire ?

- Nous travaillons à l'aménagement du premier étage et des combles, pour accueillir du monde. Tu es la bienvenue d'ailleurs. Nous pouvons être dix, je pense, quinze…

- Et dans quel but ?

- Je ne sais pas s'il faut un objectif autre que celui de vivre ensemble en dehors du temps, dans le respect de règles qu'on se sera fixées. Qu'en dis-tu ?

- Que ce sera sans moi, tu le sais. Ce que j'en dis, c'est que c'est une lubie comme tu les aimes, une lubie amusante, je n'oserais dire le contraire, mais une lubie tout de même. Alors ce que j'en dis, c'est que tu ne dois pas penser qu'à toi, dans cette histoire, que tu dois bien mesurer les conséquences, pour les autres, quand la lubie te sera passée.

- Tu sais pourtant que je tiens la route, Anna, quand je m'engage, répondit-il.

- Je me méfie simplement de l'idée et de ses suites. J'en ai lu autant ou presque que toi sur le sujet.

- Et c'est pour cela que j'ai besoin de toi, non pas pour nous rejoindre, je le sais, mais pour nous aider.

- Tu es mon frère.

- Tu es ma sœur.

- De quel genre d'aide parles-tu ?

- J'ai proposé que tu sois pour nous une alliée ; c'est d'abord l'idée que ta boutique soit un lieu de rencontre avec des individus qui seraient susceptibles de nous rejoindre.

- C'est déjà beaucoup, que je sois votre rabatteuse, votre espace de recrutement ?

- Ni la première expression ni la deuxième ne me plaisent.

- Que cela te plaise ou non, on appelle un chat un chat, dit-on. De quoi d'autre as-tu besoin ?

- De conseils, au regard de ce qu'on fait, de la manière dont cela peut évoluer. Que tu sois mon lien vers l'extérieur, ma conscience, tout comme tu l'as toujours été.

- Es-tu assuré que tes chers collaborateurs ne se lancent pas dans ce projet pour de mauvaises intentions ? Pour l'argent ? Pour le pouvoir ?

- Nous ne sommes jamais sûrs de rien, mais c'est moi qui m'occupe des finances, c'est un premier gage de confiance, sourit Martin.

- Tant qu'il n'y a rien d'illégal dans l'affaire, alors je coopère.

*

Dix minutes après cet échange, quand Agnès entra dans la boutique, c'est avec un talent qu'Anna ne lui soupçonnait pas que Martin se fît grand connaisseur des lieux, employé sans l'être, qui demanda ce que la jeune femme venait chercher ici.

La cliente présenta un profil qui lui sembla l'idéal : étudiante à Lyon, ayant abandonné sa première année en faculté d'anglais, après avoir abandonné l'année précédente sa première année d'histoire. Au décrochage universitaire s'était ajouté le décrochage familial. Elle était à présent à Valence chez une amie, et cherchait de la lecture pour occuper ses journées. L'amie en question était intermittente du spectacle, partie trois jours avant en tournée à Biarritz avec sa troupe de théâtre.

Elle, ce qui lui plaisait, c'était l'histoire médiévale et la sorcellerie. Elle venait consulter et choisir des livres sur ces deux sujets, mêlés, du côté sombre. Elle n'en avait pas lu encore, sauf des broutilles pour les enfants sur les sortilèges et la magie. Elle disait être incapable de s'engager dans des études universitaires, mais à même de se passionner pour ce genre de connaissances, qui lui plaisaient réellement.

Martin buvait ses paroles. Il n'avait pas besoin de l'aider pour qu'elle se confiât. Pêle-mêle, elle lui expliqua qu'elle ne s'intéressait plus aux garçons, qu'elle avait eu assez de mauvaises expériences à Lyon, de « mecs chelous », de « psychopathes de la bite », expression qu'elle assortit d'un faible « pardon ». Elle lui expliqua qu'elle en avait marre de la ville, qu'elle n'avait qu'une envie, se retirer quelque part, « tranquille », « cultiver lire », « passer le temps ».

Sur les étagères d'Anna, il y avait l'astrologie, la numérologie, la cartomancie, la radiesthésie, la voyance, l'aromathérapie, la réflexologie, la sexualité astrale, les sociétés secrètes, mais aussi l'ésotérisme dans les religions. Au-delà de quelques ouvrages sur l'alchimie et les fées, elle n'avait rien de probant sur les arts obscurs, sur la magie noire ou les malédictions. Alors Martin présenta Vinciane à Agnès, il la lui montra même en photographie, dans son téléphone, car sa femme, lui dit-il, était une pointure en sorcellerie, en particulier la sorcellerie moderne. La Wicca, demanda-t-elle ? La Wicca, confirma-t-il. Elle était intéressée, il était conquis.

Ils fouillèrent tout de même les rayonnages, avec Anna, mais sans autre chose qu'un « petit grimoire de pratiques magiques », édité chez *Rustica*, cent quarante pages qui ne pouvaient pas la sustenter sur ce thème.

Martin proposa deux options, quand Anna se fut éloignée, soit qu'il ramenât des ouvrages de sa femme dès le lendemain, pour les lui montrer, soit qu'Agnès la rencontrât, un jour prochain. Elle pouvait même venir manger, pour sortir de sa solitude, pour échanger plus longuement. Mais c'était vraiment le point délicat, la convaincre de venir à la maison. Quand bien même Agnès en ressentait l'envie, elle était méfiante de par son éducation. Ce fut là que l'aide d'Anna fut décisive, quand elle dit à la jeune femme : « ne vous inquiétez pas, c'est mon frère, vous pouvez y aller les yeux fermés, il ne vous ensorcellera pas » ; ils prirent la route cinq minutes après pour la bâtisse.

Vinciane se fit un plaisir de montrer ses peintures, dans lesquelles l'harmonie des plantes, les quatre éléments, les invocations, étaient une source constante de figures plus ou moins abstraites. Ici le calice, là le pentacle, parfois le cristal, Agnès constatait que Martin ne lui avait pas menti. Vinciane proposait non pas un succédané d'envoûteuse, elle était ensorcelante à plus d'un titre. Elles passèrent une heure entière devant les œuvres, Agnès ne cessant de poser des questions sur son inspiration, sur les messages qu'elle donnait, se permettant parfois même de partager son sentiment sur telle ou telle forme, sur tel ou tel choix de couleur. Il y avait des dessins aussi, dans l'atelier, plus prosaïques, comme relevant de rituels, une esquisse de crâne de bouc à un endroit, accompagnée de lunes à différentes étapes, ailleurs c'était un œil au cœur d'un triangle pyramidal, des formes géométriques à tout va... Agnès était émerveillée par cette femme, qu'elle considérait plutôt comme une druidesse, lui dit-elle, que comme une sorcière, gênée par le sens péjoratif, au demeurant, de ce dernier terme.

Quand elles rejoignirent le salon, Alain et Lily étaient là, un verre de rouge à la main, intimidés. Agnès fut installée devant eux tandis que Vinciane se dirigeait dans le bureau. Le couple eut alors à répondre à la curiosité de la jeune femme, lui expliquer qu'ils vivaient ici depuis plusieurs semaines, que c'était devenu maison commune, qu'ils envisageaient même d'être plus nombreux. C'était dit. Quand Agnès demanda qui donc ils attendaient pour être plus nombreux, ils répondirent qu'ils ne le savaient pas vraiment, que c'était qui voulait faire partie de leur monde, vivre ici, « cultiver lire ».

Vinciane apporta deux ouvrages sur la Wicca, parmi deux étagères de sorcellerie. Martin et Pascal approchèrent. Agnès n'avait pas envie de regarder ces livres maintenant, elle préférait causer, tout savoir sur leur vie d'ici, savoir s'ils pratiquaient la sorcellerie, s'ils mangeaient ce qui poussait dans le jardin, s'ils avaient du travail, tout de même, s'il y avait des rituels à observer. Et les réponses vinrent, rassurantes avec un peu de vin.

Les cinq membres fondateurs comprirent vite qu'Agnès allait être leur première recrue. Ils furent tous surpris de l'harmonie qui régnait alors entre eux tous. Ils veillèrent longtemps, il fut évident qu'elle restait dormir. Au réveil elle ne souhaitait pas s'en aller. Elle s'installa dans le canapé, la matinée, pour lire, seule. Lily s'y assit près d'elle dans un fauteuil, après elle, et continua son roman. Quand Agnès demanda si elle pouvait aider à quelque chose, ce fut une nouvelle étape qu'on atteignit. Alors elles préparèrent le repas ensemble.

- Tu penses que je peux rester ? demanda-t-elle au moment de rincer les pommes de terre.

- Combien de temps ? demanda Lily.

- Je n'ai rien de prévu, je n'ai pas de limite.

- Ce n'est pas que vivre en communauté, Agnès, tu l'a compris. Nous tenons à être coupés des autres, chaque nouveau membre doit l'accepter, et d'autres règles aussi.

- C'est ce à quoi j'aspire aussi, l'isolement, depuis longtemps.

- Peut-être depuis plus longtemps que moi, alors, sourit Lily.

- Quelles sont ces règles que je dois connaître et accepter avant de pouvoir être des vôtres ?

- Tu serais la première à nous rejoindre, et ce serait un plaisir. Je suis persuadée que tu aurais ta place ici. Mais c'est un sacrifice, j'insiste. Tu es avec nous, et personne d'autre, tu coupes le contact avec le monde extérieur. Nous n'avons qu'une alliée, dehors, Anna, la sœur de Martin, que tu connais. Es-tu prête pour cela ?

- Oui, je le veux, fit Agnès avec toute la solennité dont elle put faire montre.

- Et nous participons collectivement à l'effort, financièrement.

- Que veux-tu dire par là ?

- Nous versons chacun chaque mois deux cents euros, après un dépôt initial de deux mille euros, répondit Lily.

- C'est beaucoup.

- Beaucoup trop ?

- J'ai coupé les ponts avec mes parents. Je ne touche plus de bourses, d'avoir abandonné les études, je ne peux pas vous rejoindre sur cette exigence.

- Je l'imagine bien, oui.

- C'est éliminatoire ? fit Agnès avec son plus beau sourire.

- Il serait amoral que cela le soit. Nous en discuterons tous ensemble.

L'entrée d'Agnès dans le cercle fut décidée le soir même, avec une rapide première dérogation aux règles édictées trois jours plus tôt, ainsi le principe, d'un commun accord, d'une augmentation de la part des membres solvables lors de l'entrée dans le cercle d'un membre non financièrement viable. Ainsi les cinq fondateurs voyaient leur cotisation passer à deux cent cinquante euros par mois.

Le lien avec l'extérieur fut coupé symboliquement quand Agnès alla chercher quelques affaires chez son amie absente, laissant sa clé dans la boîte aux lettres. Le vendredi 20 janvier au soir, une simple cérémonie fut improvisée, dans le salon, sans aucun sang versé ni rituel ésotérique, mais avec une remise par Agnès de son téléphone à Martin, pour le garder en lieu sûr jusqu'à ce que confiance fût acquise, puis avec force embrassades, longues et joyeuses, autour de cocktails colorés préparés par Vinciane pour l'occasion.

*

En quelques jours une routine s'installa, comme en une organisation établie naturellement, comme d'instinct. Le matin Pascal et Martin partaient tôt, soit pour les vignes ensemble, soit séparément pour des courses à Valence ou des visites à la librairie. L'après-midi Martin n'était que rarement revenu, se promenant en ville, lisant dans les brasseries, à la recherche de nouveaux membres, sans succès.

Alain et Lily se levaient tard, ils émergeaient doucement. Ils rejoignaient Agnès au salon, pour lire auprès d'elle. Agnès dévorait la bibliothèque de Martin et de Vinciane, heureuse ainsi de nourrir son esprit de légendes et magies. Elle faisait part de ses découvertes à ses deux nouveaux amis, non sans rappeler pour Alain le goût qu'il avait pour cette littérature quand il était plus jeune. Un jour elle leur relatait des pratiques d'exorcisme, un livre toujours en main sur la question, un autre c'était le diable dans la peinture à travers les grands courants artistiques. Alain et Lily se laissaient prendre, et consultaient eux-mêmes ces ouvrages à la suite.

Vinciane était au jardin, c'était le début des plantations, et leur programme était chargé s'ils visaient une réelle autonomie. Lily la rejoignait après le déjeuner, tandis qu'Agnès avec Alain travaillaient dans la maison, dans les chambres, à monter des cloisons, à installer les réseaux d'électricité et d'eau, avec parfois l'aide précieuse de Pascal.

Ils vivaient chacun de leur côté en fin d'après-midi, séparés, qui pour lire encore, qui pour se balader sur le domaine. Puis ils dînaient tous les six ensemble, c'était l'occasion de faire le point sur les recherches vaines de Martin, sur les emplettes de Pascal, sur l'avancée dans les travaux et le jardinage.

Pascal approcha Lily et Vinciane dans le jardin, un après-midi comme un autre, tandis qu'elles installaient le système d'irrigation. Il venait partager son idée, ne se sentant pas assez en confiance, comprirent-elles, pour en discuter devant tout le monde. Ce qu'il leur présenta d'abord, ce fut une clé USB sortie de la poche, avant de raconter, en balbutiant, l'enseigne de papeterie, les documents privés à la disposition de tous, auxquels il pensait depuis quelques temps déjà et qu'il avait ce matin même récupérés sur cette petite clé.

Il s'attendait à des yeux ronds, il ne fut pas déçu, surtout qu'elles ne comprenaient pas bien le principe, ce qu'il voulait en faire. Mais c'était pour lui connaître des individus, en sélectionner, les convaincre de les rejoindre, selon leur profil. Il n'y avait qu'à regarder, sur l'ordinateur, ce qu'ils firent.

Il y avait quatre-vingt deux fichiers, pour deux à trois mois de stockage. Ils pouvaient provenir d'une trentaine de personnes en tout, et dans les intitulés qu'ils virent c'était surtout des documents administratifs afin de constituer des dossiers, d'accompagner des formulaires. C'était parfois des vies complètes qui s'affichaient sur l'écran. Lily en fut effrayée mais conquise, ses mains devant les yeux, contre ce voyeurisme, mais écartant vite ensuite les doigts pour mieux voir, partant à rire.

Classés par date, les profils se suivaient, demandes d'aide à la caisse d'allocations familiales, fiches de paye, avis d'imposition, attestations de sécurité sociale, d'assurance, attestations de domicile, numérisations de cartes d'identité, de cartes grises. On trouvait un ou deux dossiers médicaux, à côté de documents plus futiles comme des paroles de chansons ou des photographies entre copines.

Vinciane proposa d'y passer l'après-midi pour effectuer une première analyse, pour en parler en assemblée le soir même. Pascal et Lily n'y émirent aucune réserve. Et le soir donc elle expliqua, elle déroula l'idée. À partir des fichiers, elle avait relevé trois profils qui méritaient leur attention selon elle.

Elle commença par Nicolas, vingt-six ans, travailleur intérimaire dans deux domaines, la restauration, au service en salle, et le bâtiment, en tant que manœuvre. Il avait commencé par la restauration, avec un Brevet d'études supérieures, et, comme le précisaient son *curriculum vitae* et sa lettre de motivation, il était passé d'un secteur à l'autre selon les opportunités. La faible durée de chaque poste posait question sur sa fiabilité, mais quelques recherches sur les réseaux en ligne avaient permis à Vinciane de s'en faire une idée positive, à partir de ce qu'il exprimait et partageait, notamment dans une certaine poésie de la nature, une expression lettrée de fruste solitude. Il avait un peu d'argent de côté, vivait à Valence depuis six ans, originaire de Dijon et passé par Clermont-Ferrand et Roanne avant d'arriver dans le secteur. Martin se proposa pour approcher le garçon, il n'abandonnait pas l'idée qu'il était capable d'assurer de nouveaux recrutements après celui d'Agnès.

Ensuite c'était Maria, la cinquantaine, sans emploi, sans enfant, sans mari. Deux photographies présentaient une femme bien faite, rurale, droite. Son parcours était étrange, ç'avait été plaisant à suivre pour Vinciane. Maria semblait avoir des origines espagnoles, mais ce n'était pas clair. Elle vivait à Valence depuis déjà quinze ans, sans relations sérieuses. Sur le web elle partageait surtout des icônes pieuses, parfois des photographies de plats qu'elle cuisinait pour elle seule. Elle vivait dans un logement social, complétait des demandes d'aides. Vinciane avait envie que Pascal mît en œuvre ses talents d'enquêteur pour en savoir plus, on avait son adresse.

Enfin, une mère célibataire. Elle s'appelait Priscilla, veuve depuis deux ans, accompagnée de jumeaux de trois ans. L'intérêt pour les deux profils précédents les amenèrent tous à rejeter cette femme à ce moment déjà, mais Vinciane insista. Priscilla n'avait pas repris le travail, les jumeaux n'allaient pas encore à l'école, et le mari mort avait laissé une coquette somme. La veuve était en deuil. Avec son époux, ils s'étaient installé peu avant sa mort, il semblait que c'était pour son travail à lui. Elle ne paraissait avoir aucun contact important, sans doute n'avait-elle pas eu le temps de lier grandes amitiés, avec un décès qui était venu déliter les liens fragiles qu'elle avait pu à peine tisser. Mais des enfants, c'était risqué, disaient les autres. Vinciane savait pourtant qu'il était permis de les garder à la maison, de les éduquer. Contre des visites de contrôle, fit Agnès. Vinciane se proposait d'entrer en contact, d'essayer, et de les tenir au courant sans s'engager.

Pascal profita de la réunion pour soulever un autre sujet, l'appartement de Valence. Ne fallait-il pas s'en débarrasser ? Le vendre ? Lily le suggérait parfois, tout comme Alain son propriétaire. On craignait toutefois ces Italiens, qui vivaient maintenant dedans.

Pascal avait mené son enquête, il n'y avait plus qu'un homme, selon lui, qui logeait dans l'appartement. Il se baladait en ville, en maraude, avait trouvé des indices bien français, qui passaient de temps en temps près de la librairie, tout comme dans les lieux qu'Alain et Lily avaient fréquenté avant de disparaître. Martin promit d'y réfléchir, de trouver une solution.

*

Trois jours après cette soirée Nicolas fit son entrée dans le cercle. Martin avait attendu devant l'immeuble du jeune homme, qui n'avait pas retrouvé d'emploi depuis son passage à la photocopieuse et qui prenait un café chaque matin à l'extérieur, en bas de chez lui, avant de s'enfermer la journée à regarder la télé et passer des coups de fil. Martin s'installa dans le bistro face à lui. Il avait imaginé l'astuce, ni trop grossière ni trop subtile, d'un faux appel téléphonique. « Quoi ? Mais il faut que j'avance, moi, vous me mettez dedans, si vous ne venez pas, cria-t-il presque, surjouant. J'ai un chantier en cours, continua-t-il, laissant ensuite un temps de vide pour son faux interlocuteur. Je vais vous faire une belle réputation, je vous l'assure, si vous ne revenez pas ! » Il regardait Nicolas tout en parlant dans le vide. « Que j'aille me faire quoi ? Je vous paye à prix d'or pour monter une simple cabane et vous me parlez comme ça ? ».

- Quoi ? fit-il en regardant Nicolas tout en posant son téléphone avec vigueur sur la table, manquant le briser en en faisant de trop.

- Rien, rien.

- Non, mais franchement, plus personne ne veut travailler, ou quoi ? On est où, là ? Le mec je le paye deux fois le Smic, et il fait la fine bouche. C'est pas dingue, ça ?

Alors Nicolas, qui dans sa solitude était loin d'être timide, demanda de quoi il était question, du temps que cela prendrait. Martin lui proposa de l'accompagner, de le voir par lui-même. Et ce fut réglé.

Sur le domaine, dans l'enceinte entre l'entrée et le jardin, Martin voulait qu'on procède à la rénovation d'une cabane en bois. Ce n'était pas tout à fait ce qu'avait compris Nicolas dans le bar, mais il écouta ; la paye était bonne, il pouvait certainement la négocier encore à la hausse. Il s'agissait de renforcer la structure, d'améliorer l'isolation phonique, de refaire la porte pour la fermer de l'extérieur, à des fins de stockage. Martin insista sur la sécurité de l'abri, qu'on ne pût pas le pénétrer, qu'on ne pût pas le forcer. C'était le contrat. Tout le matériel était à disposition, il suffisait de demander. Nicolas fut surpris quand Martin proposa en complément le logis et le couvert, mais c'était une urgence, et Nicolas l'accepta.

On l'installa près d'Agnès, dans les étages, en partageant la salle de bains tout juste achevée par elle-même et par Alain. Martin glissa qu'il y avait là aussi encore un peu de travail, s'il se sentait de continuer après la cabane. L'autre avait le sourire. Dès l'entretien il avait perçu l'activité dans le jardin, dans la maison, sans connaître les protagonistes, et ce bruit lui plaisait. Il ne savait pas que c'était un fait exprès, comme de nombreuses petites actions ensuite ; c'était pour le séduire et cela fonctionnait.

Dès le premier soir il fut invité à partager la tablée, dans une atmosphère bon enfant. Lily avait suggéré les pizzas maison, une valeur sûre. Vinciane lui présenta ses œuvres, qui l'émurent. Les jours passants il posait des questions, Agnès surtout lui répondait, lui donnant progressivement plus de détails sur leur mode de vie tous ensemble, sur les règles et les sacrifices qu'ils respectaient. Au bout d'une semaine, alors qu'il avançait bien sur son petit chantier, il n'avait plus envie de partir.

Il se douta vite que Martin ne l'avait pas fait venir seulement pour ce travail. Agnès, qui venait régulièrement le voir travailler, le lui confirma, de moins en moins fâchée avec les hommes à mesure qu'elle le côtoyait. Elle lui narra tout du début, ou presque tout, dans un souci perfectible de transparence que les cinq membres fondateurs avaient décidé. Et Nicolas comprit, sans doute avait-elle la manière douce et agréable de le dire. C'était fin février, le soir il prit la parole devant l'assemblée pour demander solennellement de rejoindre la communauté. Ce n'était qu'une formalité, toutefois Martin formula une requête, un acte à accomplir par Nicolas, comme un gage de bonne volonté.

Le nouveau venu ne connaissait pas encore l'affaire des Italiens. Il eut droit à un résumé succinct des événements, et put alors comprendre à quoi la cabane était destinée.

Le plan était prêt. Dès le lendemain, ils se rendaient, Martin, Pascal et lui, à Valence, très tôt. Nicolas sonnait, se faisait passer pour le voisin du dessous réveillé par une fuite d'eau, par des gouttes reçues sur le visage, dans son lit, en fin de nuit. Nicolas s'évertuait, quelle que soit la réaction d'en face, à ce que l'Italien sortît, passât le seuil. Alors Martin et Pascal se chargeaient de le maîtriser, de l'attacher, le bâillonner, de le conduire dans le coffre ouvert de la vieille Mégane. La voiture était un risque, mais elle n'était pas associée à l'adresse de la ferme, si jamais ils étaient repérés. Martin misait sur l'effet de surprise, que le téléphone de Marco resté dans l'appartement, Nicolas put le trouver. Il pouvait même attraper quelques vêtements, et l'ordinateur portable sur la table du salon.

Le plan se déroula sans accrocs. Dans le coffre Marco bougeait comme un diable, râlait, donnait de tels coups que tous eurent peur que la tôle ou le mécanisme ne cédât, que l'Italien se retrouvât à sauter sur la route. Mais plus ou roulait, plus dans le coffre on se calmait, et le fusil qu'alla chercher Pascal pour l'intimidation à l'ouverture, il fut de trop, tant Marco s'était épuisé. L'arme servit tout de même à le diriger jusque dans la cabane, où il fut enfermé avec boire et manger, sans plus aucun bâillon ni lien.

Marco s'assit alors à même la terre. Il faisait à peine jour, il ne voyait rien dans cet intérieur. Il avait faim mais sans encore pouvoir discerner l'écuelle et le verre qui l'attendaient. Il patienta dans une rage contenue, cherchant à se dégourdir les bras, jouant des mandibules pour oublier les entraves encore vives dans les sensations musculaires. S'était-il fait avoir ? Il n'en avait pas le sentiment. Il se disait plutôt qu'il les avait trouvés, qu'il était maintenant le loup introduit dans la bergerie. Il n'avait pas peur, comme s'il avait attendu ce moment depuis la mésaventure de Mirmande.

Alors qu'Angelo avait été rapatrié vers Arezzo, par Umberto, Marco le cadet avait vu sa mission reconduite, sans grandes perspectives. Il avait mené l'enquête, il avait suivi les demandes d'Umberto, de scruter ces lieux qu'Alain et Lily avaient fréquentés, mais sans conviction, et sans plus de réussite pour les indics français recrutés. Il envoyait chaque soir un message. Quand il avait oublié, une fois, fait exprès pour voir, il avait été rassuré de constater que dans les deux heures on s'était inquiété, on l'avait appelé.

Le groupe était également confiant. Mais très vite on voulut savoir comment Marco procédait pour se signaler à ses compatriotes. Le téléphone, ils l'avaient, mais verrouillé. C'était la première tâche, et Pascal s'en délectait d'avance. Entrer dans la cabane avec le fusil, demander le code, observer Marco rester muet, le voir regarder ailleurs, puis lui mettre un coup dans la tempe, l'entendre crier. Martin eut quelques questionnements sur le passé de son employé, en l'observant agir sans vergogne. C'était alors expliquer la situation à Marco, que c'en était fini, de ce séjour dans l'appartement aux frais de la princesse Lily. On lui laissait le choix, obtempérer ou mourir, un coup de crosse au milieu du front pour avoir un petit goût de ce qui pouvait l'attendre. On lui disait qu'il était jeune, Marco, vingt ans : avait-il envie de quitter la vie maintenant ? ne voulait-il pas revoir son Italie ? On le rassurait, personne ne lui en voudrait, là-bas, quand il serait relâché. On pouvait même lui donner deux ou trois informations à distiller, pour s'en sortir avec les honneurs, ajoutait-on avant un bon coup dans le dos, lui faisant avaler la terre. Ce n'était pas la mer à boire, que de leur donner le code. Mais Marco s'amusait, il en donnait un faux, imaginant bien la colère provoquée, après quoi c'était le nez cassé, l'arcade sourcilière ouverte.

Avant midi le téléphone fut déverrouillé, un simple téléphone sans internet, sans géolocalisation, sur lequel on avait de rares traces d'appel. Le dernier remontait à dix jours, sans régularités, toujours de son fait à lui, sur des portables. Il y avait un texto chaque soir, quasiment toujours « *niente* », parfois « *noia* », ou d'autres écritures du rien ou de l'ennui dans sa langue maternelle.

Sans attendre on engagea la vente de l'appartement, il fallait s'en débarrasser, avec un prix plus bas que celui du marché. Martin s'était enquis déjà d'une notaire de ses connaissances, discrète à souhait. Avec Alain, ils devaient la rencontrer le jour même, c'était la première fois depuis son arrivée qu'Alain sortait du domaine. Pour Martin c'était nécessaire, pour qu'elle fût en confiance. Et l'appartement fut vidé. Un mois plus tard Alain voyait arriver près de deux cent mille euros sur son compte, l'acheteur n'avait rencontré aucun membre de la communauté.

Quelques jours après quand Pascal s'assura que l'appartement était occupé, ils arrêtèrent l'envoi des textos, chaque soir, depuis le téléphone de Marco. Ce dernier s'en fichait quelque peu, dans le trou qu'on lui avait creusé, près de la rivière au fond de la propriété.

*

Maria, quand elle se retrouva dans l'aventure, eut également sa mission d'initiation. Pascal avait d'abord fait son enquête, confirmant ce qu'avait avancé Vinciane : cette femme vivait seule, sans grandes affinités, mais engagée pour aider les gens pauvres, souvent à papoter dans les commerces de son quartier. Elle avait besoin des autres, mais pour Pascal elle était comme ostracisée : tous en restaient avec elle aux banalités d'usage. Dans l'antenne locale des Restos du Cœur on était content qu'elle fût là, mais elle était invisible en somme, ainsi qu'un automate. Ils étaient peu nombreux, ceux qui renvoyaient en retour les sourires qu'elle lançait. Ce n'était pas son accent espagnol, qui expliquait la situation, ni son physique de femme forte. Pour Pascal, dans le sens de ce qu'avait cru comprendre Vinciane, c'était lié à une platitude naturelle, chez elle.

Ce portrait n'était pas pour les rassurer, mais ils eurent de la tristesse pour cette femme, de la pitié. Et c'était aussi le sens de la communauté que d'admettre des caractères tels que le sien. Il ne faisait pas de doute par ailleurs qu'elle était une force de travail, discrète de surcroît. On décida en conséquence d'un autre stratagème pour l'attirer, la jauger, possiblement l'amener à rester parmi eux.

Un soir autour de la table, Agnès se porta volontaire. Elle irait à l'épicerie que fréquentait Maria, elle parcourrait les rayons et les étalages à proximité d'elle, à la recherche de ses yeux, afin de lui envoyer un sourire, un bonjour. Elle aurait une liste fournie et lui demanderait de l'aide ; elle ne connaissait pas la boutique, Maria si. Et Maria serait heureuse de l'aider. Agnès saurait lui renvoyer chaque fois des signes de gratitude. Elle s'était engagée dans un défi impossible pour elle, dirait Agnès, préparer un repas pour six, alors qu'elle ne faisait jamais la cuisine. Elle ne savait même plus si c'était la perte d'un pari, si cela venait d'elle, elle ne s'en trouvait pas moins en difficulté. Une entrée de poivrons au four, aillés, qui pouvait bien faire cela correctement ? Des *arancini* garnis de mozzarelle, de petits pois, d'œufs, ce n'était pas dans ses cordes. Un tiramisu à la poire et au chocolat, elle ne savait même pas en quoi cela consistait.

Maria, malgré la verve parfois étourdissante d'Agnès, se fit rassurante. Elle l'aida à trouver les ingrédients nécessaires. Il lui plaisait, ce repas en projet, c'était des recettes qu'elle avait mises, parmi d'autres, sur les réseaux sociaux, sur *Facebook*, repérées judicieusement par Vinciane.

Elle lui plaisait, à Maria, cette jeune fille, elle aurait pu être la sienne, dans une autre vie. Elle s'efforçait de répondre posément, gentiment, qu'elle y pouvait y arriver, couper les poivrons, le lui montrait-elle tandis qu'Agnès surjouait l'incompréhension comme l'incompétence, le temps de cuisson du risotto, qui faisait tant peur à Agnès parce qu'on lui avait toujours dit qu'un risotto, à faire, c'était « hyper chaud », les couches à respecter du tiramisu, une vraie promesse d'échec.

Puis sur le ton de la plaisanterie, alors qu'elle avait réussi à conquérir le cœur de Maria, alors que celle-ci n'avait pas eu autant de joie partagée depuis qu'elle vivait à Valence, Agnès lui dit qu'elle n'avait qu'à tricher, qu'elle l'emmenait avec elle, qu'elles se cachaient dans la cuisine pour faire le repas, et qu'Agnès en tirait ensuite tous les honneurs. Maria riait presque. Elle n'était pas d'accord, bien entendu, car Agnès pouvait y arriver seule, elle devait avoir confiance en elle. Maria pouvait même lui envoyer des recettes de meilleure qualité, mieux expliquées, si Agnès le voulait. Mais si c'était les recettes de Maria, alors autant que Maria les préparât elle-même, ainsi fut le discours d'Agnès, à mi-chemin entre la proposition sérieuse et la plaisanterie grossière. Maria rougit, elle en était amusante avec sa carrure imposante, plus que jamais visible au centre de l'épicerie, trônant du haut de ses capacités culinaires.

Agnès ne connaissait même pas son prénom. C'était Maria, quel beau prénom. Maria n'avait rien de prévu ce soir-là ? Alors pourquoi ne pas tenter l'aventure. Tous les ingrédients étaient là, dans les deux paniers à leurs bras.

Quand Maria demanda si ce n'était pas trop loin tout de même, Agnès sut que sa mission était accomplie. Car non ce n'était pas loin, en voiture à quinze minutes, pas plus, une belle ferme avec une belle cuisine, tout le nécessaire, un paradis.

C'était gagné mais c'était aussi comme marcher sur des œufs. Pas tant que Maria fût méfiante, mais que seule tous les soirs elle avait ses habitudes, et surtout pas celle de se retrouver à confectionner le repas d'inconnus chez ces mêmes inconnus. Maria allait porter le coup fatal à Marco, dans une certaine euphorie de groupe, une semaine plus tard, mais nous n'en étions pas encore là. Le passage à la caisse, avec les provisions aussi de Maria, c'était une première étape, le diable était dans les détails. Agnès passa devant elle, pour éviter qu'elle ne lui échappât. Tout le temps de rester à l'appartement pour déposer ses courses, accompagnée, Maria luttait avec elle-même, dans un grondement sourd, cocotte-minute de laquelle la fumée cherchait à s'échapper. Maria subissait le combat à l'intérieur, une mise à mal en ses derniers retranchements, dans une discussion seule qui pesait le pour et le contre, jusqu'à ce qu'Agnès perçut enfin la libération de cette femme.

Pour autant Maria n'était pas bonne cuisinière. C'était une passion pour elle, mais qu'elle ne mettait jamais en pratique autrement que pour elle seule. Le repas ne fut pas particulièrement réussi, avec suffisamment de restes pour Marco dans sa cabane. Mais elle était heureuse d'être là, de travailler avec Agnès et Vinciane aux fourneaux. Si bien que toute la communauté fut heureuse également. Il y eut de la musique, il y eut du vin, de la danse : Martin fit tourner Maria, enivrée, Nicolas osa quelques figures avec Agnès. Maria s'endormit dans un fauteuil du salon, dans une forme de béatitude qui, selon Agnès, relevait quasiment du divin.

Elle fut de nouveau tiraillée le lendemain quand elle se découvrit dans un lit qui n'était pas le sien. Vite retrouver son espace quotidien, fut son premier réflexe. Se rappeler les bons moments de la veille, fut ce qui la calma pour le temps nécessaire avant qu'elle n'entendit des bruits en bas et se décida à descendre. Agnès lui en dit alors davantage que la veille, comme on s'était gardé de l'informer trop vite, malgré sa curiosité. Elle eut connaissance des grands traits et principes de la communauté.

Quand Agnès l'avait vue, elle s'était prise d'affection pour elle, avec l'évidence qu'elle les rejoignît. Comme Maria n'était pas le mur qu'on pouvait imaginer au premier regard, et sans attache, sans personne à l'attendre, Agnès insista bien sur ce point, elle pouvait tout à fait venir vivre avec eux, il le fallait même.

Agnès passa la journée avec elle. Elles visitèrent le domaine, aperçurent les différentes activités, tout en évitant soigneusement d'approcher la cabane, tout de même, dans laquelle on avait pris soin de bâillonner de nouveau Marco pour éviter les cris d'alerte intempestifs.

Maria voulait réfléchir, seule. Agnès la raccompagnait chez elle : c'était, lui avait-elle dit comme une provocation, l'occasion de prendre des affaires. Dans son intérieur cela sentait le renfermé, loin des odeurs d'encens distillées par Vinciane et mêlées à la ruralité fraîche de la ferme. En ville c'était sombre, l'étroitesse étouffante, Maria dans le dégoût de ce qu'elle était ici devenue, et comme libérée par ce repas partagé la veille, comme y retrouvant sa jeunesse. Si bien qu'elle dit « d'accord », au seuil de la chambre, tandis qu'Agnès attendait à l'entrée. Elle lui dit « viens m'aider à rassembler quelques vêtements, mon amie, quelques objets qui me sont chers, est-ce que je peux les prendre ? » Agnès était tellement contente, non pas d'avoir aisément réussi, cela n'avait pas d'importance, mais de gagner enfin cette richesse féminine pour le groupe.

Ce fut de nouveau repas de fête au domaine. Et si déjà cela trottait depuis quelques temps dans sa tête, Agnès dit à voix haute qu'il leur manquait un truc, dans cet ensemble, selon elle. Elle désirait ainsi davantage de rituels, dans cette histoire, avec un cadre à installer, une mythologie à construire : un récit fondateur, qui respecterait leurs principes, des objectifs légendaires, à la hauteur de leur cercle. Cela pouvait sembler artificiel, mais ils avaient tous dans le groupe un goût prononcé pour la création, son mystère, elle aimait l'idée de participer ensemble à trouver la clé de ce mystère. Martin ne faisait qu'hocher la tête depuis qu'elle avait commencé à parler, elle n'avait pas beaucoup à faire pour les convaincre, quand bien même elle se laissa bercer par sa propre éloquence.

Il fallut se résoudre à ôter de nouveau le bâillon de Marco, et donc informer Maria de cette affaire. C'était un risque, qu'elle se rendît complice de la séquestration, mais c'était un risque à prendre. Et ce fut la surprise de découvrir une caractéristique de son personnage, issue de son passé le plus personnel : sa haine des Italiens. Ainsi n'eut-elle aucune pitié quand elle entendit l'histoire d'Alain et Lily, elle n'eut que colère pour cette *vendetta* déplacée, avant même de savoir que Marco vivait dans le jardin. Ce fut Agnès, encore elle, qui se chargea de dire les choses. Et Maria la considérant de plus en plus comme sa fille, elle ne fut que plus compréhensive pour ce qu'ils avaient été amenés à décider, pour l'appartement, contre Marco.

Quand on le lui montra, quand Pascal enleva le bâillon, elle cracha simplement, franchement, à la figure du jeune homme.

Dans sa cabane il commençait perceptiblement à dépérir. Il avait refusé de s'alimenter, il était couvert de terre, dormant à même le sol, passant son temps à passer de la position fœtale à la position assise, ou l'inverse, contre les planches de bois. Ces yeux s'étaient creusés, ces joues n'avaient plus de couleur, ce n'était pas même l'objet d'une pitié de la part de ses oppresseurs. Et dans ce qu'il renvoyait, la haine retenue, il ne cherchait pas plus la pitié, lui-même. Il comptait toujours que la famille le retrouvât, qu'une erreur de ses ravisseurs leur fût fatale. Mais le temps avait passé. Ils avaient envoyé le texto, chaque soir, variant un peu, et comme personne n'appelait, les espoirs pour lui s'amenuisaient. Il ne savait pas pour l'appartement, qu'une date était sur le point d'être fixée, qu'ils seraient libérés de ce fardeau, et donc de lui par la même occasion. Il n'avait plus conscience du temps, dans sa crasse, mais il y en avait encore d'après lui suffisamment pour le sauver. C'était donc sans compter sur l'accélération de la vente et l'arrivée de Maria dans le domaine, deux éléments qui déclenchèrent sa perte.

Le 7 mars, jour de pleine lune, Martin avait senti l'excitation monter. Quand il avait informé le groupe de la date du 16 fixée pour la signature, ce fut Maria, passées les effusions de joie, qui parla de Marco. On n'avait plus besoin de lui, se mit-elle à répéter régulièrement tandis que la simple annonce de la date était le prétexte à une fête improvisée. On servait l'apéritif, on ouvrait les bouteilles de vin, Agnès et Martin roulait des joints, Maria en fumait maintenant tout comme les autres.

Martin savait en son for intérieur pourquoi on s'excitait. Il faisait bon dehors, presque chaud, l'alcool aidant. Agnès et Maria dansaient. On parlait fort, dans une libération qui, si elle était habituelle maintenant chez eux, n'était que renforcée ce soir par la nouvelle. Et cela gênait Marco, au fond de sa cabane, que Maria entendit gémir ; elle ne le supporta pas ; on devinait qu'il voulait crier, ce dont il n'était plus capable. Alors elle parla du « sale macaroni », quand une Française aurait dit « sale rital », dont on n'avait plus besoin, répétait-elle encore et encore à l'envi.

Les autres riaient de la voir en colère. Agnès entendait une voix rauque qu'elle ne reconnaissait pas, tout près d'elle. Nicolas s'était assis, les yeux humides et rouges, étourdi par le poids du ciel. Alain et Lily se trouvaient en retrait, l'un contre l'autre, impuissants mais d'accord avec Maria. Pascal était allé chercher le fusil ; « juste au cas où », dit-il à Vinciane. Maria voulait sortir Marco de la cabane, elle s'en approchait, en criant à travers les parois des invectives contre tout un peuple qu'elle abhorrait. Que fallait-il faire ? L'empêcher d'y aller ? Au contraire la soutenir ?

Pouvaient-ils garder Marco en captivité ? Non. Le laisser retrouver sa liberté ? Pas plus. Ils étaient allés trop loin, ils s'étaient mal organisés sans doute, se dirent Vinciane et Martin.

Quand Maria ouvrit la porte, Marco bondit sur elle, qui l'esquiva tout en accompagnant son élan par un grand coup de pied dans le dos. Marco bondit de plus bel, après avoir goûté la terre, mais il était frêle, ses jambes ne le portaient pas comme elles le faisaient un mois plus tôt. Ce fut une surprise pour lui, et dans un lieu qu'il ne connaissait pas, sous une lune lumineuse, pesante, ce ne fut que pour attiser sa vaine colère. Hagard il s'arrêta, debout, regardant de tous côtés, s'arrêtant sur eux. Il reconnaissait certains visages, mais ils étaient nombreux, il ne comprenait pas, il était dépassé. Il reporta ses yeux sur le décor, sans savoir où aller, où courir sans force, quelle route emprunter dans le noir. Il bredouilla, demanda qu'on le laissât partir, mais seul à comprendre ce qui sortait avec peine de sa bouche, pas même un Italien n'eût pu traduire ses mots.

Et Maria qui avança sur lui, cette femme inconnue, pleine de haine, qui le frappa si fort au visage, d'une main si grande, si ouverte, si large, qu'il tomba sur le coup, qui le tapa encore, des pieds, sur les jambes, dans les côtes, avec Agnès, une autre inconnue, venant l'aider, lui marcher dessus, dansant, chantant tout autour de lui tandis qu'il tournait la tête en tout sens pour anticiper les coups. Nicolas, un autre inconnu, qu'il sentit plus qu'il ne le vit, lui cracher dessus.

Avec un élan poussé par une force étrangère, ainsi que l'écrirait Agnès au petit matin pour alimenter leur légende, Maria envoya sa jambe dans le visage de Marco, faisant entendre un craquement obscène de son cou, sans plus aucune vie ensuite à déceler depuis ce pauvre corps fragile.

Il n'y eut pas de peur, quand Maria serra Agnès dans ses bras, puis Nicolas. Elle était leur mère. Elle fit de même avec Pascal, qui avait le fusil le long de la jambe, puis avec Martin et Vinciane, puis avec Lily et Alain. Elle leur dit qu'ils étaient vengés, et il y eut de la joie. Agnès s'installa près de Nicolas, pas loin du corps mort, et l'embrassa, sur la joue d'abord, contre lui, chaude en sueur, lui intimant la suivre. Il se laissa faire. Maria dansait de nouveau, réclamait un autre verre, une liqueur pour tous, que Lily leur servit.

Martin fit enfin signe à Pascal et Alain. Pendant qu'Agnès et Nicolas rejoignaient la maison, tandis que les trois autres femmes goûtaient l'Armagnac, ils portèrent tous trois le corps dans le terrain, direction la rivière. Ils se relayèrent longtemps pour creuser sous la lumière lunaire.

*

Pascal et Martin continuaient de travailler à l'extérieur du domaine ou dans le hangar. Alain, Nicolas et Agnès s'attelaient à la rénovation de l'étage, surtout pour l'espace de Maria. Les limites des capacités d'accueil de la maison étaient atteintes, sauf à prendre en considération la place confortable dont disposait Pascal.

Vinciane, Lily et Maria s'occupaient du jardin, de véritables cultures tant les surfaces exploitées prenaient de l'ampleur, visant même l'autonomie à court terme avec les plants de cannabis, dont une partie en pousse rapide au grenier permettait d'accélérer cet objectif de l'indépendance.

Agnès passait toujours la matinée à lire, rejointe vers les dix heures par Alain et Maria. Lily s'essayait à la peinture, elle partageait son atelier avec Vinciane. Mais si celle-ci se mettait à créer dès neuf heures, Lily ne la rejoignait qu'un peu avant midi. Le soir parfois elles restaient ensemble aussi, quand ailleurs on allait dormir après le joint devenu traditionnel en extérieur maintenant qu'une température clémente s'était installée dans la région.

En plus de lire, Agnès se mettait à écrire. C'était d'abord un brouillon d'idées, qu'elle partageait avec Alain, puis qu'elle donnait par bribes, pour voir, à toute la compagnie le soir. Martin y allait de commentaires, apportait des ajouts, qu'elle notait pour y revenir le lendemain. Alain se prenait au jeu, s'imprégnant de l'atmosphère intellectuelle et surnaturelle qu'instillait Agnès dans ses textes.

En fin de journée ils se retrouvaient parfois à trois, avec Martin, pour échanger, gloser, chipoter sur des points de détails, à chacun ses lubies. Pour Agnès c'était la magie, les rites, l'imagination d'une légende associée au groupe, à son passé, à son avenir. Pour Martin c'était le mythe originel, l'influence de la lune, mais aussi la philosophie toute personnelle qu'il avait développée, en particulier dans un rapport à la société qu'il devait à ce Charles Péguy qu'il citait régulièrement, qu'il souhaitait qu'on mette en valeur dans le discours qu'ils porteraient peut-être bientôt sur la place publique. Pour Alain c'était les liens cosmiques, le Mal, la volonté d'un apport de chaque membre à l'ensemble, non pas dans leur activité, mais dans leur essence. Il n'y avait pas de hasard, pour eux trois, et le succès des deux accueils successifs de Nicolas et Maria, après l'analyse des fichiers récupérés par Pascal, pour eux ce n'était pas anodin, ils savaient qu'il en irait de même avec Priscilla et ses jumeaux.

On ne parla pas collectivement de la fin de Marco. Seules Maria et Agnès eurent un échange à ce sujet, à l'initiative de Maria, de nouveau perdue entre deux pans de sa personnalité.

- Je ne sais pas ce qui m'a pris, fit-elle un matin, quelques jours après le tabassage.

- Tu ne dois pas t'en vouloir, ni t'en repentir. Nous t'avons laissé faire, nous t'avons même accompagnée. Sans doute n'avions-nous pas le choix.

- J'étais une autre personne, ce n'est pas moi, tu dois le savoir. J'ai été prise d'une telle haine, ce n'était pas lui que je visais.

- Je m'en doute, qu'il a pris pour quelqu'un d'autre.

- J'aimerais te l'expliquer, fit Maria, mais pas pour que tu comprennes, pas pour que tu m'excuses.

- Je n'ai rien à comprendre ni à pardonner, tu fais bien de le dire. Et je suppose que pour une telle réaction de ta part, ce fut d'une histoire bien cruelle dont tu veux me parler.

- Tu supposes bien, fit Maria, c'est de l'homme qui a détruit ma vie, dont je veux te parler.

- Mais Marco devait mourir pour d'autres raisons que pour cette haine qui couvait en toi, c'est important que tu le saches.

- Personne ne mérite de mourir, Agnès. Il était là dans des circonstances qui ne lui ont pas permis de survivre, c'est différent. Ce Marco était aussi innocent que l'homme dont je veux te parler.

- Il est mort, lui aussi.

- Mais je ne l'ai pas tué. C'était un homme fou, de plus en plus fou, atteint par des terreurs qui le dépassaient. Dès le début mes parents l'affirmaient sans arrêt, que je m'engageais dans une voie dangereuse. Outre l'incohérence pour eux d'une Espagnole avec un Italien, j'étais à leurs yeux le fruit mûr, quand lui représentait le ver. J'étais le rosier fleuri quand il était son parasite. Il me flétrissait, mes parents avaient raison. Mais il me fit plutôt les détester, car je l'aimais. Il me fit détester ma terre, il me fit m'éloigner de mes proches, de mes amis ; je ne me rendais pas compte qu'il n'y avait que de la médisance qui sortait de sa bouche, car pour moi c'était de jolis mots, des yeux si doux, un visage d'ange, tel un masque sur la face du démon. Il trouva les raisons de m'enlever, de m'extraire de ma patrie, de me faire passer la frontière, pour la France. Il n'avait plus de chez lui, de son côté, sans doute ne voulait-il pas que j'eusse mes propres attaches. On vivait à Perpignan, à Béziers, à Nîmes, chaque fois cinq ou six ans, comme un fait exprès pour que je n'y crée pas d'affinités. Il ne désirait pas d'enfant, et j'en souffris longtemps. Nous n'étions pas mariés. Il me trompait. Il ne voulait pas revoir ma famille, mes amis, il refusait que j'ai des contacts avec eux, avec n'importe qui. Il refusait que j'ai des liens, de quelque ordre que ce soit. Il n'était pas jaloux, il était habité par des peurs, je ne saurais dire précisément lesquelles.

- Qu'est-ce qui te fait dire cela ? demanda Agnès.

- C'est qu'il était si seul dans sa tête, quand il était là. Si je voulais discuter, cela ne lui plaisait pas, il criait alors. Il ne me frappait pas, mais c'était pire, une torture psychologique de chaque instant. Il était seul, et donc je l'étais aussi. Il pouvait rester plusieurs heures devant l'écran éteint de la télévision, et malheur à moi si je lui proposais un programme, un film. Il fixait le miroir de la salle de bains, et ce n'était pas bon de le surprendre ainsi. Je ne dormais pas la nuit, j'avais peur ; sa simple présence à mes côtés, alors que lui dormait si bien, un langage hors du commun sortant parfois de son esprit. Il avait une telle attitude, et ce n'était plus des yeux doux, qu'il avait, avec l'alcool qu'il prenait, ce n'était plus un visage d'ange, le masque fondait à vue d'œil. Je crois qu'il se consumait. Il travaillait, pourtant, quand moi je n'en avais pas le droit. Il ramenait de l'argent, en quantité.

- Que faisait-il ?

- Il vendait ce qu'on lui donnait à vendre. Il avait toujours le bagou pour cela, des climatiseurs, des piscines, des stores, un peu de tout, il ne perdait pas la main, dans cette activité, alors qu'il ne voulait pas être un mari, ni un père, ni un ami. Il travailla jusqu'au bout, même.

- Jusqu'au bout ?

- À Nîmes il m'enfermait dans l'appartement. Il faisait lui-même les courses, par exemple, il ne voulait rien savoir, il disait que je rencontrais du monde, que je voulais le quitter, le dénoncer. Je ne savais même pas pourquoi j'aurais pu le dénoncer, mais c'était sa hantise, et c'était chaque jour plus incohérent. Je lui disais qu'il était peut-être temps qu'on change de ville, encore, si cela pouvait le rassurer ; mais qui étais-je pour lui donner des conseils, qui étais-je pour proposer une telle idée ? Étais-je avec eux ? C'était ce qu'il demandait.

- Avec eux ?

- J'en pleurais, de sa folie. Loin de nos vingt ans et de notre court bonheur d'alors, je revoyais défiler toutes ces années ensuite d'une descente abyssale aux enfers, comme lui comme pour moi ; je n'arrivais même pas à lui en vouloir. Enfermée, je pleurais, et là je vis que moi aussi je dépérissais. Il était parvenu à ses fins, en somme, toujours il me voulait pour le suivre dans ses errements. Ce n'était pas un choix pour lui, ce n'avait pas à en être un pour moi. Mais à me voir ainsi, à m'entendre surtout gémir, je ne sais si ce fut de la pitié ou de la colère, un mélange des deux sans doute, mais il m'attrapa pour une sortie. « Tu veux te balader ? On va se balader. » Et là j'ai compris l'ampleur de sa folie, de son mal, quand dehors il regardait partout, en tout sens, comme épié. Ce qu'il fixait pour sa sécurité dans l'écran de télé ou dans le miroir, dehors il ne le maîtrisait plus. Il conduisait comme un dératé, je m'en souviens de cela, toujours les yeux dans les rétroviseurs, comme s'il devait regarder trop de miroirs en même temps, comme s'il n'avait pas le choix, en permanence persuadé qu'on nous suivait ; je m'en souviens, de cela. Je n'étais pas sortie de l'appartement depuis quatre mois, alors j'étais à la fois heureuse de respirer et terrifiée de comprendre que pour lui c'était encore pire que ce que je voyais d'ordinaire, si on peut parler d'ordinaire.

- Et cela ne s'est pas arrangé ensuite, il ne s'en est pas sorti, de son enfer.

- Notre voiture a été retrouvée dans un fossé un peu au-dessus d'Alès ; je ne me souviens de rien, là, seulement de ce que les infirmières et psychologues m'ont raconté ensuite. Ils n'ont pas réussi à le ramener, les blessures étaient trop profondes, trop vives. Une branche d'arbre lui était passée au travers, m'a-t-on expliqué. Et moi je suis resté dans le coma, trois jours, avant de recouvrer mes esprits. Je n'ai jamais vu son corps mort. Ils m'ont dit qu'il roulait trop vite, que dans les virages à l'entrée des Cévennes, cela ne pardonnait pas. Je pense qu'il voulait nous tuer tous les deux, il était arrivé au bout.

- J'en suis désolée, fit Agnès, contrite.

- J'avais été mise à l'écart pendant tant d'années, mes parents étaient morts déjà, peut-être à cause de moi. Je suis revenue au village, l'Alborache de mon enfance, et personne de me reconnaître, ou personne de souhaiter me reconnaître. Je ne leur en veux pas. Ma vie était en France à présent, finalement. Là-bas je suis passée au cimetière saluer qui je pouvais, à l'église prier, au bord de la Chico pour en toucher l'eau, cela faisait si longtemps. J'ai quitté Nîmes et j'ai choisi Valence, un hasard, pour son nom qui me rappelait ma Valèncià, mais sans la mer, aussi parce que durant mon séjour à l'hôpital j'ai cru me lier d'amitié avec une Valentinoise, avec qui pourtant nous nous sommes vite éloignées quand je me suis installée ici. Sans doute je me serais liée avec n'importe qui, après toutes ces années.

- Et maintenant tu es là, c'est une nouvelle vie qui commence. Et s'il fallait que tu le tues de nouveau à travers les coups portés sur Marco, c'est ainsi, n'en parlons plus.

*

Quand Angelo ne reçut plus le message quotidien de Marco, il en envoya un, qui ne fut pas transmis. Il appela et tomba aussitôt sur le répondeur. La communauté ne put le savoir, Pascal et Martin avaient détruit le téléphone.

Sur les ordres d'Umberto, Angelo prit la route dès le lendemain, pour découvrir après quelques heures de route qu'un nouvel occupant habitait l'appartement. Sans doute une erreur, crut-il, s'était-il trompé d'étage. Mais non. De retour à l'hôtel, Umberto furieux au bout du fil, on l'intima de retrouver Marco, forcément dans le coin. Cette histoire d'appartement, c'était une folie, impossible. Mais les indics ici n'avaient plus aucun contact avec l'Italien depuis plus d'un mois, apprit-il.

Umberto lui demanda de rester, d'aller à Mirmande, de parcourir la campagne, la ville, il fallait le retrouver.

*

Maria tenait à garder son appartement, son adresse officielle. Partant à verser chaque mois deux cent cinquante euros à la communauté, avec cent euros de plus à même échéance pour atteindre en vingt mois la provision initiale, elle avait besoin de continuer de percevoir ses aides financières. Nicolas, qui était arrivé comme employé pour la cabane, refusa d'être payé, mais précisa aussi qu'il lui était difficile d'assumer les charges exigées. Locataire, il proposa de quitter son logement et de régler d'un coup les deux mille, puis de verser simplement cent euros par mois. L'adresse de Maria allait être utilisée pour lui, ainsi que pour Agnès, pour les démarches administratives.

Ces trois nouveaux membres du cercle avaient éteint leur téléphone et les avaient remis à Martin.

Pascal les ralluma dans Valence, pour ne pas borner dans la propriété, afin de consulter une dernière fois ce qui pouvait l'être, et pour en extraire sur papier ce dont on avait besoin, quelques numéros de téléphone utiles ou chers. Ils furent ensuite détruits, les abonnements résiliés, avec le choix d'achat de simples appareils en cartes prépayées.

Pour Agnès seulement, il y eut de quoi s'occuper, avec des quantités étourdissantes de textos et de messages vocaux. Sa mère y était prolixe, inquiète, des amies aussi, qui se faisaient surtout le relais de la maman plutôt qu'elles n'étaient soucieuses elles-mêmes.

Il n'y avait qu'elle, parmi tout le cercle, pour laquelle ce problème se posait, de couper ou non complètement les ponts. Agnès, certes, ne voulait plus entendre parler ni de famille ni d'amis, et dans le groupe on voulait bien la croire. Mais eux la chercheraient, tout comme les Italiens chercheraient encore Alain et Lily. Ils y mettraient d'autres moyens, policiers notamment, qui pourraient être plus efficaces que deux *mafiosi* seuls. Il fut décidé de gérer la situation, provisoirement, par des messages envoyés avec des outils en ligne. Alain mit en place un réseau privé virtuel, il était doué pour ce type de protection. On commençait ainsi le programme global d'invisibilisation.

*

Vinciane avait estimé que Priscilla avait sa place dans le groupe. Les conversations en ligne dépassèrent ses premières espérances. Elle n'avait pas eu de difficulté à trouver son profil sur *Facebook*. Elle existait sur *Instagram* également. Ses photographies publiques, en clair-obscur, lui plurent beaucoup ; elles relevaient de son propre univers graphique. Et quand Priscilla accepta son invitation à être amies, Vinciane eut l'accès à d'autres contenus, ce qui la conforta dans son instinct. D'autant que malgré deux jeunes enfants en responsabilité, Priscilla avait un atout certain, elle était magicienne, plus précisément wiccaine, tout comme Vinciane voulait l'être. Autant ce n'était pas évident à comprendre dans les informations disponibles publiquement, autant c'était clair quand on entrait dans son cercle d'affinité numérique.

Priscilla tenait son goût pour la magie de sa grand-mère Viviane. Elles s'en amusèrent, de la proximité des prénoms. Vinciane savait déjà que cette grand-mère avait le prénom adéquat de la tradition Wicca. Elle était morte en 2016, à l'âge de 70 ans, après avoir vécu veuve et seule pendant près de cinquante ans. L'époux de Viviane s'était donné la mort peu après la naissance du père de Priscilla, fils unique.

Priscilla avait seulement ou déjà 17 ans quand sa grand-mère était morte. Elle avait eu quelques années pour la connaître, pendant les vacances qu'elle venait passer dans la Drôme. Elle avait alors compris progressivement que sa grand-mère n'était pas seulement une femme seule, mais qu'elle vivait en ermite, ou encore qu'elle n'était pas seulement proche de la nature, mais qu'elle était une cueilleuse aguerrie, grande connaisseuse des vertus de chaque plante qu'elles croisaient pendant leur promenades autour de la maison.

Après le décès, Priscilla était restée seule chez son aïeule, pendant l'été, c'était à Châteauneuf-sur-Isère, un peu au nord de Valence, dans un intérieur spartiate mais chargé de livres, de bocaux, de fleurs séchées. Elle avait rencontré Mathieu, et cinq ans plus tard à force de séjours épars mais tenaces, ils emménageaient dans une location voisine, se mariaient puis accueillaient les deux jumeaux. Lors d'une sortie entre copains dans les gorges de l'Ardèche, un week-end, Mathieu avait disparu. Son corps n'avait pas été retrouvé, encore deux ans après. Elle n'était pas disserte sur le sujet, quand Vinciane, elle, se rappela son visionnage de *Délivrance*, avec Burt Reynolds, film de 1972 dont le scénario pouvait s'approcher.

Priscilla s'était plongée dans la Wicca en souvenir de sa grand-mère, elle qui en appréciait les principes, avec des ouvrages précieux sur le sujet dont elle avait hérités. C'était un besoin, cette occupation, après la disparition de Mathieu. La maison de la grand-mère était toujours là, Priscilla y était retournée, avec les jumeaux, s'y installer. Elle garda intacte la petite pièce qui, derrière la cuisine, recevait un autel en son centre, et sous la poussière tout autour, sur trois à quatre dessertes, des bougeoirs, une baguette, un manuscrit dessous, des coupes en terre cuite, deux couteaux, un balai dans le coin. Elle fit rénover le reste.

Priscilla en savait plus que Vinciane sur le sujet wiccain, c'était une évidence. Elle avait lu Gerald Gardner attentivement, elle appréciait, voire révérait, Zsuzsunna Budapest. Elle avait pu participer pendant l'été, pendant une semaine entière, à un séminaire en Écosse, avec alors de la pratique écrivait-elle. Elle se posait des questions particulières, à présent : elle ne savait pas, par exemple, si elle penchait du côté collectif du Wicca, ou du côté individuel.

Vinciane elle-même n'avait jamais eu l'occasion de partager sur ce domaine, ou de manière superficielle avec Martin ou Anna. La rencontre avec Priscilla, dans ce contexte de création d'une communauté, l'amena à considérer les choses autrement. Ce fut le cas pour Priscilla également, qui insistait pourtant, sans encore aucune idée du projet de Vinciane, sur la peur d'une perversion de toute collectivité vis-à-vis des principes ayant initié chacun des individus, ayant guidé leur passion, leur religion, au tout début. Le Livre des Ombres de sa grand-mère, c'était bien quelque chose d'individuel, presque d'intime, écrivait-elle. Elle ne savait comment ce put être un outil collectif. Vinciane quant à elle n'y voyait pas d'inconvénient : Viviane devenait un modèle, une voie à suivre, tout simplement.

Elles échangèrent sur la nature, la nudité, le cosmos. Vinciane en apprit beaucoup sur les Ondines, qu'elle désirait maintenant peindre, sur les six plantes magiques du *greal*, sur les *banshees*. Elles discutaient en ligne de la Déesse Mère, que Vinciane avait plusieurs fois déjà figurée, dans son symbolisme terrien, dans son apparence enceinte, flancs amples, hanches larges, cuisses volumineuses et seins tombants, sur le modèle d'une Vénus paléolithique, telle la Vénus de Willendorf qu'elle avait eu le plaisir d'observer lors d'un voyage dans la capitale autrichienne avec Martin. Vinciane retrouva la photographie qu'elle en avait prise, de même qu'elle lui fit découvrir un tableau qui l'avait tant marquée, les « Sorcières à leurs incantations », à la *National Gallery*, peintes en 1646 par le napolitain Salvator Rosa. Elle discutèrent alors de l'image des sorcières, à travers le temps, là laides et nues, ici charmantes et bourgeoisement vêtues, dans le sacrifice abjecte, mortel, parfois tueuse d'enfants, dans le sortilège abstrait, invisible, dans la magie pure.

Les deux femmes devinrent vite, dans ce cadre numérique, de bonnes copines. Et tout aussi vite la volonté d'une rencontre se fit nécessité brûlante. Vinciane ne voulut rien brusquer, ne rien briser, mais Priscilla, dans la solitude d'une mère veuve au foyer sans emploi, considéra que l'équinoxe de printemps si proche en était l'occasion, célébration de la croissance retrouvée, quand le jour et la nuit font la même durée.

Vinciane montra leur conversation à Martin, Lily, Agnès, puis ils en discutèrent tout le groupe ensemble à huit. Il leur fut évident qu'il fallait faire la fête ici, inviter Priscilla, les enfants, après l'avoir prévenu toutefois du nombre de personnes présentes, voire un peu du pourquoi.

Sans le savoir encore, Priscilla, par le biais de Vinciane, prit alors une importance majeure dans le groupe et sa genèse. Elle était la neuvième, celle qui donnait sa complétude au premier cercle. Elle apportait un savoir complémentaire à celui de Martin et de Vinciane, à ce qu'étudiait Agnès pendant plusieurs heures chaque jour. On comptait déjà beaucoup sur elle pour parfaire les objectifs et les pratiques de la communauté.

- Tu as toujours envie qu'on se rencontre le 20 mars ? demanda Vinciane. Je t'avoue, de mon côté cela me fait un peu peur, comme un premier rendez-vous, ajouta-t-elle en accompagnant le propos d'une émoticône avec une goutte de sueur au front.

- Oui, je maintiens mon idée que ce serait une belle occasion, l'ouverture du printemps, répondit Priscilla.

- Que dirais-tu de venir chez nous ? On serait tous ensemble. J'ai un peu parlé de toi aux copains, ça leur ferait plaisir aussi.

- À moi donc d'avoir peur, fit la jeune femme avec à son tour une émoticône avec le front tout bleu, les sourcils inversés, la bouche formant un tilde perplexe.

- Il ne faut pas que tu t'inquiètes, ils sont si gentils, et tu les connais déjà un peu, après tous nos échanges – avec une icône tout sourire.

- Tu dis vrai, Vinciane, mais c'est autre chose que de les rencontrer tous d'un coup ; j'en suis intimidé. Et je crains que ce ne soit pas un plaisir, si je ne suis pas à l'aise.

- Je te promets d'y faire très attention.

- Je ne sais même pas où tu es, tu ne l'as pas dit, ça, cachottière – smiley à langue tirée.

- Pascal pourra venir vous chercher tous les trois, après déjeuner. Vous aurez le temps de découvrir le domaine, la maison, puis l'après-midi de faire peu à peu, pas à pas, connaissance avec les membres du groupe, sans que ce soit tout le monde d'un coup. Qu'en dis-tu ?

- J'en dis que cela demande réflexion.

- Alors c'est un oui. Un petit oui mais un oui – smiley clin d'œil.

- Tu es démoniaque, Vinciane, et tu le sais, c'est aussi ce qui me fait peur – smiley diable violet, puis à côté smiley rougissant de grande timidité.

- En attendant de te convaincre davantage, j'aimerais que tu m'en dises plus sur cette fête Ostaria, qu'on prévoit le nécessaire : nourriture, boisson, cérémonie...

- Cérémonie ?

- Je suppose que cela t'est cher, un rituel associé à l'arrivée du printemps. Je pensais te demander de prévoir quelque chose, ou de nous aider pour cela, qu'on agisse dans le respect des traditions.

- Tu n'as pas tort, mais là encore c'est une sacrée pression – smiley au front tout blanc, grosse goutte en complément tout le long du visage.

- C'est pour en discuter, pour que je prévois de mon côté, hors de question de te mettre la pression. On fera comme on peut, « à la bonne franquette ». Comme tu me l'as déjà écrit, c'est l'intention qui compte, plus que la scénographie. La simplicité doit l'emporter sur une quelconque artificialité, la sincérité sur la fantaisie !

- Dans tous les cas, c'est bien la convivialité, le sens de la fête ensemble, qui compte, surtout pour cette soirée. Il importe de bien manger, mais il n'y a pas de consignes particulières, pas de viandes particulières à prévoir, par exemple, si telle est la question. La cérémonie suppose une certaine ivresse, et je me dis depuis tout à l'heure qu'avec huit inconnus, je ne suis pas contre – smiley en plein fou rire.

- Nous ne nous sommes pas imposés de limites à ce sujet, réagit Vinciane, avec le même smiley fou rire. Et je te rassure aussi sur le coucher, tout sera prévu pour ton confort et celui des enfants.

- Mais je ne veux pas m'imposer à ce point. Si quelqu'un peut nous reconduire en fin de soirée, c'est aussi bien.

- Nous verrons le moment venu, je tenais simplement à te rassurer encore. Si cela t'amène à me confirmer que tu viens, c'est aussi bien – retour du smiley de démon violet.

- Un beau banquet pour célébrer le printemps, du bon vin, de la musique pour danser, c'est l'essentiel. Pour une cérémonie, oui, je peux venir avec mes objets, mais je ne te promets pas de pouvoir assurer le spectacle – smiley aux lunettes de soleil.

- De quoi y aurait-il besoin, spécifiquement ?

- Tu es sûre, Vinciane ? Il faut surtout que tout le monde soit volontaire et convaincu, que tous soient intérieurement prêts. Je peux te le dire franchement, c'est tellement important, je ne pense pas que je supporterai la moindre moquerie. Je n'ose croire que tu me fais venir pour cela, pour vous en amuser. Je ne crois pas que ce soit ton intention, loin de moi cette idée, qu'on soit bien d'accord sur ce point, j'ai de l'estime pour toi, au regard de nos échanges, au regard de ce qu'on a partagé ces derniers jours. Mais à neuf personnes, c'est différent, j'aurais eu peu de temps pour vous découvrir, chacun. J'ai besoin que tu me rassures, Vinciane, précisément à ce sujet, si vraiment je dois vous rejoindre.

- Je comprends tes craintes, même si cela me heurte un peu.

- Mais tu sais que ce n'est pas contre toi.

- Oui. Et, ajouta Vinciane trois longues minutes après, je peux te garantir que notre groupe constitué n'est pas un jeu. Il est le fruit de circonstances, de hasards. Mais je ne crois pas tant aux hasards. Nous sommes rassemblés là par une force, j'en suis convaincue, et c'est de cela que je veux que tu sois témoin, c'est dans cette force aussi que je veux te rencontrer, te retrouver. C'est pour cela que j'y tiens, que j'insiste. Alors oui, c'est un risque que je prends, que tu prends, mais je suis convaincue qu'il en vaut la peine et que ni l'une ni l'autre nous ne serons déçues.

- Dans ce cas oui, fit Priscilla après lecture et relecture du dernier message, j'apporterai mes objets, ainsi que le livre de grand-mère. Et...

- Dis-moi...

- Il serait bien que soit fabriqué un petit autel mobile, comme une petite table simple, sans fioritures, ronde ou rectangulaire je m'en fiche. Un autel qui corresponde au groupe. Il faut simplement que ce ne soit pas une table qui ait déjà servi pour autre chose, il faut donc la fabriquer, n'importe quel bois fera l'affaire. On la mettra dehors, s'il fait suffisamment bon comme aujourd'hui, s'il ne pleut pas. Et...

- Dis-moi...

- J'aimerais que chaque membre du groupe écrive une petit ode à la nature. Une ode sincère, quelques vers simples, chacun passera à tour de rôle. Disons que c'est ma condition, ma garantie. Les avoir entendus, cela me permettra de mieux envisager la petite cérémonie. Qu'en dis-tu ?

- Je suis sûre qu'ils seront d'accord – smiley clin d'œil pour conclure.

*

Écrire une ode à la nature en trois ou quatre jours, ce n'était pas rien, quand bien même eut-elle été courte. Il y eut donc un peu de triche. Martin, malgré certains vers originaux, s'était plu à citer Baudelaire : « Me voilà libre et solitaire ! Je serai ce soir ivre mort ; alors sans peur et sans remord, je me coucherai sur la terre. » C'était de l'à-propos. Quant à Pascal, il prétexterait plus tard, quand Priscilla lui poserait la question, qu'il n'avait pas bien compris la consigne, et que les vers qu'il avait cités, il l'avouerait, ils étaient d'Aragon : « Le désir au printemps joue aux dés les idées On ne peut plus dormir sans rêver des romances. Les jours insomnieux sont pis que possédés. Car le boire d'amour est un vin de démence. Et le colin-maillard s'en va les yeux bandés. » Elle le lui reprocherait d'autant moins qu'elle serait comme étourdie quand il les réciterait de tête en la regardant profondément dans les yeux. Il se garderait bien de lui expliquer que dans le recueil qu'il avait pris de la bibliothèque de Martin, la page avait déjà été marquée.

Dans une édition de 1961 des *Poèmes saturniens* et *Fêtes galantes*, annotée au crayon de bois de termes traduits en allemand, par Martin pensa-t-elle, Lily trouva l'inspiration. Verlaine était une valeur sûre, pour elle comme pour Alain, sur ce sujet. Ils avaient tous deux connu le poète au lycée, au programme du baccalauréat. Elle passa sur le texte « Marco », qui n'avait rien à voir avec l'autre enterré du fonds du jardin. Elle prit des vers à droite à gauche, idée qu'Alain lui emprunta, « De la douceur, de la douceur, de la douceur ! », « Et nous courons dans les prés », « Baiser ! Rose trémière au jardin des caresses » et autres « Volupté nonpareille, ivresse inénarrable ! ». Le résultat était irrespectueux au possible de l'auteur original, mais correspondait aux sentiments des deux plagiaires, ce qui était l'essentiel pour ce soir-là.

Maria n'avait rien pris dans les livres ; elle s'était rappelé la forêt dans laquelle son mari était mort, dans laquelle elle était alors née de nouveau comme individu. Ce n'était pas qu'une ode à la nature, mais à la vie, et tout le monde en fut ému. Nicolas, quant à lui, s'en était allé fureter du côté des *Amours* de Ronsard, auquel il prit des mots plutôt que des vers, en honneur, vertu, grâce, savoir, beauté, qu'il articula comme il put, sans rimes, dans un quatrain qui convainquit Priscilla tout comme les autres de sa sincérité.

Sans doute parce qu'elle voulait impressionner l'invitée, Vinciane pour son ode alla chercher dans les textes de François Villon de quoi se donner un air sombre, « Je meurs de soif au bord de la fontaine, Rien ne m'est sûr que la chose incertaine ». Elle n'était pas seulement admiratrice de la « ballade du concours de Blois », elle voulait aussi en faire un exercice de style, en prendre le contre-pied, dire le doute avec des mots qui n'étaient pas d'elle avant d'user des siens propres pour saluer le printemps approchant. Priscilla croyait en elle suffisamment, mais ce fut le moment le plus difficile : cette fête ne supportait pas d'éléments négatifs. « D'un cygne blanc que c'est un corbeau noir »,

Priscilla ne comprenait pas, non plus « en mon pays suis en terre lointaine », quand bien même suivait l'idée que, du cru de Vinciane, « en vous toutes et tous est mon espoir », ou « de l'avenir là j'en suis bien certaine ». Il fut bon qu'Agnès prît la parole en dernier, sans autre source d'inspiration que ce qu'elle avait appris de manières d'écrire la nouvelle saison, et de manières aussi de dire les fleurs, l'amour et la vie nouvelle, avec simplicité. Ses propos naïfs levèrent les ambiguïtés.

Priscilla avait eu des contacts positifs avec tous, pendant l'après-midi, et la cérémonie, après quelques verres de vin, se déroula parfaitement, au poème de Vinciane près. Elle avait pu s'approprier l'autel conçu par Pascal, une table rectangulaire, brute, de noisetier, y poser sa nappe verte, deux bougeoirs de sa grand-mère, deux dessins de la Déesse, dont un qu'avait proposé Vinciane, puis disposer d'offrandes.

Ils avaient fait cercle autour de l'autel, dans le jardin, une coupe d'eau salée dessus. Ils avaient tous été impressionnés quand elle avait fait le tour de la table avec sa baguette, disposant en même temps quelques grains de sel, en rond, tout en les invitant à s'assembler autour. Il avaient, à ce moment, lu leur petite ode. À la suite elle avait terminé en demandant à la déesse d'accepter leurs offrandes, déposées ici en son honneur, l'implorant en retour de les assurer de sa présence partout dans la nature, dans chaque brin d'herbe, dans chaque arbre, dans les vignes, dans le cœur des pierres de la maison. Elle dit peu de choses, mais elle les dit avec tant de conviction que c'en fut émouvant. Dans un court poème, toujours en l'honneur de la déesse, mère lune, elle se soumit à elle, elle les soumit à elle, fidèles dans ce cercle tracé pour elle, autour d'elle et sous elle, pour recueillir sa sagesse et sa force, pour demander la santé et la prospérité, non pas pour chacun d'entre eux, mais pour le groupe en son entier. Elle regardait le ciel, ils ne purent alors que faire de même, dans un mimétisme qui put sembler inquiétant d'un point de vue externe. Puis elle défit le cercle, en sens inverse du premier parcours, les libérant. Vinciane se précipita pour allumer la musique, et Priscilla, la baguette posée, se mit la première à danser.

Elle resta dormir avec les enfants. Et le lendemain, ce ne fut pas la première en ce cas, elle ne souhaita pas s'en aller. Elle se sentait bien là, elle s'était intégrée dans cette communauté tout comme celle-ci l'avait adoptée.

Martin comprit que par cette fête toute chargée de symboles, le groupe s'était véritablement constitué, qu'une nouvelle étape s'ouvrait, comme il le dit à Agnès et Alain, supposant la constitution de règles, en respect de leur manière de vivre, l'installation d'une fondation à proprement parler. Ainsi la vie du cercle allait s'établir à neuf adultes, et dans les jours qui suivirent on s'appuya sur cet état nouveau pour rédiger ce qui suit.

4.

1. Récit de l'Apothéose

Les origines du monde sont le résultat d'une réflexion longue, pluriséculaire, populaire, abstraite, scientifique et religieuse, elles sont aussi le résultat d'intuitions individuelles. Les origines du monde sont une rupture nécessaire, au sein d'un processus lent, mal connu, irréel, résolument. Les origines du monde sont abstraites, vastes, extraterrestres nécessairement.

Défiées, théorisées, les origines du monde sont une réponse aux questions qui nous dirigent, aux questions qui nous conduisent vers telle ou telle action, vers tel ou tel choix, vers telle ou telle relation.

Il est essentiel que tout soit vrai.

Toute perception devient une vérité, toute opinion devient une vérité. La masse incommensurable des avis prononcés, ou simplement pensés, voilà ce qui fait l'accès à la réalité. C'est parce que toute opinion ne se vaut pas que l'intuition issue des connaissances forme une voie évidente. Écouter, lire, comprendre les réactions, laisser libre cours aux folies, excuser toute pensée, voilà qui conduit les neuf à mesurer l'importance de ce rôle qu'ils doivent assurer, qu'ils doivent assumer, afin d'aider au dévoilement visé.

Il n'a jamais fait de doute que dans le ciel sont les réponses. D'ici les origines sont un néant, de ce qu'on peut percevoir, un vide sidéral. Notre perception s'est affinée, elle s'affine encore plus chaque jour, et dans chaque nuit que nous passons à observer, à tenter de lire là haut d'où nous venons.

Cette masse d'étoiles, invisible à notre éveil et tapie dans le noir, elle n'est autre qu'une masse d'hommes et de femmes qui se meuvent, à la recherche de leurs semblables. Les étoiles se déplacent, avec l'objectif de former, lentement, sûrement, le système idéal. Observées par une lune toute puissante à notre égard, elles pèsent sur nous autant que pèsent sur elles tous les astres au-delà.

Le mouvement des hommes et des femmes est un leurre agréable, qui ne renvoie qu'à leur immobilité psychique, à leur faible motricité d'âme. Nous sommes constants, selon ce que notre lune a transmis, selon ce qu'elle pèse aux origines, depuis des temps qui sont précisément immémoriaux. Nous sommes le déplacement lent des étoiles, nous formons le système qu'on nous amène à construire, dans l'indicible, et pour nous-mêmes, pour notre salut. Nous, innombrables étoiles, constituons les troupes innombrables. C'est ce système idéal que forme l'Apothéose.

L'écoulement de l'eau, la pousse de l'herbe, la chaîne alimentaire, le mouvement et le dessin des nuages, la formation harmonieuse des reliefs, la multiplicité animale, la rotation et la révolution naturelle, les mouvements et les alignements, la communication et le déplacement des oiseaux, la croissance physiologique de l'être humain, les origines du monde sont la perfection. La soumission de la nature à l'homme relève d'une perversion qui n'est pas au commencement. La corruption de la terre, de l'air, de l'eau, du feu, est une manie maladive qui n'est pas davantage au commencement. C'est là le risque d'une apocalypse, loin du mouvement des étoiles et de la formation du système idéal que nous visons.

Les modestes sur terre étaient dépendants de ce qui les entouraient, de leur environnement. Ils remerciaient sans savoir qui, de leur fournir ce dont ils avaient besoin pour être et survivre.

Les origines du monde, c'est la sacralisation, sans vanité ni vacuité, sans religion, sans animosité. Toujours ce sont celles et ceux qui se sont isolés pour comprendre, qui ont compris, les neuf en font partie, que l'Apothéose exigeait des caractéristiques vivantes, enrichissantes, à savoir l'humilité, la dépendance, la connaissance, la simplicité, l'appartenance. Ce sont cinq éléments que les neuf respectent et promeuvent, pour ramener la cohérence aux étoiles, pour favoriser la perfection des origines du monde.

Jeune fille, mère, vieille femme, toutes trois participent de ce monde nouveau. Dans la création, la conservation, la destruction, dans la naissance, la reproduction et la mort, l'Apothéose attendue dépasse une action simple et quotidienne. Elle est à la fois le passé, le présent, le futur, elle est de tous les jours à la fois un combat, une abondance, une sagesse. Vierge guerrière, mère Terre, érudite ancienne, toutes trois participent de ce monde nouveau.

C'est l'exaltation et la grandeur surhumaine qu'on doit atteindre, sans prédire la catastrophe promise par d'autres. La compréhension des origines du monde ne se satisfait pas de l'obscurité, elle passe par un triomphe.

2. Naissance de la communauté

Les neuf fondateurs de la communauté n'ont pas la vérité. Ils sont la vérité, comme toutes celles et tous ceux qui les rejoignent. Les neuf deviennent dix, onze, douze, quinze, vingt, vingt-sept, trente-trois, cinquante. Ils n'ont pas d'origine pure, ni ne connaissent une quelconque corruption, ni contamination. Ils sont, tout simplement. Et c'est par leur nombre et leur diversité qu'ils forment la réponse, jamais pervertie.

Le cercle de l'Apothéose s'est formé par accident, seule garantie de son honnêteté. De rencontres fortuites en solidarités, le cercle se perfectionne, s'agrandit. Il n'existe pas que de lui-même, il vit dans le monde qui l'entoure et dans un isolement qui favorise la réponse.

C'est une réponse qui n'est pas individuelle, qui n'est pas davantage communautaire, mais une réponse collective, humanitaire, que le cercle trouve chaque jour. La vérité le guide, sans idéologies ni leçons. L'Apothéose est le moyen que chacun est amené à trouver par lui-même. Le cercle peut aider, accompagner, rendre universel les principes de vie tirés des origines du monde, loin de l'effondrement que d'autres attendent. Le cercle a tout son temps.

Notre sanctuaire est un paradis perdu, dans l'invisible et l'indicible du voisin commun. C'est là qu'eurent lieu les premières fêtes solennelles, les premiers rites sacrés, les premiers sacrifices. Nous n'y trouvons ni reliquaire ni calice, mais des œuvres invendables, inaliénables, qui renferment l'illustration de nos âmes, de nos âges et de nos visées. Ni fibules ni lanternes, ni sceaux ni bagues, mais nos actions, nos odeurs, nos mots.

Nous bordons la mince rivière, jaillie de la campagne, dont la rougeur fait trembler les êtres indésirables, de laquelle chaque matin la lueur envahit les jardins, comme un pâle reflet d'aurore, dans un brouillard qui monte, en vapeurs, pour retomber aussi vite et courir au loin. Dans le grand jardin tout est sacré, de l'arbre au centre, aux moindres brins d'herbe qui croissent alentours, du bassin des onctions aux plus petites excavations sises en périphérie. Planté lors de la première lecture de notre manifeste, le pommier rappelle notre lien, et c'est à son pied qu'est remis à chaque membre sa pierre et sa marque, dans une cérémonie dont la date entre dans l'histoire du monde.

Les principes de la fondation de la communauté ont été, il y a longtemps, une inspiration grande pour les religions. La communauté ne peut être confondue avec elles, incapables qu'elles sont de découvrir les origines du monde. Si la communauté trouve ses origines dans trois individus, si elle trouve ses règles dans neuf fondateurs, elle appartient à tous ses membres, pas à eux seuls.

3. Objectifs du cercle

Chaque pierre, chaque marque, chaque cérémonie est une nouvelle étape de l'Apothéose, afin que la vérité se construise et se répande. Pour que les neuf deviennent cent, mille, sept ou huit milliards et ce sans restriction. Pour que la communauté agisse telle une cellule qui se divise en deux, en quatre, en huit, en seize, autour de nous, ailleurs, dans le respect de ces principes et de ces règles.

Atteindre les objectifs, c'est avant tout faire grandir le cercle d'initiés. Quel que soit le moyen, le membre nouveau peut être accueilli dans la communauté originel, il peut être aussi membre premier ou membre nouveau d'une nouvelle communauté, à condition qu'un membre de la communauté originelle soit à la fondation de cette communauté nouvelle. Une grande attention est portée aux êtres conçus au sein même du cercle, et plus particulièrement au sein même de la communauté originelle.

Atteindre les objectifs, c'est s'assurer qu'à terme tout nouvel être arrive au sein d'une communauté de l'Apothéose. C'est le seul moyen de garantir la vérité de tous et pour tous. À cette fin l'Apothéose se tourne uniquement vers l'avenir. Le souvenir du passé, précieux, ne peut être un obstacle, il est oublié dans ce qu'il peut pervertir la vérité partagée.

4. Règles

Le cercle de l'Apothéose se définit selon les règles de vie qu'il suit depuis ses débuts et qu'il discute régulièrement, dès qu'un membre le demande, sur quelque point que ce soit, à chaque nouvelle lune. Le livre du cercle contient les règles de vie, et contient chaque correction, chaque nouvelle règle, tant qu'un accord est trouvé. Toute discorde doit être résolue avant la pleine lune suivante, lors de laquelle la concorde du cercle est célébrée à travers un banquet, à l'occasion duquel on se réunit autour de l'autel. On recharge les pierres à cette occasion, pour entrer dans un nouveau cycle.

Lors de chaque fête, une maîtresse de cérémonie, à partir de son Livre des Ombres, donne les consignes de préparation de l'autel. Elle choisit elle-même les trois bougies qui seront allumées et consumées intégralement. Elle prépare seule les objets posés sur l'autel, dont la coupe d'eau en métal argenté qui, lors de la pleine lune, doit permettre à la lune d'y donner son reflet à l'ensemble du cercle. La maîtresse de cérémonie s'assure que les objets utilisés sont des objets magiques, qu'ils ne sont pas communs ni vulgaires, qu'ils ont été purifiés, soit trois journées complètes sous une épaisse couche de gros sel, soit sous terre pendant un cycle de lunaison complet. Le respect de ces attentions est une garantie prise pour la vérité.

La maîtresse de cérémonie seule prépare le cercle avec du sel, pour éloigner toute onde négative. Elle seule nettoie l'espace autour de l'autel, puis ouvre le cercle avec une branche de noisetier, garantie de sagesse et de connaissance. Elle invoque la vérité et les origines du monde qu'on accueille pour préparer l'avenir, l'Apothéose. Elle seule recherche alors la lecture de l'avenir, tout en recueillant les réactions des membres du cercle.

Une pièce de la maison renferme un petit autel que tout membre de la communauté peut utiliser, dans le respect des règles initiatiques, sans introduire quelque objet que ce soit dans la pièce. Un chaudron en cuivre y est à disposition pour brûler les herbes, feuillets et autres nécessités, dans le respect des règles initiatiques que possède la maîtresse de cérémonie.

Chaque membre de la communauté doit participer de la vie de la communauté. Selon ses compétences, ses connaissances, ses capacités, il travaille aux activités quotidiennes.

Il fournit, à son entrée dans la communauté, une somme fixée à deux mille pièces, qu'il peut verser en plusieurs fois, et chaque mois ce sont deux cent cinquante pièces qu'il donne pour le cercle. Ces sommes récoltées par un trésorier fournissent à la communauté tout ce dont elle a besoin pour vivre au quotidien, mais aussi constituent un trésor pour faciliter les activités et atteindre les objectifs : conserver des biens, se déplacer, acheter des terres, des maisons et immeubles pour s'étendre.

L'argent ne peut être un obstacle pour atteindre la vérité. Tout membre souhaitant entrer dans la communauté, et ne pouvant assurer ces versements, est introduit. La communauté peut alors, selon la situation financière, faire le choix de répartir la somme due initialement et la somme due chaque mois sur chacun des autres membres. D'autres choix sont possibles, selon la situation rencontrée, tant que la communauté s'accorde.

5. Calendrier rituel

L'année commence à l'anniversaire de fondation du cercle, dans la nuit du 30 avril au 1er mai, « nuit des sorcières ». La première communauté a planté son arbre, au milieu de son terrain. Et chaque nouvelle communauté devra suivre ce rituel, cette nuit-là, pour éloigner les esprits malveillants du lieu de vie. Cette nuit de fondation est une nuit de liberté et d'ivresse.

Suivent dans l'année différents grands moments de fête. Dans la nuit du 20 au 21 juin, c'est « feu de joie », avec une danse autour d'un foyer brûlant. Dans la nuit du 30 juillet au 1er août, c'est « première récolte », et foisonnement de nourritures. Dans la nuit du 20 au 21 septembre, « entrée dans l'autre monde », dans l'hiver et le froid, nuit de liberté collective dans la salle commune. Dans la nuit du 31 octobre au 1er novembre, c'est « début de l'année », dans l'offrande des fruits de l'automne, à nappe noire obligatoire. Dans la nuit du 21 au 22 décembre, en « solstice d'hiver », à nappe blanche brodée, un porc est sacrifié, de la viande est mangée. Dans la nuit du 31 janvier au 1er février, au « retour du Soleil », on allume des bûches dehors pour réchauffer la Terre, à nappe verte. Enfin dans la nuit du 20 au 21 mars, la « huitième fête » célèbre la fertilité, la croissance, quand jour et nuit ont la même durée.

Ces huit Sabbats sont accompagnés de treize Esbats, lors de chaque pleine lune, avec alors danses et banquet. Les règles entrent en vigueur, discutées lors de la nouvelle lune, et tous les problèmes de la communauté sont résolus.

D'autres fêtes peuvent être ajoutées, dans chacune des communautés, pour célébrer l'événement, l'enfant, la date majeure. Elles sont inscrites dans le Livre des Ombres.

Ce document ne doit pas être communiqué en dehors de la communauté.

5.

Pour la fête de la fondation, Priscilla s'était assurée que tout fût prêt et digne de l'occasion. Le pommier, déjà d'une taille à être remarqué, avait été planté sommairement dans la journée du 30 avril, un dimanche. Chacun allait y déposer de la terre, à son tour, pendant les danses qui suivaient la cérémonie.

Tout le monde avait lu le texte fondateur et les règles, rédigés par Agnès avec la collaboration de Martin et Alain. On y avait apporté de légères modifications. Si Lily, Pascal et Nicolas n'avaient rien trouvé à redire, respectivement amusée, passif et intrigué, Priscilla avait insisté pour qu'une maîtresse de cérémonie, en l'occurrence elle, fût bien responsable des rituels ; celle-ci n'apparaissait pas assez dans la première version, à son avis.

Elle avait par ailleurs souhaité que chacune des huit grandes fêtes portât un nom wiccain, depuis celle de Beltrane jusque celle d'Ostara. Sur ce point toutefois Agnès n'était pas revenu sur le texte : on s'inspirait sans copier, expliqua-t-elle. Alain avait conforté ce choix, séduit par le choix d'expressions simples, communes, pour désigner chacun des sabbats.

Il y avait eu un échange notable entre Agnès et Maria au sujet d'une phrase : « le souvenir oublie la mort », qui concluait la troisième partie, quant aux objectifs du cercle. Tandis que Priscilla n'y avait pas vu d'offense à son mari disparu, Maria considéra que, malgré ce que lui avait fait subir son propre époux, sa mémoire ne pouvait être effacée volontairement ; elle ne le souhaitait pas, c'était maladroit. Agnès précisa que dans son idée cela concernait le souvenir de

Marco. Mais elle argumentait aussi dans l'autre voie, effectivement pour l'oubli de cet autre Italien qui l'avait faite souffrir. Maria se mit à pleurer, puis à crier, en affirmant qu'on ne pouvait oublier ni l'un ni l'autre. Agnès proposa que « le souvenir oublie la mort survenue au sein de la communauté », ce qui ne convainquit personne, et la phrase fut supprimée.

*

Priscilla les impressionna de nouveau quand elle traça le cercle. Son autel provisoire, mêlant les ombres funestes et les couleurs printanières, donnait tout son sens à la soirée. Dans son discours elle évoquait le deuil de leur vie passée, appelée dans cette nuit présente à s'envoler, à rester dans les nuages, dans les éthers. Reliée à eux par un fil, cette vie n'était pas dissoute, elle était suspendue, elle n'était qu'un repère comptant bien moins que l'avenir. Priscilla évoquait leurs rencontres aussi hasardeuses que tracées ou écrites. Elle invoquait ces étoiles qui se répondaient, qui se retrouvaient, qu'on rejoindrait un jour. Enfin, et c'était bienheureux que le discours fût court, elle mentionna le futur le plus proche, celui d'une nouvelle découverte des autres, celui d'une nuit qui devait être une liberté d'extase, d'ivresse, de péché même, et les jours suivants qui devaient être l'occasion d'augmenter leur communauté.

Dans l'esprit de Priscilla, le souhait d'une débauche faisait partie du rite, de la cérémonie, ce n'était pas clair pour elle qu'il fallût ou non le considérer au pied de la lettre. Une fois la terre déposée par chacun sous l'arbre pour en consolider le rôle et la stature, l'alcool accompagnant les victuailles fit son effet, accompagné de joints dont la charge n'autorisait pas la passivité.

Dans la continuité d'une cérémonie qui les avait étourdis, il y eut des états de délire, d'euphorie, de liesse. Martin joua le tam-tam, engageant les danses tribales de Vinciane, d'Agnès, de Lily. Priscilla restait droite d'abord, toujours maîtresse du cercle, mais elle buvait aussi, elle se détachait alors peu à peu de son rôle, et s'associait à la transe.

Nicolas, Alain et Pascal, près de Martin, assis dans l'herbe, à quelques pas de l'arbre, furent pris de sueurs, de vertiges, l'un après l'autre ils se levèrent progressivement pour rejoindre les femmes. Maria quant à elle, près du buffet, perdait de sa rigidité, doucement, encouragée par Agnès et Vinciane. Ce furent des chants, des cris, des rires, des paroles incohérentes, hallucinatoires, de plus en plus nombreuses et convaincantes.

Priscilla s'affirmait prête pour son voyage astral.

Vinciane cria, inquiète, elle voulait porter sur elle sa pierre d'Agathe, laissée sur le chevet près de son lit, pour cette nuit surmonter les obstacles. Priscilla l'attira pour lui faire embrasser son collier de la même pierre. Vinciane, dans son cou, en pleura.

Agnès cherchait à méditer, sur l'herbe, sans savoir comment procéder. Maria voulut lui montrer, mais sans y être plus compétente, provoquant le rire collectif. Nicolas en eut la nausée, de ce rire, presque à vomir, comme s'il avait été attaqué par un être environnant maléfique. Martin fit une leçon sur la différence entre magie noire et magie blanche, rappelant que c'était la nuit des sorcières, qu'il ne fallait pas l'oublier. Toujours propice à être professeur, il évoqua le grand juge Boguet, sans parvenir toutefois à correctement prononcer le nom, entre hoquets et baguettes, le grand juge qui avait tué tant de sorciers en quelques jours à peine.

Il y eut peu d'accalmie pendant la fête, mais vers minuit le groupe se délita, comme s'il n'y avait plus d'énergie pour danser, comme s'il n'y avait plus matière à discuter. On se perdit parfois. Alain cherchait Lily du regard. Nicolas se relevait hagard, il erra dans l'herbe et tomba sur Agnès, allongée regardant son étoile. Le tam-tam s'était tu. La maîtresse de cérémonie était rentrée, son autel abandonné. Vinciane, comme touchée par la grâce, commençait une toile, représentant cette soirée, avec Maria derrière elle, admiratrice de l'œuvre en cours.

*

La routine reprenait le lendemain. Vinciane alternait entre la peinture et la préparation des repas, aidée en cela par Maria et, selon les autres nécessités, par Lily et Priscilla, beaucoup occupées par ailleurs à la cueillette. Elles se promenaient dans le domaine à la recherche des plantes, avec les deux enfants. Martin et Pascal s'attelaient aux vignes, et tous deux seuls sortaient du domaine pour les achats utiles au groupe. Nicolas épaulait Pascal au bricolage dans la maison et les annexes, avec l'aide ponctuelle d'Agnès. Celle-ci passait le plus clair de son temps à lire. Avec Alain et Martin, ils avaient continué leur groupe de travail, lui qui avait produit leur texte fondateur.

Vinciane faisait l'éducation des jumeaux. Elle l'avait demandé à la mère. Pour elle ce n'était pas à négliger, ce n'était pas trop tôt. On s'était mis d'accord pour reporter le début de leur scolarité, prévue pour septembre. Priscilla se chargeait de préciser à l'école que la disparition du père ne permettait pas encore aux enfants de se joindre à d'autres.

Vinciane leur faisait découvrir de petits livres qu'avait achetés exprès Martin, avec aussi des cahiers « de vacances », qui faisait office de manuels, en outre une éducation qu'on voulait permanente. Priscilla et Lily y participaient quand elles allaient aux récoltes et à la cueillette, quand elles effectuaient le ménage, avec eux deux à leur côté. À trois ans déjà ils frottaient, époussetaient.

Martin leur lisait régulièrement des proses complexes de sa bibliothèque, l'*Ethique à Nicomaque*, le *Discours de la Méthode*. Il tenait à les captiver trente minutes de cette manière chaque jour, et les deux garçons ne bronchaient pas, quand bien même leurs yeux montraient qu'ils ne comprenaient rien. L'idée pour Martin, c'était que la vérité pénétrât en eux, sans filtre.

Vinciane les invitait autant que possible à l'accompagner dans la préparation des repas, pour apprendre en faisant. Si Martin avait quelque peu abandonné l'idée de la biodynamie pour ses vignes, Vinciane était heureuse, consciemment, de suivre les préceptes pédagogiques de l'anthroposophie, communs à d'autres courants éducatifs.

*

Martin estimait qu'il y avait urgence à sortir, en envisageant deux ou trois présentations du cercle, dans un cadre non pas public mais contrôlé, dans l'antre d'Anna. Sa sœur était pour lui leur égérie au sens premier du terme, leur déesse des sources, pourvoyeuse de documents, conseillère à ses heures. Il regrettait à ce niveau qu'elle ne fût pas consultée pour le document fondateur. Elle était un peu distante, du fait du nombre grandissant de membres, qui l'effrayait quelque peu.

Il voulait qu'elle les accompagnât à sa manière, il imaginait qu'elle pouvait les accueillir dans la boutique, auprès d'habitués sélectionnés qui viendraient écouter ce qu'ils avaient à dire.

Trois à quatre heures chaque jour, il invitait Alain et Agnès à discuter du propos à tenir, Alain car ce serait lui l'orateur, Agnès parce qu'elle l'étonnait par sa motivation, parce qu'elle continuait de lire sans arrêt sa bibliothèque à lui, surtout les documents qu'il choisissait pour elle. Elle prenait des notes, c'était sa manière de mémoriser. Au regard de ses efforts, Martin aimait à la considérer comme une arbitre entre Alain et lui, par des remarques certes, mais aussi simplement par sa seule présence, qui imposait aux discussions une exigence intellectuelle qui le poussait à ne pas se retrancher sur des principes qu'il aimait d'habitude convoquer trop vite.

Il n'y avait pas eu longtemps à attendre pour que le ton monte entre les deux hommes. Martin avait opéré un véritable travail sur lui-même pour admettre son erreur, encore non définitive, au sujet de son attrait, de sa lubie, pour l'agriculture biodynamique. Quand, au bout de trois jours d'échanges, maintenant, Alain commença à émettre des doutes, Martin vit rouge et prit crainte d'une erreur plus grande encore, sur l'existence même de leur communauté.

- Depuis quelques jours, et pas seulement depuis qu'on se met à travailler sur des écrits, commença Alain, je ne peux m'empêcher de réfléchir à trois aspects : ce qu'on défend véritablement, ce sur quoi on s'appuie, comment ce peut être perçu de l'extérieur. Souvent la nuit, et cela me pousse à marcher, j'aime la poésie de cette vérité qu'on détient tous, qu'on se propose de rassembler, dans notre diversité. Je me dis qu'on prend un risque louable, et surtout pour ceux qui nous rejoignent. Je trouve essentiel qu'on se retrouve dans cette expression de la vérité. Peut-être est-ce facile toutefois, nous ne sommes pas nombreux, nous venons globalement de milieux similaires. Seuls nos caractères sont variés, j'ai l'impression, ce n'est sans doute qu'une impression. Il y en a qui s'effacent derrière d'autres, parce qu'ils sont d'accord, ils laissent faire, dans une espèce de partage des tâches qui prend forme. C'est agréable. C'est ainsi que se crée, doucement, l'harmonie, et nous faisons bien de ne pas aller trop vite. Je suis d'accord avec toi, Martin, nous devons nous y remettre, fortifier notre position, notre discours, et recruter de nouveau. Mais je veux tout de même qu'on parvienne à rester toujours dans la clarté, c'est bien un terme majeur dans notre mouvement, une clarté qu'on se doit au moins entre nous. Pour moi nous avons, notre groupe, à disparaître, d'une certaine manière, à nous dégager du monde en société, mais je ne sais pas jusqu'à quel point. Si on veut dépasser les idéologies et les leçons, cela me semble une obligation. Mais il y a des héritages, et je ne sais pas à quel point il faut les assimiler, les reprendre, les conserver.

- Qu'est-ce qui te fait donc si peur ? demanda Martin dans l'idée qu'il était besoin de le faire accoucher plutôt que de le laisser continuer sur une interminable lancée.

- Nous n'avons pas les mêmes caractères, fit Alain, et nous n'avons pas les mêmes opinions, en matière politique. Parfois je crains que certaines options ne l'emportent, comme s'il était naturel qu'elles s'imposent. Je sais que tu trouves beaucoup l'inspiration chez Péguy, tu nous proposes des éléments de sa prose. Mais ce n'est pas un auteur qui jouit d'une réputation saine, tu le sais aussi bien que moi. Est-on sûr d'en vouloir, de ce type de symbole, qui nous donne nécessairement une image, entre nous comme à l'extérieur ? On est allé trouver, chez Priscilla qu'on apprécie, des pratiques celtiques. Mais si elles répondent en partie à nos perspectives, si elles favorisent notre cohésion, notre humilité, elles rejoignent aussi des traditions qui ont le vent en poupe auprès de groupes qui sont loin d'être neutres, en matière politique.

- C'est tout le propos de nos échanges, réagit Agnès, pendant que Martin commençait à bouger sur sa chaise, la jambe droite agitée. Je n'ai pas l'impression de m'enfermer dans les textes, ajouta-t-elle, et déjà tous les trois nous avons la chance d'en parler. Je n'ai peut-être pas tes connaissances sur ces sujets, sur leur réception, mais je pense qu'on est capable de dépasser le malentendu, si ce n'est l'incertitude.

- Pour ma part, fit enfin Martin, je n'apprécie pas particulièrement tes insinuations, Alain, je dois l'avouer. Mais je les prends pour ce qu'elles sont : des inepties.

- Je t'en prie, fit Alain.

- Tu ne me pries de rien du tout, reprit Martin. Moi je peux te prier de me regarder dans les yeux et de me dire à quel point tu considères que je représente un mouvement fasciste, rougit-il, intimidé par ses propres mots en regardant Agnès à ses côtés.

- Ce sont des questions que je me pose, que je pose, n'en ai-je pas le droit ? fit Alain. Je ne t'accuse de rien, j'interroge.

- Mais tu t'interroges à partir de mythes, de récupérations politiques impertinentes, ainsi pour Péguy, tu t'interroges à partir d'un folklore aryen spécifique, ainsi pour la magie. Tu n'es pas dans la vérité, tu es dans le fantasme.

- Je ne suis pas persuadé que mythes et fantasmes s'opposent à la vérité, fit Agnès innocemment.

- Tu as raison, en effet, s'apaisa Martin. J'entends mythes au sens de méconnaissances. J'entends fantasme au sens d'une arnaque intellectuelle. Nous devons quitter nos principes, c'est vrai, et je n'apprécie sans doute pas la violence avec laquelle, Alain, tu t'attaques à mes propres perceptions. Tu as le mérite de ne pas flatter mes principes. Et pour autant je ne peux pas te laisser émettre des critiques sur mes idées comme si ton seul doute suffisait à défier leur vérité. Quand Péguy fut surtout patriote pour être mort au front au début de la Grande Guerre, quand sa passion pour Jeanne d'Arc reposait sur une réflexion passionnée, dans un corpus de textes qui va bien au-delà de cet épisode de sa vie, avec une vision politique avant tout contestataire et contradictoire, je ne peux pas te laisser te berner dans un discours ambiant qui le range à l'extrême-droite. Quand les traditions celtiques, que je ne défends pas, qu'on s'entende, ne sont que ce qui reste aux fachos pour brandir les symboles ésotériques qui leur donneraient la noblesse et l'intelligence qu'ils n'ont pas, alors non je ne vais pas dans l'idée qu'il faut les leur abandonner. Ce qui me gêne, en somme, c'est que tes doutes se basent sur des apparences, sur des mensonges.

- Mais n'est-ce pas le risque d'attirer des personnes que nous ne ne souhaitons pas avec nous ? fit Agnès.

- J'ai des sources d'inspiration, de réflexion, et je ne vois rien dans Péguy, pour ne citer que lui, qui attire ces personnes, encore faut-il qu'on s'accorde sur une quelconque exclusion d'individus, il n'en a jamais été question. Ne soyons pas militants, soyons honnêtes. Certes j'aurais tendance à dire que nous devons nous effacer, que nous devons nous élever de la politique, que celle-ci n'est que duperie. Le seul débat qui vaille, c'est entre le collectivisme et l'individualisme, à mon avis, nous sommes engagés dans la première voie, de manière peut-être radicale, quoiqu'encore à petite échelle. Si nous devons nous effacer de la société et de sa politique, c'est que nous sommes un mouvement politique qui veut faire société, et rien de moins.

- Je suis d'accord sur ce point, fit Alain.

- J'ai été attiré par la politique, à Paris les sollicitations ne manquaient pas. Mais bourgeois parmi les bourgeois, au sein d'une communauté centrée sur elle-même, je ne m'y suis pas engagé. Révolutionnaires, radicaux, socialistes, progressistes, républicains non socialistes, nationalistes, les catégories n'ont pas changé depuis un siècle. Je n'avais rien à y faire, dans ce panier. Riche parmi les riches, qui au choix découvrent ou dépouillent les pauvres, défenseurs d'une religion républicaine sans croyances, je me suis enfui à peine y suis-je entré.

- Je ne souhaite pas qu'on s'oppose, fit Alain, simplement qu'on disparaisse.

- Pour Lily et toi, la question se pose différemment, les circonstances vous ont fait disparaître. Mais pour tous les autres c'est une évidence qui se construit, qu'on disparaisse et qu'on s'impose !

- Et disparaître, c'est aussi ne pas se focaliser sur les apparences, sur les stéréotypes, sur ces perceptions qui pourraient nous empêcher, fit Agnès en complément.

Et Martin finit la séance en déclamant Dante, parmi quelques phrases qu'il avait apprises par cœur et qu'il avait soulignées dans les exemplaires qu'avait lus Agnès. « Prends garde quand tu passes ! Va, si tu peux, sans fouler sous tes pieds les têtes de tes frères humains, qui souffrent. » Elle ne put s'empêcher s'esquisser un sourire.

Le lendemain, Alain revint à la charge, c'était en tout cas le sentiment de Martin.

- Dans notre conversation d'hier, commença-t-il, tu nous as affirmé que tout se jouait entre le collectivisme d'un côté et l'individualisme de l'autre. C'est intéressant, tu n'as pas dit que c'était entre le communisme et le libéralisme, tu as sans doute bien choisi tes mots. Loin de moi l'idée de t'attaquer de nouveau sur ce sujet, mais nous sommes toujours là pour échanger et clarifier. Et pour en revenir aux références politiques, je me dis que le fascisme est bien aussi un promoteur de collectivisme.

- Le communisme et le fascisme tels qu'ils ont existé oui, et encore, de bien différentes manières, répondit Martin. Et c'est sur ces différences qu'il faut qu'on s'entende.

- Ce qui suppose que tout ne se joue pas entre ces deux options, donc, fit Agnès, désireuse aujourd'hui de participer davantage au débat.

- Le collectivisme est davantage, dans ces deux cas, un moyen qu'une idée. Je comprends bien, Alain, que tu crains l'avènement du rouge-brun, de cette absence de distinction entre deux visions pourtant totalement différentes de l'avenir. J'entends aussi que l'envie de faire société coûte que coûte, et de gagner, elle amène à se perdre parmi les idées, quel qu'en soit l'extrême, pour privilégier, quoi qu'il en soit, les solutions, dans ce cas communautaires, collectives. J'en suis toujours surpris, de ces transferts, mais il en est ainsi. C'est un opportunisme intellectuel intéressant, à mon sens, qui, s'il n'est pas individualiste, peut relever de frustrations personnelles. Qui de sa déception humaine, vis-à-vis d'un mauvais gourou. Qui d'autre d'un parcours spécifique chaotique, qui le berce dans d'autres bras sans qu'il soit toujours conscient de ce que ce changement révèle de lui et transforme en ses visées publiques. Toutefois, je mets le collectivisme au-dessus du reste, et je crois que c'est ce que nous faisons ensemble ici. Là encore ne nous gâchons pas de ce qui se fait mal par ailleurs, pour prétexter ne pouvoir s'engager nous-mêmes. Il y a une autre différence, d'ampleur, avec cette réalité qu'on subit, car dans ces deux options dont tu parles, comme dans les autres d'ailleurs, le pouvoir est vertical. La masse populaire est trop vaste pour que soit envisageable une quelconque horizontalité. Nous faisons la démarche d'un pouvoir collectif, en commençant peu nombreux, et nous nous permettons de ne pas être d'accord entre nous.

- Mais jusqu'à un certain point seulement. Une fois la position présentée, votée, il faut bien, si l'on n'est pas d'accord, se rallier à la majorité.

- Certes oui, mais tout de même nous le permettons, et nous ne figeons rien. Sans doute un groupe ne devra-t-il pas dépasser un nombre raisonnable, afin que l'harmonie se maintienne. Je ne sais encore au-delà de quelle cohorte on peut supposer qu'une tyrannie de la majorité s'impose.

- Nous sommes tous amenés à accepter rapidement la tyrannie des autres, c'était Agnès qui s'exprimait. Il suffit de peu, une divergence est vite arrivée. À nous de veiller collectivement, en responsabilité, à ce qu'aucune tyrannie ne soit ressentie dans le groupe.

- Nous n'avons pas de dessein malsain, ajouta Martin, en matière politique, en matière économique. Nous ne visons pas l'expansion, et nous ne visons l'universalisme que dans l'adhésion de chaque individu à l'un de nos cercles. Pour le reste, mes idées personnelles importent peu, quand bien même je me retrouve étrangement à devoir m'en défendre.

- Ce n'est qu'un souci de clarification, répondit Alain, ce n'est pas contre toi.

- Ce n'est pas parce que d'autres visent un certain type de collectivisme, dans les cas qui t'inquiètent, pour des objectifs de puissance ou de pouvoir, que nous ne pouvons pas nous appuyer sur ce terme pour développer notre vie communautaire. Ce n'est pas parce que certains utilisent la croix celtique comme leur symbole, catholique, nationaliste, patriotique – et c'était d'abord en opposition à la croix de Lorraine en France avant de concerner presque tous les pays, que nous devons nous éloigner de tout ce qui a rapport aux traditions celtiques. Ce qui est important, j'ai l'impression, c'est le symbole, c'est l'emblème. Peut-être doit-on y penser, en avoir un de bien distinct de ces autres symboles qui nous gênent.

Ce fut encore dans l'Enfer que Martin trouva la conclusion de leur séance. « Ainsi nous parcourûmes dans les marais fangeux un grand arc entre le sec et le mouillé, les yeux tournés vers les mangeurs de boue ». Agnès ajouta qu'elle trouvait difficile, en ce moment, de lire le Purgatoire, quand la découverte de l'Enfer avait été agréable, et celle du Paradis fluide et instructive. Elle regrettait surtout pour le Purgatoire, que les vers de Dante ne fussent pas traduits en prose, dans cette édition que Martin lui prêtait, du début des années 1990. Pour elle la lecture en était rendue d'autant plus difficile qu'on attendait une poésie qu'on ne trouvait pas, avec une hachure du propos, en conséquence.

Ce fut sur l'inspiration par les textes qu'ils reprirent ensuite, plusieurs séances durant. Alain mettait de côté quelques passages qu'il estimait exploitables, jusqu'à produire un texte à déclamer. C'était issu de propositions de Martin, mais aussi des notes qu'avait compilées Agnès dans sa rédaction du texte fondateur, notes qui lui semblaient intéressantes pour commencer la conférence.

- La magie, c'est d'abord croire, lit Alain. C'est un ensemble mêlé de réalités et de persuasions. Quand la danse de Saint-Guy, incontrôlable hystérie collective, s'empara des habitants d'Aix-la-Chapelle au début du XVe siècle, quand la folie dénonciatrice, en transe, s'empara du village de Salem à la fin du XVIIe siècle, il y avait une réalité, une vérité, une magie. Ces phénomènes furent parfois considérés comme les symptômes de maladies : c'était le mal des ardents, ou feu sacré, ou feu d'enfer, lié à l'ergot de seigle, mais sans preuves, sans rien changer à cette réalité. Et la croyance, la persuasion, sont essentielles. Réduire la transe et le spasme à l'ergotisme, c'est une facilité que la croyance refuse.

- C'est un début que j'apprécie, fit Agnès, une bonne entrée que de traiter ainsi le sujet, face à une audience qui sera sans doute connaisseuse.

- Mais la croyance revêt plusieurs aspects, continua-t-il. Elle peut ouvrir l'esprit, pour sortir de la rationalité. C'est en ce sens que la croyance refuse la linéarité du monde, qui ne nous convient pas. Elle permet de dépasser les cadres de la bien-pensance, de la conformité. Mais elle peut au contraire enfermer l'esprit, elle peut être le terreau de principes immuables. Quand le féroce brûleur, le grand Juge Boguet, voit partout des sorcières et des loups-garous, au début du XVIIe siècle, dans les contrées jurassiennes, on peut imaginer que sa propre croyance a réduit sa perception de la réalité.

- Tu m'épates, fit Martin, presque admiratif.

- Mais qu'est-ce que la magie ? Qu'est ce que la croyance ? En a-t-on une définition simple ? Sans doute non. Voici par exemple une recette pour se faire aimer. Suivons-là. Première étape. Vous allez dans une prairie avant le soleil levé, vous y attrapez une grenouille avec un linge blanc, et vous la mettez dans une petite boîte avec neuf trous. Vous trouvez alors un arbre au pied duquel il y a de grosses fourmis. Vous creusez la terre et vous y mettez la boîte. Vous la recouvrez, avec votre pied gauche en prononçant la phrase suivante : « que tu sois confondue selon mes désirs ». Deuxième étape. Après neuf jours, à la même heure, vous allez chercher votre boîte : vous y trouvez dedans deux os, l'un comme une fourche et l'autre tel une petit jambe. Celui de jambe, touchez-en la personne pour vous faire aimer, tandis que la fourche sert à la renvoyer. Une bien belle recette, certes complexe, pour se faire aimer. Est-elle de la magie ? Ou la persuasion seule aura-t-elle raison du résultat ? Est-elle seulement folklorique, comme les recettes évoquées sur internet pour éviter le Covid ou en guérir ?

- Tu vas t'attirer des regards mauvais si tu évoques la pandémie, fit Martin. Tout dépend de ta manière de poursuivre.

- Nous ne sommes pas tous d'accord sur ce Covid, poursuivit Alain, et ce à propos d'aspects tellement nombreux que j'éviterai d'en dresser l'inventaire. Entre croyances, principes, perceptions et réceptions des informations, nous avons développé, chacun, notre vérité, plus ou moins figée, plus ou moins immuable, sur le sujet. Et sur tout autre chose par ailleurs nous nous forgeons chacun nos propres vérités. Elles viennent de loin, d'au-delà notre naissance peut-être, de notre découverte du monde, de notre éducation, des leçons, des lectures, de tout ce que nous avons entendu, de notre caractère, de notre état d'esprit à tel ou tel moment, de notre capacité à admettre, à rejeter, dans ce long parcours. Et plutôt que d'admettre que ces vérités construites ainsi sont légitimes, quand bien même discutables, on ne les accepte pas, celles des autres. Les réseaux en ligne sont une caricature de notre capacité de vivre ensemble : on se déchire. Et tout ce que cela m'inspire, sous forme d'une parenthèse agréable, chère à l'une de mes proches amies, c'est cette ballade des langues envieuses, de François Villon, vers 1460 :

En réalgar, en arsenic rocher,
En orpiment, en salpêtre et chaux vive,

En plomb bouillant pour mieux les étouffer,
En suif et poix, détrempées de lessive
Faites d'étrons et de pisse de Juive;
En lavages de jambes à lépreux;
En raclure de pieds et vieux houseaux ;
En sang d'aspic et drogues venimeuses ;
En fiel de loup, de renards et blaireaux,
Soient frites ces langues envieuses !

En cervelle de chat qui hait pêcher,
Noir, et si vieux qu'il n'ait dent en gencive ;
D'un vieux mâtin, qui vaut bien aussi cher
Tout enragé, en sa bave et salive ;
En l'écume d'une mule poussive,
Détranchée menu à bons ciseaux ;
En eau où rats plongent groins et museaux,
Rainettes, crapauds, ces bêtes dangereuses,
Serpents, lézards, et tels nobles oiseaux,
Soient frites ces langues envieuses !

En sublimé, dangereux à toucher ;
Et au nombril d'une couleuvre vive ;
En sang qu'on met en paillettes à sécher,
Chez ces barbiers, quand la pleine lune arrive,
Dont l'un est noir, l'autre plus vert que cive,
En chancre tumeurs, et en ces ords cuveaux,
Où les nourrices lavent leurs drapeaux ;
En petits bains de filles amoureuses
- Qui ne m'entend n'a suivi les bordeaux -

Soient frites ces langues envieuses !

Prince, mangez tous ces friands morceaux,
S'étamine n'avez, sacs ou bluteaux,
Parmis le fond d'unes braies breneuses ;
Mais, par avant, en étrons de pourceaux
Soient frites ces langues envieuses !

- Ne soyons pas trop ambitieux, fit Agnès.

- Et pour l'instant je ne vois rien de ce que je t'ai transmis, ajouta Martin.

- « Regarde bien à présent par quelle voie je vais vers le vrai que tu désires pour que tu saches ensuite passer seul le gué », continua Alain comme pour leur répondre, ne faisant toutefois que donner la suite de son texte. Dante, Paradis, dans le 2e chant. C'est une invitation que je vous fais, après cette longue introduction. Une invitation au respect, d'abord, au respect de toutes les vérités, à leur écoute, pour que la vérité se construise et se répande. Et c'est d'abord un rejet de la concurrence. « Nous ne reconnaissons pas toujours comme elle est mauvaise parce que notre éducation, mauvaise aussi, nous a dressés à travailler par un sentiment de vaine émulation, mauvais, étranger au travail même et à la fin propre du travail. La concurrence est mauvaise en son principe : il est mauvais que les hommes travaillent les uns contre les autres ; les hommes doivent travailler les uns avec les autres ; ils doivent travailler à faire de leur mieux leur travail, et non pas à se servir de leur travail pour vaincre d'autres travailleurs. La concurrence est cause que les travailleurs ne sont point payés selon ce qu'ils ont fait, ce qui serait juste au sens étroit de ce mot, ni payés d'un paiement normal, ce qui serait juste au sens large, ou harmonieux, mais surtout selon ce que leurs concurrents n'ont pas faits. » Ainsi disait Pierre Déloire en 1897.

- Tout cela pour dire que ce n'est pas Péguy ? s'insurgea timidement Martin. User d'un pseudonyme pour ne pas assumer ton emprunt ?

- Quand on sait la difficulté qu'on donne au sens du travail dans notre modernité, c'est une invitation à faire cohérence, à trouver la cohésion d'ensemble. C'est une invitation, peut-être aussi, contre une paresse universelle. Elle passe par la croyance en des idées toutes faites, par idées apprises, par visions toutes faites, par visions apprises, une paresse infatigable qui se combat par la croyance inverse.

- Tu te fais bergsonien et péguyste, s'amusa Martin, c'est bien, et sans citer tes sources. Et si quelqu'un reconnaît cette note de 1914 dans l'assistance, que fais-tu ?

- « Sans parler nous parvînmes en un lieu où jaillit hors de la forêt une mince rivière, dont la rougeur me fait encore trembler », poursuivit Alain. Dante, Enfer, dans le 14e chant. Car pour conclure c'est une invitation bucolique et infernale, exigeante, à croire. Croire en la vérité, somme des vérités, croire en l'être, issu d'une masse d'étoiles, dans laquelle masse il se déplace lentement. Croire en l'enrichissement par l'humilité, la dépendance, la connaissance, la simplicité, l'appartenance.

*

Agnès et Martin avaient été séduits, au-delà de leurs remarques accessoires, et le groupe aussi, à la suite, lors d'une assemblée dans laquelle les discussions ne s'éternisèrent pas sur les règles de vie. Alain et Agnès furent surpris que Priscilla ne soulevât pas de questions, la vie quotidienne dans le groupe l'avait convaincue du bien-fondé d'autres points de vue que le sien, elle pouvait maintenant mieux l'admettre. Elle fit simplement la requête que le calendrier rituel fût plus souple, qu'une nouvelle communauté ne fût pas obligée d'attendre la nuit du 30 avril au 1er mai pour planter son arbre de fondation. Elle souhaita simplement qu'on amendât le texte en supprimant « cette nuit-là » pour ce rituel, ce qui fut accepté unanimement.

On profita de cette réunion pour parler de l'état des finances. Le cercle avait récolté, par les versements prévus, un peu plus de dix huit mille pièces – c'était le nom qu'ils donnaient maintenant à leur devise, quand bien même il s'agissait d'euros, et c'était depuis avril près de deux mille pièces qui devaient être versées chaque mois. Martin indiqua que les dépenses étaient minimes, pour la maison puis essentiellement alimentaires, à hauteur de huit cents pièces le mois, mais qu'il y avait à prendre des décisions, dès la nouvelle lune à suivre : ne devait-on pas payer les frais associés à l'appartement de Maria ? au logement de Priscilla ? à tout ce qui servait pour le groupe à se cacher, en somme ? ne devait-on pas payer les frais agricoles ? Sur l'insistance de Nicolas pour intégrer ces derniers, et que les justes décisions fussent prises à la prochaine occasion pour les autres logements, Martin fit voter une somme globale de neuf cents pièces par mois et assura que les revenus inhérents, sans doute encore maigres dans la récolte à venir, seraient aussi versés, en conséquence, dans la caisse commune. Pascal sentit son statut salarié menacé, mais on en discutait pas encore.

Une autre dépense fut prévue, deux cents pièces pour Anna, comme elle accueillait le cercle. Seul Alain s'y rendait, le premier dimanche de juin, en fin d'après-midi, pour le goûter, douze heures avant la pleine lune. On recevait six individus dans la boutique. Les recrutements s'avéraient d'autant plus nécessaires que les projections financières promettaient déjà une baisse régulière du trésor, d'autant plus en ajoutant d'autres postes budgétaires.

Anna avait invité des « profils », des clients qu'elle connaissait bien : un rôliste, ainsi qu'on dit d'un adepte de jeux de rôles, puriste de *Donjon & Dragons* ; un punk féru de sorcellerie, pianiste à ses heures, compositeur de musique dub, qui aimait provoquer la transe ; un couple de quarantenaires paumés, fonctionnaires au département, passionnés tous deux par la vie extraterrestre ; une geek qui, quand elle ne passait pas son temps devant l'écran, lisait de l'*heroic fantasy* ; puis un trentenaire bien sensible, qu'Anna peinait de voir si maigre, qui passait son temps à lire, qu'elle soupçonnait d'être tombé amoureux d'elle tant il venait passer du temps dans la boutique.

Dans un renfoncement qui servait parfois de lieu de visionnage, avec un tableau blanc, un pupitre avait été installé. Tous furent séduits par les premiers propos d'Alain. Mais le rôliste, sur le côté, se mit pourtant vite à marmonner dans sa barbe, déçu. Il s'attendait à ce que le texte développât davantage les références données au début, sur Saint-Guy, sur Salem, sur Boguet. Pour lui cela manquait de contenu. Il ne savait pas bien, personne ne le comprenait vraiment, l'objectif de la communication. Anna leur avait simplement dit qu'un ami à elle souhaitait leur parler de sujets qui lui tenaient à cœur.

Ils sourirent tous à l'évocation du Covid, mais pour des raisons différentes. Sur les réseaux sociaux, près de son pseudonyme DnD_Master12, le rôliste avait affiché les trois seringues correspondant aux trois doses du vaccin qu'il avait reçues. Il avait là le sourire hautain, tandis que la geek, convaincue par ses deux parents médecins que le projet de vaccination était d'un hygiénisme risqué, exacerbé, avait le sourire narquois. Le couple, qui s'était perdu dans les réglementations successives sur les formulaires de dérogation de sortie, qui s'était fait vacciné en amoureux rien que pour ne plus y penser, avait le sourire gêné. Le sensible avait le sourire intellectuel, celui qu'avait eu Martin à l'écoute du texte, tandis que le punk, qui ne savait plus trop quelle était sa position sur le sujet, se retenait d'éclater de rire.

La lecture du poème de Villon les ennuya, sauf au punk qui cherchait les rimes, les mimant de la bouche, faisant les gros yeux amusés pour la pisse de juive et pour les lépreux à la suite, pisse qui choqua l'homme du couple, d'un petit sursaut qui surprit sa moitié. Ensuite ce fut comme s'ils approuvaient tout ce qu'ils entendaient, comme si Anna, en somme, les avait bien choisis.

Mais à la fin la geek avait à faire. Elle était gênée depuis le début par le visage d'Alain, dont le physique globalement la révulsait, ce qu'elle s'abstint d'expliquer, d'autant qu'elle avait réellement une partie à jouer en ligne ce soir-là, on l'attendait. Le rôliste avait envie de lui emboîter le pas, mais il était joueur, c'était dans sa nature d'attendre pour voir la suite, par curiosité. Il scrutait les réactions des autres, ce que tout cela leur inspirait. Il se retint de poser les questions qui l'intéressaient au sujet de l'ergot, de la chasse aux sorciers ; il se dit qu'il serait mieux informé chez lui sur internet. Le sensible était trop timide pour prendre la parole en premier, mais il restait attentif. Ils acceptèrent tous trois, de même que le couple de paumés, un petit verre de jus de fruits, breuvage simple mais qui devait délier les langues.

Le punk se lança, d'autant plus vite qu'il n'aimait pas cette boisson, ne comprenant pas qu'il n'y eut pas d'alcool. Mais positif il commença par dire qu'il était séduit par cette quête de la vérité, que c'était une invitation qui le touchait.

Il était inquiet du contexte actuel. Par exemple il avait des amis anarchistes, à Valence, depuis six mois qu'il était là, qui versaient dans le complotisme ; il trouvait cela navrant. Une ou deux fois, ç'avait été amusant ; mais cela devenait une lubie, comme leur signe de ralliement. Il en avait fréquenté, des anars, leur dit-il. Mais leur discours le fatiguait, à présent, comme s'ils avaient la vérité, eux seuls avaient la vérité, la science infuse, ils ne respectaient jamais les autres points de vue. Dans l'assistance on n'avait pas son expérience, si bien qu'on décida, d'un commun accord inconscient, d'approuver silencieusement. Il était inquiet aussi parce que le mensonge était devenu, à l'autre bout du spectre, un système politique, dans le gouvernement, que c'était pire qu'avant.

Là le couple de fonctionnaires le laissa finir, mais comme s'ils étaient pressés tout d'un coup, ils finirent leur verre, ils remercièrent tout le monde, chaleureusement, et s'en allèrent presque en tombant à trois reprises avant d'atteindre la porte, qu'Anna vint leur ouvrir tandis qu'ils suaient tous deux de leurs oreilles, comme lors d'une discussion prohibée pendant le régime de Staline. Anna sut les apaiser à l'aide d'un grand sourire, en leur rappelant qu'ils étaient les bienvenus dans la semaine pour son arrivage sur l'eau et la vie dans l'univers, une sélection de nouveautés qu'elle avait faite en pensant bien à eux.

Le punk continuait, pas gêné, sous les yeux amusés du rôliste, qui mémorisait bien tout ce qui se passait. La peur des vieux coincés dans la logorrhée du jeune aventurier, il aimait en faire une caricature. Puis le sensible s'avança vers Alain, coupant la chique au punk, à l'étonnement du rôliste, pour demander ce dont il s'agissait. Il venait poser la question essentielle : « un parti, je n'y crois pas, vu ce que vous avez dit de la politique, une association non plus, ce serait trop conventionnel, à quoi nous invitez-vous donc ? ». Alain répondit bêtement : « à la réflexion », comme il avait peur de ce qui se passait, du maintenant, de ce qu'on l'obligeait à préciser. Ils en avaient parlé, avec Agnès et Martin, de ce moment, mais sans trouver de parade magique, comme si la franchise, à l'évidence, n'était pas de mise aussi sèchement.

Le punk ne voulant pas perdre son débit, repartit sur la concurrence, le libéralisme, le conformisme. Il avait du bagage, on le sentait, mais c'était trop touffu, trop rapide. Ne s'attendant plus à rien, le rôliste prit congé.

Le sensible approuvait les propos du punk, il en rajoutait même parfois. Alain ne disait pas grand-chose, il n'y avait pas besoin. Anna restait près de l'accueil, à l'écart, et le sensible regardait régulièrement dans sa direction comme déçu qu'elle ne fût plus à leur côté. Il ne souhaitait pas partir, il se sentait bien.

- Si nous répondons oui à ton invitation, fit le punk, que se passe-t-il ? Quelle est l'étape suivante ?

- J'en suis aussi, sans doute, fit le sensible, si vous nous donnez plus de précision.

- Dans ce cas, et comme il l'avait prévu dès lors qu'il ne resterait qu'un ou deux présents, je peux vous inviter à poursuivre la soirée dans un autre endroit, répondit Alain, si vous voulez en savoir plus.

- Il veut nous emmener quelque part, ton copain, Anna, l'interpella le punk. Tu valides ?

- D'autant qu'il y a des conditions à faire peur, fit Alain dans un sourire : éteindre vos téléphones et me les remettre, vous laisser bander les yeux en sortant de la boutique, avant de monter dans la voiture.

Pascal attendait dehors, au volant. Il avait fait le guet tout du long, le péril italien n'était pas loin. Dans sa voiture il savait qu'il aurait peut-être des passagers supplémentaires. Quand deux flashs de lumière vinrent taper son pare-brise, il démarra pour s'approcher de la porte. Alain prit place à l'avant, tandis qu'Anna dirigeait les deux autres vers la banquette arrière, les rassurant, leur disant « à bientôt ».

*

Ce soir il ne s'agissait que d'une simple fête, sans messe. Martin insista bien auprès de Priscilla, après que sa sœur l'eût contacté pour lui annoncer les deux inconnus, qu'on ne les effrayât pas avec un élan de magie. Lui-même, malgré sa fréquentation régulière de la boutique, ne les avait jamais croisés, il n'y avait dans le lot que le couple et le rôliste, qu'il connaissait.

On avait dressé le buffet comme à l'habitude : des salades, le nécessaire à pizzas, de l'alcool. Dans l'air on sentait la fébrilité, chacun voulait agir du mieux possible, et chacun se méfiait un peu des manières des autres.

À leur arrivée, on perçut deux attitudes différentes chez les hôtes quand, sortis de la voiture, passés le seuil, on leur ôta leur bandeau. Le sensible, Alban, paraissait grave, comme regrettant son voyage. Le punk, Richard, au contraire si ouvert qu'un grand sourire l'illumina.

Alain fit rapidement les présentations à Vinciane et Martin avant de s'éclipser ; il souhaitait s'isoler, se changer tout du moins, au calme, avant de revenir à la fête. Vinciane s'occupa d'Alban. Elle lui expliqua la maison, les gens qui vivaient là. Il n'était pas question pour le moment de tous les rencontrer, on y allait petit à petit comme avec Priscilla. Ils étaient tous à l'intérieur, dans l'annexe, tandis que Vinciane emmenait Alban vers le bureau, directement depuis le hall, pour lui faire une première visite de l'étage, puis en projetant revenir ensuite pour le diriger peu à peu vers le buffet qui grouillait d'impatience. Martin s'était laissé happer par la bonhomie de Richard : il estima qu'il était plus à même de rencontres immédiates, si bien que par l'extérieur, après une présentation toute formelle de la bâtisse, ils se retrouvèrent vite devant le reste de la communauté.

Martin comprit vite qu'il n'avait pas la même définition du punk que sa sœur. Dans les réactions de Richard, et dans son attitude, dans sa mise, il comprit sa méprise. Avec le temps, se dit-il, il s'était retrouvé à confondre le punk avec le « punk à chiens », de là imaginant un paumé sans domicile, passant d'un endroit à l'autre sans s'en soucier, vivant de petits riens. Sa sœur, c'était un esprit, qu'elle désignait, ce qu'elle avait vu chez Richard, libre, d'une nature brute, voire brutale, tolérante et non-conformiste, solidaire par bon sens plus que par idéal politique. Martin avait craint la forte tête asociale, tandis qu'il surprenait là un être ouvert, sans peur, sans crainte du jugement, et sans juger lui-même. Il découvrait la définition que donnait sa sœur à ce terme, et c'était agréable. Avec Maria, Nicolas, Priscilla, la discussion prenait, chacun s'expliquant sur son rôle ici, au quotidien, ce qu'il aimait dans cette vie, sans encore que Richard eût bien tous les éléments nécessaires de compréhension quant à ce qu'il perçut de prime abord comme un mélange entre la réunion d'amis et l'amusante colonie.

Alban peu à peu se déverrouillait, appréciant la compagnie de Vinciane. Il commença à poser des questions quand ils passèrent dans les innombrables pièces, dans les chambres, s'y perdant mais comprenant déjà mieux de quoi on l'initiait. Ils retrouvèrent Alain et Lily dans le salon, quelques minutes à échanger, puis c'était Priscilla et Maria qui s'étaient mises dans la cuisine en attendant. Enfin la soirée commença véritablement. De nouveau la musique, l'alcool, les pizzas, mais aussi le petit jeu improvisé du post-it sur le front, quelques blagues, des anecdotes, tous les ingrédients comme réunis.

Richard, alias Joe Strummer, n'avait pas deviné son personnage quand ils avaient fini de jouer. Ils avaient alors déjà appris de lui toutefois qu'il essayait de vivre de la musique depuis qu'il avait seize ans. Il avait été le leader d'un groupe de hard métal, à la voix, ce qui supposa qu'il leur fit une démonstration de son chant le plus rauque. Il s'était amusé dans un style de rock plus soft, il avait alors appris la guitare, et repris le piano qu'il avait mal appris, sous pression parentale, pendant l'adolescence. C'était pendant ses études en sociologie, à Lyon, et le groupe, qui tournait pourtant bien, s'était cassé pour des histoires de drogues. Il s'était mis à traîner avec des gars du style rastafari, il avait découvert la variante reggae du dub, les outils numériques qui allaient avec. Il ne faisait plus que cela depuis dix ans, tournant du mieux possible et cherchant à droite à gauche les soirées, les projets variés qui payaient, des textures sonores pour les projections de lumières sur les bâtiments, les musiques de films, entre autres.

Alban, lui, avait trouvé qu'il était Jésus Christ, en deuxième position après Pascal, lui-même Napoléon, qui l'avait emporté sans aucune effusion de joie. Alban s'en amusa, lui, du haut de ses 32 ans. Maria, sous le nom de Victoria Abril, qui ne connaissait pas l'âge d'Alban et ne pensait pas le faire mourir dans l'année, justifia son choix par la maigreur du personnage. Le jeu permit de casser encore plus sa timidité. Les autres apprirent, en furent surpris, qu'il était plombier à son compte, auto-entrepreneur, parce que cela payait bien, mieux que son activité précédente de serveur plongeur homme à tout faire exploité.

Martin sortit deux guitares, dont une pour Richard, ils se mirent à jouer, entre improvisations et classiques de variété. Le groupe se délita quelque peu, c'était l'effet recherché. Lily, que Richard avait transformé subtilement en Rouget de Lisle, de même qu'Agnès, imaginé par Alain en Mary Shelley, en profitèrent pour s'éclipser. Priscilla, la Brigitte Bardot de Pascal, s'occupait ce soir de ranger, aidée par Maria.

Nicolas, jeune Verlaine, resta avec Pascal, Vinciane et Alban autour des musiciens. Il était curieux du nouveau, avec lequel il partageait les occupations professionnelles. Sa timidité le touchait, sa poésie de même, comme un miroir de son âme, se dit-il. Il voulait en savoir plus. Mais Alban, s'il était plus à l'aise, ne perdait pas tant sa réserve.

Vinciane décida d'avancer, quant à ce qui les réunissait là, tous les neuf, dans cette ferme, sur ce terrain, sous la pleine lune. Richard cessa de jouer pour écouter, seul Martin donnait une coloration musicale à l'exposé. Alban était attentif comme jamais, enfin venait-on nourrir sa curiosité. Il accepta le joint tendu par Pascal, agrémenté de vin, c'était plus simple ainsi de laisser venir les mots, de plonger dans les yeux de Vinciane et comprendre. Richard de son côté n'avait pas perdu le sourire de la soirée, mais on venait heurter chez lui quelque chose de bien précis. Le sourire s'était fait quelque peu gêné.

Ils ne surent comment réagir. Fallait-il signer quelque part ? Les avait-on invité pour les intégrer ? Alban le demanda naïvement. À quoi Vinciane répondit que non, gaiement, c'était pour leur montrer, ils semblaient de confiance. Elle l'invita à venir voir ce qu'elle peignait, ce à quoi elle faisait référence, ce qui l'inspirait. On était passé dans l'envoûtement, il la suivait mécaniquement, elle lui présentait les tableaux, si proche de lui, alors il cherchait son souffle, il cherchait même sa peau, à cette heure tardive. Elle l'invita à ne pas prendre sa décision trop vite, il n'y avait pas d'urgence.

Richard ne put faire autrement que d'exprimer explicitement sa gêne. Le projet était louable, dit-il, il était beau. Mais, et ce fut dans un éclat de rire franc de sa part, la gêne éclatée, il dit aussi que sa femme et ses deux gosses, ils allaient être inquiets, s'ils ne le voyaient pas revenir. Martin déglutit, de même que Pascal et Nicolas, en sursautant. Il ne leur en avait pas parlé avant, il n'en avait sans doute rien dit à Anna, il n'en savait trop rien, il y réfléchissait maintenant, mais il y avait Fanny, Céline et Pierre, à la maison. Richard en riait toujours en continuant, les autres sous le choc. Martin prit alors leurs deux verres, qu'il alla remplir, et ils trinquèrent comme deux vieux amis partant sur de nouvelles bases après une embrouille passagère, mais sans un bruit.

- Il faudrait que je leur en parle avant, au moins à Fanny, mais cela me plaît, votre truc, fit enfin Richard alors que pas un mot n'avait été prononcé depuis cinq longues minutes.

- Jusqu'à les faire venir ici ? demanda Martin, sceptique.

- Fanny n'a rien de stable, comme boulot j'entends, continua-t-il de rire. On galère pas mal, alors ce serait peut-être une bonne chose, qui sait. C'est peut-être une condition : si cela ne m'empêche pas de continuer la musique, voire d'en glaner des gains pour le cercle.

- C'est une vraie condition, en effet, réagit Martin, quelque peu soulagé de la tournure de la discussion. Cela supposerait que tout le groupe soit d'accord, tu comprends ?

- J'imagine bien la surprise, ria de nouveau Richard. Mais je ne m'attendais pas davantage, de mon côté, à cette découverte avec vous ce soir !

Martin et Richard, en présence de Pascal et Nicolas, se mirent ainsi d'accord, pendant qu'ailleurs Alban trouvait un lit à sa convenance. Dès le prochain samedi Richard viendrait en famille. On aviserait alors. Martin le reconduisit à Valence, sans bandeau sur les yeux.

*

Richard revint comme prévu, accompagné. Alban, qui avait pris ses marques, ainsi que Pascal et Nicolas, avaient été jusqu'à aménager spécialement un appartement dans la maison pour les quatre potentiels nouveaux occupants. On atteignait là le maximum en capacité. Les demandes de Richard avaient été validées en préalable lors d'un conseil extraordinaire, que tout ftû clair et honnête avant la venue.

Les enfants s'amusèrent avec les jumeaux. C'était la première fois qu'on voyait ces deux derniers dans une activité ludique, presque joyeux, comme délivrés d'un deuil qu'ils ne comprenaient pas eux-mêmes. La plus grande fille de Richard, du haut de ses six ans, jouait la nounou, sous l'œil avisé de Vinciane, elle qui se languissait d'avoir tous ces petits sous son aile.

Fanny n'était pas moins engageante que Richard. Tous les aspects du projet lui convenaient. Au fond d'elle il y avait aussi l'idée de se dégager d'un quotidien déprimant, fatiguée de petits boulots navrants, fatiguée des enfants en charge en permanence, fatiguée d'un conjoint qui créait du vide plutôt qu'il ne le comblait, par ses absences artistiques. Là, il y avait du monde, des gens sympas, se dit-elle, il y en avait pour tous les goûts, pour toutes les humeurs, on faisait ce qu'on pouvait faire, on apportait ses compétences, ni plus ni moins. Alors que le moment aurait pu être grave, de décisions lourdes à prendre, il n'en fut rien, et Richard conforta leur choix.

Concrètement, la famille quittait son appartement en location près de Valence, on déménageait tout ici sous un mois. Il ne faisait rien à Fanny de disparaître, quand cela faisait peur à Richard. On se mit d'accord pour un entre-deux. On ferait le nécessaire pour l'école à distance, en utilisant l'adresse de Maria comme pied à terre, au moins pour tout le temps nécessaire aux démarches. On verrait à perdre les services de l'Éducation nationale dans les échanges, ce n'était pas insurmontable, on avait le temps et les compétences à la maison pour cela. Les aspects financiers furent réglés le même jour, ils avaient de l'argent, ce n'était pas un problème.

*

Pour assumer ses actes, c'était son expression, Anna avait tenu à venir le dimanche. Elle fut heureuse de retrouver Alban et Richard, de découvrir la famille de ce dernier. Il n'y avait que les deux fonctionnaires paumés qu'elle n'avait pas revus. Elle n'était pas inquiète pour autant, une commande les attendait, elle ne les imaginait pas y résister.

Elle se rendit compte que l'ambiance avait bien changé depuis sa dernière venue.

Quand Martin lui montra l'intérieur, elle comprit qu'on n'avait plus de place. Martin soupçonnait Priscilla d'être sur le point de rejoindre Pascal dans sa petite maison, mais c'était une hypothèse encore fragile, en particulier parce qu'il y avait les enfants, qui dormaient dans une chambre attenante à celle de leur mère.

Anna posa la question de l'ouverture à d'autres communautés, en essaimant celle-ci. Son frère justement pensait aborder le sujet lors de la prochaine assemblée. Avec cette réunion, puis le feu de joie du 20 juin, deux jours après, puis la pleine lune du 3 juillet, le calendrier se présentait chargé. Déjà des modifications dans les règles communautaires se précisaient.

*

Priscilla s'occupa, de son initiative, de définir quelques principes au sujet des enfants, admis aux fêtes à partir de douze ans, admis aux réunion dès l'âge de raison de sept ans. Vinciane cita pour la forme un passage de « Pierre », texte de Péguy dont elle appréciait la teneur autant que Martin : « Laisse donc, ma fille, de mon temps on n'avait pas comme ça peur de parler devant les enfants, et le monde n'était pas plus mauvais qu'à présent ». Mais elle vota comme les autres pour l'amendement de Priscilla, afin de ne pas la décevoir.

Alban se porta volontaire pour les points relatifs aux activités professionnelles : de même que Richard continuait les concerts, Alban continuait la plomberie. C'était des revenus non négligeables, ils en reversaient le quart à la communauté, proposa-t-il avec l'accord du musicien. On réfléchit aussi à d'autres entrées d'argent. Richard proposa la production d'une bière, Pascal en fut enchanté ; ils allaient tous deux travailler sur le projet. Richard voulait aussi mêler concerts et présentations de la communauté, ce qui fut plus fraîchement accueilli par le cercle.

Il y eut un sujet plus sensible, que Nicolas marmonnait déjà jusque-là, et qu'il régla avec Pascal et Martin. Il se demandait comment le Corse pouvait garder son statut de salarié auprès de Martin, alors qu'ils étaient tous deux censément égaux dans la communauté. Se posait également la question du logement indépendant dont il disposait. Pascal était furieux de ces remarques, mais il ne voulut pas répondre. Martin pensait en lui-même que c'était parce que Pascal était le plus jeune du groupe, et parce qu'il paraissait pourtant à maintes égards comme le plus vieux, peu amène, détaché de tout.

Nicolas présenta la question comme une aberration collective évidente. Il comprenait la difficulté, dit-il, mais il y avait une décision claire à prendre. Ils se mirent alors tous les trois d'accord : Pascal gardait la maison, il était leur gardien, mais sans plus être payé par Martin.

Pascal eut pu quitter le groupe alors, tant son entrée dans la communauté n'avait été que de circonstance, comme devenue telle une obligation implicite pour conserver sa place. Mais il en fut retenu par lui-même, de partir. Il s'était attaché malgré lui à tout cela, ainsi qu'à la femme magicienne. Il s'arrangeait bien aussi de disparaître sur ce continent tout comme on l'avait fait gentiment disparaître de son île. Le soir après cet échange pourtant amer à l'égard de sa fierté, il fut comme libéré.

*

Le groupe de réflexion reprit, avec un Richard tout novice, un Martin quelque peu tracassé par l'importance accrue de ses responsabilités dans le bon fonctionnement du cercle. Alain restait sur ses acquis, dans le succès du dernier recrutement, tandis qu'Agnès, qui s'était faite plus discrète, toujours occupée dans ses lectures, paraissait plus grave qu'à son habitude.

- Je lis Grossman, Vassili Grossman, fit-elle à Richard quand il lui demanda ce qui la tourmentait. Sur les terribles conseils de monsieur Martin, je lis Grossman. Peut-être dira-t-on que je suis jeune, que je n'ai rien lu encore, mais tout de même. J'ai lu hier le récit des Juifs russes, ukrainiens, arrivant à Auschwitz, et j'ai beaucoup de mal à m'en remettre. Je culpabilise d'en souffrir, alors qu'ils n'ont pas survécu, qu'est-ce pour moi, quelques lignes ? Je crois que je n'avais rien lu d'aussi terrible.

- J'en suis désolé, fit Martin. Ce n'était certainement pas judicieux de ma part.

- Ne m'en veuillez pas de ne pas correctement travailler avec vous, dans ce contexte. C'est aussi que je me rappelle les conversations qu'on a eues, sur l'engagement politique ou apolitique du groupe. Quand je sais que certains dans ce monde sont capables de dire que ce que j'ai lu, là, que cela n'a pas existé, je me pose des questions sur la vérité, sur ce qu'on en fait, sur ce qu'on veut en faire.

- C'est aussi pour cela que je t'ai proposé Grossman, fit Martin. Mais je pensais davantage au rapport entre les Russes et la vérité, à son travestissement, à l'hypocrisie, au mensonge. J'en avais presque oublié ce passage.

187

- Ceux qui refusent cette vérité, fit Richard, ils le font pour des raisons politiques. Ce sont les bourreaux eux-mêmes, qui ont commencé ce travestissement, pour se mentir à eux-mêmes autant que pour mentir aux autres. Ce dut être difficile, sur le moment, pour eux, d'admettre la vérité, ce fut impossible ensuite. Ce ne fut pas un rejet honnête, admissible. Ce ne fut pas la vérité contre les Juifs. Ce fut le nazisme et le nationalisme antisémite contre le reste du monde. Il en va de même pour leurs héritiers.

- Cela peut l'être, honnête, fit Alain, si la première source d'information qu'ils voient comme fiable, elle leur a dit que cela n'avait pas existé. Ils s'en arrangent, mais c'est aussi pour eux la vérité, c'est là toute la difficulté. Qu'on les en ait persuadés ou qu'ils s'en soient eux-mêmes persuadés.

- Comment accepter l'honnêteté de cette vérité ? demanda Martin. On pourrait discuter des courants philosophiques de la vérité, cela ne conduirait pas à trouver les moyens d'un quelconque respect sur ce point, pour ma part en tout cas. Mais il est difficile de condamner quelqu'un parce qu'il tient une vérité différente de la nôtre, et ce même si ce qu'il énonce nous est insupportable. La solution la plus simple, celle qu'on applique souvent, c'est de ne pas ou de ne plus fréquenter cette personne, ou d'éviter, de même solution de facilité, les sujets qui fâchent.

- Que vois-tu comme sujets sensibles entre nous ? fit Agnès pour les éloigner de la Shoah.

- Nos appartenances politiques, nos opinions politiques, se permit Richard. Mais c'est aussi pour cela que je suis là, vivre avec des individus qui n'ont pas les mêmes idées, et qui pourtant partagent le même objectif. C'est ainsi qu'on se retrouve, et je suppose que ce serait aller chercher les difficultés que d'aborder certains sujets.

- Sauf si certains actes ou certaines attitudes nous gênent, fit Alain, se rappelant les noises qu'il cherchait à Martin.

- Il y a une idée que j'aimerais qu'on porte, qui se trouve dans le texte fondateur, succinctement, fit Martin, celle de l'enfant qui est issu de la communauté, qui a été conçu et qui est né dedans. On lit ainsi, continua-t-il, qu'« une attention particulière est apportée aux êtres conçus au sein même du cercle, en particulier au sein même de la communauté originelle », avec le soin de « s'assurer qu'à terme tout nouvel être arrive au sein d'une communauté de l'Apothéose. C'est le seul moyen de garantir la vérité de tous et pour tous. »

- C'est vrai que c'est le seul moyen, malheureusement, fit Agnès. Tu réponds donc à mon questionnement. Mais tu m'accorderas que c'est une utopie, une belle utopie loin d'être atteinte.

- Ce qui m'importe, continua Martin sans se soucier de ces doutes, c'est notre idée, chacun, de la naissance, de ce qu'elle implique, du rapport à l'enfant, de son éducation.

- Je crois que tu t'inquiètes pour rien, fit Alain, sauf à vraiment ne pas avoir confiance.

- Vinciane me dit avoir senti la naissance arriver bientôt, continua Martin partant comme en un monologue, avec une phrase qui tout de même interpella Agnès, d'autant plus qu'elle avait un peu de retard dans ses règles et se trouvait parfois en ces jours-ci des douleurs dans les seins.

- Et si la mère ne veut pas le garder, fit-elle alors, captant enfin l'attention du maître.

- Alors elle ne le gardera pas, répondit Richard, catégorique.

- La question que je pose, reprit Martin, c'est celle de savoir si la mère ne voudra pas alors quitter le groupe, vivre ailleurs avec l'enfant, par crainte de l'enfermer avec nous.

- Et que proposes-tu, fit Alain, fatigué par l'échange, qu'on édicte une règle l'obligeant à rester ? à la traquer si elle s'enfuit ?

- Pardon, répondit Martin, je me suis mal exprimé. Je me pose la question simplement d'accompagner au mieux les choses. Car cela m'inquiète, tout simplement, pour l'avenir du groupe, pour sa survie même.

- Mais regarde, fit Richard, il y a déjà des enfants, ils sont heureux, on s'occupe de leur éducation. Comme le suppose Alain, on ne pourra rien contre quelqu'un qui veut quitter le groupe, du fait ou non d'un enfant. Nous ne pouvons ni ne devons retenir personne.

- J'ai peur que cela fragilise le groupe, fit Martin, mais vous avez raison. J'aimerais seulement qu'on y pense, que cela apparaisse davantage dans nos réflexions, autour de l'avenir de la communauté. Je crois Vinciane quand elle dit que c'est imminent.

*

Alain ne discutait plus avec Lily, ils ne se voyaient plus vraiment qu'avant de s'endormir l'un à côté de l'autre. Pour lui, d'abord, c'était le fait de la nouveauté du groupe. Mais elle semblait tellement peu préoccupée par sa personne qu'il en vint à considérer que c'était une évolution qui les concernait en tant que couple. Partager ses doutes, auprès d'elle, ce ne fut pas une simple manière d'alerter un membre du cercle, de confier ses craintes, c'était aussi dans l'idée de se rapprocher d'elle.

Mais quel ne fut pas son désarroi : elle ne fit que défendre Martin. Pour elle, les arguments contre lui n'étaient que le fruit de jalousies. Alain tomba de haut, de son amour fusionnel effrité. Il lui montra le texte complet « Pierre », de Péguy. Il en avait demandé l'exemplaire à Vinciane, venu espionner la classe, curieux comme elle utilisait l'écrit avec eux, en particulier auprès de la plus âgée, Céline, dès la première semaine à son arrivée, pour la lecture et les dictées. Il cita des passages, comme s'ils allaient mettre Lily devant l'évidence. Il prenait les pages des photocopies qu'il avait près du lit, « écoute » :

« Il y avait deux espèces de monde [c'est sa mère qui explique à Pierre, Alain précisa], ceux qui étaient bons et ceux qui étaient mauvais : ceux qui étaient bons c'était les enfants bien sages et bien obéissants, c'était les bons ouvriers et les bons patrons ; ceux qui étaient mauvais, c'était les petits garçons désobéissants, les mauvais patrons et surtout les mauvais ouvriers. »

Un peu plus loin, « écoute » :

« Les bons ouvriers sont ceux qui travaillent bien, qui travaillent vite, qui travaillent beaucoup, qui sont actifs, intelligents, qui ne sont pas bêtes, qui sont patients, qui ont du courage, qui ne sont pas paresseux, qui n'ont pas peur de leur peine, qui ne sont pas mauvaises têtes. »

Et si cela ne te suffisait pas, « écoute » :

« Surtout les bons ouvriers ne font pas de la politique, parce que c'est encore pire que de se saoûler. »

Mais Lily ne trouva rien à redire, ce n'était que des passages sortis de leur contexte, supposa-t-elle. Alain n'était même pas sûr que Vinciane travaillait en classe sur ces passages en particulier, souligna-t-elle, et quand bien même, ne devait-on pas comprendre que ce n'était pas la pensée du cercle, mais celle d'un enfant romancé ? Alain ne savait pas ce qu'ils faisaient d'autre en classe, affirma-t-elle, tandis que Vinciane, c'était certain, proposait des documents variés, des manuels officiels que Fanny lui avait ramenés.

Lily eut un argument massue, auquel Alain dut se soumettre : il n'y avait pas que Vinciane à faire l'éducation, ils étaient douze à intervenir. Lui-même pouvait apporter sa pierre à l'édifice en la matière s'il le souhaitait, il pouvait en discuter avec Vinciane, mais de se plaindre là, près d'elle, Lily lui dit que ce n'était pas utile, avant tout de même de l'embrasser comme pour le consoler.

- Je ne comprends pas ton obsession contre Martin, et ton obsession sur Péguy, auquel tu le réduis, que tu connais toi-même peu, ajouta-t-elle. Ce que vous faites ensemble, c'est intelligent, il ne faut pas que tu gâches tout par ces réflexions hâtives. Alors que Martin se met en difficulté lui-même devant vous, alors qu'il fait de lui-même une démonstration de ces faiblesses, et peut-être le fait-il exprès, tu en profites, toi, dirait-on, comme pour t'acharner.

- Mais c'est justement parce que je ne veux pas tout gâcher, que je te dis ces choses. Que tu n'ailles pas dans mon sens, je l'entends bien. Quand l'enfant dont il parle va arriver, déjà simplement s'annoncer, par exemple, il faudra bien qu'on soit tous au point.

- L'enfant dont il parle ? interrogea Lily, d'autant plus curieuse que malgré la pilule qu'elle prenait, elle était en ce moment prise parfois de nausées.

- Vinciane aurait senti qu'un enfant avait été conçu dans le cercle, sourit Alain, d'autant plus serein qu'il savait que ce n'était pas le sien, sans aucun rapport sexuel avec Lily depuis près de six mois.

*

Il devenait urgent de trouver un symbole. Ils ne se privèrent pas de consulter le reste du cercle à ce sujet. Il en ressortit d'abord que le croissant de lune était souvent cité, que Martin trouvait ce signe trop réducteur. L'alchimie vers la vérité ne pouvait se limiter à cela. Il proposa de travailler la lettre A, stylisée, pour l'Apothéose, mais là les autres, à l'unanimité, trouvèrent l'idée trop simple, peu distinctive. Focalisée toutefois comme malgré elle sur cette lettre, Agnès trouva une option qui retint l'attention. En lisant un petit livre sur l'alchimie, tandis que Richard en feuilletait un sur tous les signes et symboles, elle fut elle-même séduite. Richard écartait les runes, les croix, les dessins primitifs, il trouvait aussi que les symboles ésotériques supposaient des choix trop précis, limitant leur portée. Agnès proposa une forme en double A : les deux lettres se confondaient au centre, inversées, ainsi l'une était pointe en bas.

- L'outil de fabrication des potions, des élixirs, sourit Martin, en voilà une idée bonne. L'outil par excellence de l'alchimiste, pour atteindre l'or. L'outil par excellence de l'Apothéose pour atteindre la vérité !

Ils firent des recherches complémentaires pour éviter toute méprise, vérifier que le signe n'avait pas de significations éventuellement problématiques. Ils eurent des difficultés à le retrouver dans l'internet, mais il correspondait bien là aussi à l'alambic. Ils firent le choix du motif trouvé sur le web, qui ne présentait pas de pattes à l'un des deux A, quand sur le livre il y en avait partout. Martin estimait que cela dessinait une variété des points de vue, et que cela ouvrait davantage vers les étoiles. Comme pour l'évidence, aucun autre symbole, dans tout ce qu'ils aperçurent, ne trouva grâce à leurs yeux par la suite. La consultation des autres membres du cercle fut aussi couronnée de succès, si bien que Vinciane eut l'audace de demander à Pascal d'acheter un nécessaire de tatouage, qu'on envisage vite une séance d'encrage, une fois l'assemblée passée, sur tous les adultes du groupe.

*

« Ma grand-mère me racontait des histoires quand j'étais petit, lit Alain avec un clin d'œil pour Martin, sachant qu'il reconnaîtrait un passage de 'Pierre'. Des histoires merveilleuses, souvent. Mais elles n'étaient pas vraies. Je préférais les histoires amusantes, parce qu'elles étaient vraies, celles où on se jouait du diable, malgré ses cornes et sa fourche et le feu qu'il bavait. Le diable voulait toujours voler des âmes pour les emporter en enfer et pour les faire brûler, parce qu'il était méchant, mais on s'arrangeait presque toujours pour les lui voler au dernier moment. Des anges, ou le bon Dieu, ou le curé lui-même qui, sans avoir l'air de rien, était plus malin que le diable. C'était aussi des histoires de loups-garous, de feux follets, de revenants et de sorcières, histoires dont j'avais peur ensuite la nuit dans mon lit tout seul. Ce qui m'amusait beaucoup, c'était que le curé y était toujours plus malin que le diable, mais toujours moins malin que ses paroissiens.

« Elle ne faisait pas que me raconter des histoires, ma grand-mère. Elle me faisait travailler, aussi. Elle insistait pour que je sois manuel, alors que mes parents ne s'en préoccupaient pas. Elle craignait que ma formation, si elle n'était qu'intellectuelle, me réduise à ne traiter qu'avec le faire-semblant. Elle considérait que l'expérience physique des travaux manuels était indispensable à la construction individuelle.

« Un philosophe écrit, voilà plus d'un siècle : 'un jeune homme voulant devenir député, ministre, gendre, conseiller d'État, ou même obtenir à bon compte une chaire de l'enseignement supérieur, sait parfaitement comment s'y prendre. Il sait quelles avances il faut faire, quels gages donner, quelles promesses au contraire tenir, quelles paroles tenir et quelles paroles violer, quels serments prêter et quels serment trahir, quelles traites accepter et signer, et quelles traites ensuite laisser protester, quand et comment jurer et quand et comment se parjurer, quelles trahisons commettre, et ils savent comment on peut trahir des trahisons mêmes.' Ma grand-mère abhorrait non pas ce comportement, car elle ne jugeait pas d'un comportement, elle abhorrait l'éducation qui avait conduit à ce comportement, car elle jugeait la responsabilité d'un parent dans l'éducation de son enfant. Elle considérait comme moi qu'un enfant n'appartenait pas à ses parents, et que l'éducation de l'enfant relevait de la petite société. Pour elle, mais elle se trompait peut-être, la petite société ne permettait pas d'arriver à des comportements de trahison. Celle-ci était nécessairement le fruit d'un individualisme exacerbé, lui-même issu d'une éducation trop étroite, trop intéressée.

« Il n'y avait que les récits au coin du feu, qui se transformaient en leçons de vie. Il y avait aussi, toutes proches, les danses en pleine nuit dans les bois, qu'on entendait parfois, tous les mois, tous les deux mois, je ne sais plus. J'avais peur, mais j'avais envie d'y être. Pas une envie passagère ou simplement curieuse, mais un véritable désir de participer. Pour moi ces gens-là étaient à leur place, et c'était ma place aussi. Ils avaient compris, collectivement, ils osaient agir selon leur instinct et selon les sentiments, sans trahir.

« Alors si dans l'entourage, sans les connaître ou les reconnaître, on se moquait d'eux, on se méfiait d'eux, pour ma part je les admirais. Ils étaient des parias, ou bien se cachaient, malhonnêtes par obligation. Mais j'osais croire que 'dans la vie, ceux qui ont raison sont le plus souvent incapables de se conduire correctement : ils ont des sautes d'humeur, jurent, se montrent intolérants et dépourvus de tact. Et, d'ordinaire, on les rend responsables de tout ce qui ne va pas dans le travail ou la famille. Ceux qui ont tort, qui vous offensent, savent, eux, se comporter comme il faut, ils sont logiques, font preuve de doigté et ont toujours l'air d'avoir raison'. »

Il citait Grossman, ainsi. Il ne faisait que tricher, pensait Agnès en l'écoutant, mais avec tellement de talent, trouvait-elle, qu'elle le lui pardonnait.

« Oui, ces êtres pouvaient paraître rustres, continua Alain en essayant de ne pas penser à la douleur qu'il avait dans l'intérieur du poignet gauche, là où ils avaient maintenant tous le signe tatoué de l'Apothéose. On les condamnait, comme damnés, parce qu'on imaginait qu'ils étaient en permanence à carnaval, jouant un rôle que les autres n'avaient le droit que de jouer une fois l'an. On considérait qu'ils s'étaient isolés d'eux-mêmes, alors qu'ils communiaient bien davantage que quiconque, alors qu'ils n'aspiraient qu'à l'harmonie, ensemble. On les chassait, ce pourquoi ils se cachaient, alors qu'ils vivaient leur croyance et leurs pratiques dans l'humilité, la dépendance, la connaissance, la simplicité, l'appartenance. Ils m'ont longtemps hanté, au sens noble du terme, ils m'ont obligé à la réflexion, à l'inspiration également.

« Je me suis construit ainsi que je n'ai jamais adhéré à la grande société, aux obligations artificielles, fausses, élaborées dans l'abstraction d'esprits seuls, malveillants. Je suis resté attaché à la petite société, celle des échanges vrais. Je n'ai jamais adhéré à la grande communauté, dans laquelle on ne sait plus qui l'on est, ce que l'on est, à quoi l'on sert, ce que l'on peut donner. J'ai préféré m'intéresser à ce qui pouvait mieux nous faire vivre ensemble, et comment former cette petite communauté originelle qui, dans le respect de chacun, forme la vérité, forme l'Apothéose, comment nous retrouver, régulièrement, pour communier comme ils le faisaient, par exemple, dans les bois, eux, quand j'étais enfant.

« Je n'ai pas peur, depuis que je suis dans cette voie, de passer pour un paria, pour un être qui se ferme. Je n'ai pas peur de cette apparence parce qu'elle est fausse et ne sert qu'un objectif à ceux qui la considère, se tromper pour mieux accepter leur condition, dans cette grande société qu'ils ne comprennent qu'en excluant, qu'en dénigrant. Pour autant je me souviens de ma grand-mère, je me retiens de les juger, j'aspire à les respecter. Je comprends qu'ils versent leurs pièces dans la luxure, dans le futile, dans l'impôt. Mais ce qu'on donne ailleurs, pour nous, pour la petite communauté, ils ne pourront pas le prendre. Car il ne sert à rien de donner pour des écoles qui ne savent pas éduquer vos enfants, pour une police qui vous arrêtera quand vous n'aurez rien fait de mal, pour des routes et que sais-je encore, pour des personnes âgées dont il faut savoir nous occuper autrement.

« 'Or, de même qu'aux traits des chauds rayons le fondement reste nu de la neige et de la couleur et du froid précédents, de même toi, resté dépouillé dans l'intellect, je veux t'éclairer d'une lumière nouvelle, si vive qu'elle étincellera à tes regards.', Dante, Paradis, 2e chant. Mais quelle est cette lumière ? C'est la lumière de l'enfant, la lumière des enfants qui naissent parmi nous, qui sont l'espoir de cette Apothéose. C'est la lumière de l'astre, cette lune qui nous rassemble deux fois chaque mois pour la célébrer, nous célébrer. C'est la lumière de toutes ces étoiles, encore plus haut, qui nous observent, égarés, masse d'hommes et de femmes qui se déplacent à la recherche de l'idéal. C'est ainsi l'Apothéose, 4e chant, qui nous guide, 'il dit que l'âme retourne à son étoile, croyant qu'elle en a été séparée quand la nature lui a donné sa forme.' »

Alain voulait cette fois être accompagné lors de sa prestation, par Vinciane et Priscilla. Il voulait une cérémonie concrète, à la fin, qu'il y eût de l'encens, des sons envoûtants que Richard allait produire. Il voulait en somme qu'on donnât corps à leur Apothéose.

Nicolas craignait cet affichage public, tel que l'imaginait l'orateur. Richard et Fanny le rassurèrent, ils s'occuperaient tous deux, pendant le concert, de capter l'attention de celles et ceux qui seraient dignes de confiance. Pascal ajouta rieur qu'ils seraient tous drogués, dans la salle, sans rien à craindre donc. Vinciane était d'accord avec l'idée d'Alain, elle sentait que c'était un grand moment, d'autant qu'elle sentait dans le groupe un enfant qui venait. Priscilla fut partante aussi, d'autant plus qu'elle ressentait en elle ce qu'elle avait vécu au début de la grossesse des jumeaux.

Avant de partir boire et danser autour du feu, libérés de ces préparatifs, Martin insista pour une annonce grave, en lien avec le possible recrutement qu'ils allaient donc tenter au samedi soir du 1er juillet. Ils devaient selon lui sérieusement envisager le premier éparpillement de la communauté. Il demandait à ce qu'on réfléchisse à former trois groupes, avec ainsi deux lieux de résidence à trouver.

6.

Deux jours après leur première soirée publique, Alain découvrit que Lily était enceinte, de même que l'étaient Agnès et Priscilla. Tout cela parce que Vinciane avait insisté autour de sa prédiction : Martin et Pascal s'étaient débrouillés pour acheter des tests, et toutes les femmes s'étaient prêtées au jeu.

Sans discrétion possible, dans l'effervescence, ces tests ne purent être soustraits à l'examen collectif. Quand les deux barres apparurent simultanément sur chacun des trois bâtons, la joie parcourut la maison à mesure que l'information se répandit. Sabrina, Marion et Pablo, qui n'étaient arrivés que la veille, furent eux-mêmes happés par le mouvement. On venait féliciter les futures mères, à tout le moins Agnès et Priscilla, Lily ayant disparu dans ses quartiers.

Alain, tout comme après l'intervention dans la librairie, s'était réfugié dans sa chambre, tout le dimanche, pour se remettre. Son incarnation le terrassait, dans un état second qui laissait des traces, telle une présence occupante en son cerveau engourdi. Il avait besoin de temps, d'isolement, s'il voulait revenir en forme pour la pleine lune du lundi.

Le concert avait manqué d'être annulé. Le pays était sous tension, des émeutes avaient fait frémir les grandes villes après le meurtre par un policier d'un jeune homme de banlieue, d'origine arabe, lors d'une poursuite. Valence n'avait pas été épargnée. Dans la nuit du vendredi au samedi, un poste de police municipale avait été attaqué, dans le quartier de Valensolles, par quinze individus. Dans ce contexte beaucoup de manifestations sportives et culturelles avaient été annulées, les fêtes de fin d'année dans les écoles, les fêtes foraines et autres corsos nocturnes. Isolés sur l'autre rive du Rhône, dans le département voisin de l'Ardèche, les organisateurs du concert avaient toutefois estimé qu'avec un petit renfort de sécurité, pour un public éloigné des préoccupations liées à ces émeutes, on pouvait maintenir la soirée.

Avec les téléphones on sentait le pouls des alentours et du pays. On voyait des heurts à Paris, Lyon, Marseille, ce n'était pas une surprise, mais aussi plus près, à Romans-sur-Isère, à Loriol-sur-Drôme, à Valence de nouveau, un peu après la fin de la prestation de Richard, qui était passé en premier dès vingt heures.

Alain, Vinciane et Priscilla s'étaient vus attribuer une pièce annexe à la salle principale du concert. Tandis que soixante-dix mètres au carré accueillaient le public, avec un bar dans le coin de droite à l'entrée et une petite scène de trois mètres de profondeur au fond, ils disposaient d'une surface de quinze mètres au carré avec un pupitre, une dizaine de chaises. C'était elles que Richard devait attribuer en draguant des membres du public, au bar, pendant que se déroulait le deuxième set de musique, tandis que les trois autres répétaient leur prestation.

Comme l'avait pressenti Pascal, beaucoup d'esprits étaient altéré par les acides, la cocaïne, le cannabis, quand ce n'était pas tout mélangé. Richard n'eut pas à tricher pour en intéresser, misant sur le fait qu'Alain était fou dans son propos, que c'était

« un poil mystique ». Et quand la salle de concert se vida enfin, tandis qu'on entendait les voitures démarrer, décamper, la petite pièce, elle, était remplie.

Richard s'occupait du fonds sonore, jouant sur les échos, les nappes, dans une ambiance plus calme que celle qu'il avait proposé plus tôt dans la grande salle. Son idée, efficace, était que ce public restât assis, attentif, pour s'emporter dans les paroles d'Alain, dans les encens de Priscilla, dans les peintures de Vinciane disposées tout autour d'eux.

Richard avait augmenté le volume à la fin du discours d'Alain, Priscilla engageant une méditation murmurée en l'honneur de la lune. La moitié de la salle, polie mais perplexe, en profita pour s'éclipser. Ils furent trois ensemble à la remercier quand elle eut terminé, ils avaient « kiffé ». Restaient deux copines, Sabrina, Marion, ainsi qu'un endormi, Pablo.

*

Alain revenait doucement à lui-même de cette prouesse quand il entendit au loin la nouvelle. Il n'eut pas le temps de tout comprendre que Lily fit son apparition dans la chambre, souhaitant discuter sans savoir quoi dire. Elle ne ressentait ni remords, ni honte. Elle n'était pas là pour s'excuser ou demander pardon, ni expliquer, ni s'expliquer, ni prétexter qu'alors l'atmosphère était telle que, ou les circonstances, mais simplement voilà, c'était arrivé.

- Nous n'aurons pas tenu un an, fit Alain pour rompre le silence, plus abattu qu'en colère, sans sursaut d'orgueil.

- Nous tiendrons plus longtemps, répondit Lily.

- Comment puis-je surmonter cela ? demanda-t-il.

- Tout comme à chaque fois que tu veux bien dépasser tes blocages, tes principes. Peut-être as-tu là l'envie de nous quitter, se surprit-elle à dire. Mais cela va te passer, j'en suis certaine.

- Tu as confirmé et consolidé une idée redoutable que je me faisais de nous deux, d'un inexorable délitement de ton attrait pour moi.

- Tu te fais des idées quand tu devrais avoir de l'assurance. Tu te considères toi quand il s'agit de nous deux.

- Ce n'est pas de nous deux, dont il s'agit, mais de nous trois, voire de nous quatre, à présent.

- Ce sera ton enfant autant que le mien, ce sera l'enfant du groupe. Il s'agit du cercle entier, dont tu fais partie, dans lequel tu dois avoir confiance. Il serait malvenu que des considérations bassement physiques d'attrait, de sexualité, ne t'éloignent de vues et visées autrement plus importantes.

- Alors laisse moi seul, dit-il, non pas tant pour y réfléchir que parce qu'il sentait en lui maintenant monter la colère, la haine, la rage, et qu'il souhaitait en maîtriser le développement.

Il y avait l'homme seul, ruminant, incapable de trouver la moindre occupation, obligé malgré lui de penser à sa situation. Il n'imaginait pas retrouver les autres alors qu'ils savaient tous, soit qu'ils étaient impliqués, soit qu'on les en avait informés, soit par simple déduction. Tour à tour, dans les méandres de son esprit, il se bannissait du groupe, ou bien reparaissait le soir même pour boire avec les autres et danser, comme si de rien n'était. Tour à tour il s'éteignait dans le feu du camp, ou bien préparait de quoi accueillir chaleureusement l'enfant, les enfants, réfléchissant aux moyens de bien les éduquer. Tour à tour il s'échappait pour dénoncer le cercle, ou bien commençait à préparer le prochain discours, aux côtés de son ami Martin.

Il y avait la fourmilière, cette communauté active dans laquelle chacun trouvait naturellement sa place. Dans l'ambiance joyeuse à l'annonce d'enfants issus du cercle, Vinciane et Martin contactaient leur médecin pour des conseils, afin déjà d'organiser le suivi médical des trois femmes. Pascal, avec Agnès et Nicolas, étaient partis pour des achats, avec une liste longue comme le bras. Priscilla et Richard organisaient la fête de la soirée, son aspect cérémoniel et musical.

Le nouveau venu Pablo, sous les directives de Fanny, coupait les légumes pour le soir. Ce jeune homme de vingt-deux ans n'était pas facilement abordable. La somnolence était comme dans sa nature, tout du moins de prime abord. Sa démarche était par ailleurs singulière, il marchait sur un coussin d'air, et son visage était toujours attiré par le ciel. C'était un tic selon qui ne le connaissait pas, ou alors une fulgurance mystique pour qui le cernait un peu déjà. Il était tellement naturellement là sans l'être qu'après deux nuits personne ne s'était soucié de lui demander ce qu'il pensait du lieu, du groupe, du lendemain. Fanny s'y essaya, « ça va ? », recevant une réponse positive et souriante, mais lapidaire, « bien dormi ? », c'était un « ouais » si nonchalant qu'elle se dit qu'elle réessaierait plus tard. Albin était là aussi à préparer le repas, sans discuter, dans des rêves éveillés de tendresses avec Vinciane, qui avait depuis longtemps remplacé Anna dans ses extases.

Lily, tout dans les malheurs de son couple, relevant les forces et les faiblesses d'Alain, aidait Maria pour accueillir les deux nouvelles, Marion et Sabrina, installées provisoirement dans une tente, avec les quatre enfants du cercle dans les jambes. Les petits appréciaient ces deux filles nouvellement arrivées qui parfois s'embrassaient sur la bouche, une curiosité.

Pour elles on n'avait pas jugé bon d'imposer le bandeau, entre la salle de concert et la maison, elles avaient pris leur propre voiture, avec Pablo qui dormait sur la banquette arrière. C'était un moyen de gagner leur confiance, et elles en furent reconnaissantes quand elles apprirent qu'il n'en avait pas été de même pour les autres.

Les deux filles ne se connaissaient pas depuis longtemps. Marion avait embauché Sabrina juste avant Noël, dans la franchise de prêt-à-porter dont elle était responsable. Elles étaient tombées sous le charme l'une de l'autre, dès l'entretien. Marion, quelques jours plus tard, avait quitté, non sans heurts, son petit ami d'alors, pour rejoindre Sabrina. Ce samedi, elles venaient tout juste de commencer leurs premières vacances ensemble, elles comptaient gagner le Sud, sans destination précise, avant d'être arrêtées dans leur élan par cette performance intrigante du cercle, qu'elles avaient toutes deux appréciées sous l'effet des psychotropes qu'elles avaient consommés toute la journée.

Lily avait le sentiment que Marion était une ensorcelée, comme sous l'emprise de Sabrina, mais aussi déjà dans une attente soumise à l'égard du cercle. Elle n'était pas simplement ouverte à la nouveauté : elle semblait déjà coincée dans la communauté, attentive, prête. Lily imaginait Sabrina comme sorcière, vite familière de Priscilla.

Mais les deux filles étaient déjà plus impliquées qu'elle ne le pensait dans la vie de la communauté. Sabrina et Marion n'avaient pas seulement apprécié le discours d'Alain, elles avaient été attirées par son propos, par sa personne même, elles furent particulièrement touchées de le retrouver maintenant prostré, isolé. Lily leur avait tout expliqué, elles avaient tout compris, de cet être qui les avait subjuguées, il avait été blessé dans sa condition d'homme. Borné dans des principes extérieures à la communauté, il ne s'était pas libéré, le choc avait opéré sur lui comme la foudre.

Lily comprit peu à peu cet engouement de Sabrina. Comme il se confirmait qu'Alain ne se joignait pas à la bande pour la fête, elle vint vers Lily, lui dire qu'il fallait qu'elle agît pour le bien de tous, elle demanda le consentement, de même chez Martin et Vinciane, les hôtes. Elle cherchait dans les paroles magiques de Priscilla les confirmations de sa volonté. Lily reçut un petit clin d'œil quand les deux filles partirent main dans la main dans la maison tandis que la fête continuait, Richard aux platines, les autres en transe.

Alain, qui avait souffert de l'affairement de la journée, de la collégialité de la soirée, du bruit de la musique au loin, assourdi, était au lit dans l'incapacité de s'endormir, quand elles firent leur entrée.

Fatigué de ses réflexions, de ses ruminements, son corps n'était pas pour autant propre à trouver le sommeil. Il attendait Lily, souhaitant être endormi avant qu'elle ne revînt. Ce fut au contraire une surprise brusque mais joyeuse. Devant elles deux, qu'il ne reconnut pas de prime abord, il regretta qu'il n'y eut pas de verrous ni de clés aux portes. Quand il retrouva sa vue et devina que c'était là le fruit de son recrutement, il fut déçu : l'idée qu'on leur fît venir chercher le réfractaire à la soirée, elle l'assommait. Il voulait tant qu'on le laisse tranquille. Elles s'assirent au bout du lit.

Il n'eut pas le temps de dire son envie d'être seule que Sabrina avait déjà précisé qu'elles venaient avec l'accord de Lily, non pas pour l'ennuyer, mais pour le ramener doucement à la communauté. Lui rappeler les petits bonheurs de la vie, lui dit Marion avant de se laisser embrasser par sa copine ; qu'il ne fallait pas s'enterrer dans les petits tracas, mais relativiser, fit Sabrina en soulevant le t-shirt de sa comparse. Alain se redressa, d'abord de tout son buste, écarquillant les yeux, pris par le désarroi, supposant la nécessité d'une indécision. Ne pas savoir comment réagir, c'était son seul moyen d'y survivre, à cette situation. L'introduction fut brève, de baisers furtifs entre elles deux, puis Sabrina s'approcha de lui, et Marion après elle.

La suite fut une affaire de gaucheries, d'abord, de tâtonnements, malgré l'assurance de Sabrina. Puis il y eut des évasions, dans un laisser-faire cosmique, avant qu'il ne virât à la drôlerie, dans l'expectative, tous trois ni vraiment vêtus ni vraiment nus. Alors le déshabillage fut vif, sauvage, suivi d'un méli-mélo dans lequel Alain ne savait plus ni ce qu'il faisait là, ni ce qu'il devait faire. Heureusement pour eux, Sabrina tenait la barre, elle ramenait l'attention sur l'essentiel quand c'était utile. Alain se retrouva le nez collé au pied droit de Marion, alors Sabrina prit son visage pour l'amener à la croisée de ses jambes. Marion manqua de taper la commode de son front, alors Sabrina lui trouva à s'occuper de ses arrières, quand Alain trouvait le bon rythme pour son bassin.

Il était maintenant comme revigoré, et Sabrina prit soin de le ménager. Elle souhaitait que ce ne soit pas qu'une simple parenthèse dans sa morosité. Il y eut des pauses, pendant lesquelles toutes deux s'engageaient seules, puis des redressements, des retournements, arrêts et soupirs, avant l'apothéose. Elles s'endormirent à côté de lui.

*

Parce qu'il avait eu besoin de temps, parce qu'il discutait plus facilement parmi les hommes qu'avec les femmes, parce que cette fête de pleine lune lui avait été nécessaire pour enfin s'intégrer, Pablo fut plus amène le lendemain, en compagnie de Martin, Pascal et Richard. Car alors, comme s'il avait enfin compris ce qu'il faisait là, il avalisa son entrée dans le cercle, mais à sa manière.

- C'est officiel, je fais partie d'une secte, annonça-t-il.

- De quoi parles-tu ? réagit aussitôt Martin, piqué au vif. Ce n'est pas ce que nous sommes, c'est une méprise. Nous sommes ouverts, nous ne sommes pas fermés telle une secte.

- À Paris, une fois, je suis entré dans le hall de l'antenne française de la Scientologie. C'était ouvert, il y avait des brochures, de l'information, ce n'était pas fermé.

- Nous ne volons pas l'argent des membres comme ils le font, fit Richard à son tour.

- Mes vêtements sont à vous, ainsi que mes bras. Mon camion aussi, d'ailleurs ; il va falloir qu'on aille le chercher, Pascal, il est resté sur le parking. Et pour le reste je suis hors jeu, vous ne pourrez pas prendre en effet l'argent que je n'ai pas.

- Nous ne sommes pas une religion, dit Pascal, l'air convaincu.

- Ce à quoi j'ai assisté samedi, ainsi qu'hier soir, sachez-le, cela me plaît, un beau mélange de traditions cultuelles, pour sûr. N'en doutons pas, non déiste certes, mais sacrément perché !

- Mais nous ne tendons pas à atteindre, ni à manipuler le psychisme des membres du cercle, engagea Martin, des plus sérieux dans son regard.

- L'auto-persuasion remplace l'obligation, je l'entends bien. D'ailleurs je n'ai pas idée que le terme « sectaire » soit péjoratif, qu'on se le dise. Toi, oui ?

- « L'Église est une secte qui a réussi », cita Martin. Ernest Renan, oui.

- N'était-ce pas qu'il y en avait alors besoin ? Là je vous retrouve, j'en suis convaincu depuis bien longtemps : cette société qu'on fuit, elle a besoin de nous, de notre cercle.

- L'adhésion, elle est volontaire, continua Richard, elle n'est pas imposée à la naissance comme c'est le cas pour cette religion qu'on évoque. Toutefois, oui, nous visons l'universalisme.

- Par capillarité ? demanda Pablo.

- Ce n'est pas une démarche individuelle, comprenait Pascal pour qui ce n'était justement pas une évidence personnelle. L'essence du cercle est collective.

- Mais la concurrence est rude, s'amusa Pablo. Les francs-maçons, d'accord ils sont foutus, ils sont du mauvais côté du politique ; les groupes de la rose croix, ils vieillissent, ils sont moisis, rancis. Ils ne respectent pas le peuple. Mais du côté de la contre-culture, je suis désolé de vous le dire, mais il y a de l'ambiance.

- Ce qu'on propose, s'emporta Martin, ce n'est pas une récréation, ce n'est pas une semaine de jeux quand il fait beau et qu'on peut déambuler nus dans un camping improvisé. Ici c'est d'engagement dont il s'agit, d'un engagement communautaire, d'avenir.

- Des groupes comme celui-ci, je suis navré de te décevoir, mais il y en a d'autres, des dizaines au moins, ça pullule. Certes ils ne vivent pas dans la même clandestinité, j'avoue que là vous faites fort : cela donne du piquant à l'aventure.

- Nous allons chercher les autres tels qu'ils sont, fit Richard, en visant l'universalisme, répéta-t-il.

- Mais que se passe-t-il si l'objectif n'est pas atteint, s'il ne peut l'être ? continua Pablo.

- Pas de suicide collectif, répondit Pascal, si c'est de cette dérive dont tu parles.

- Mais si cette solution devient une évidence pour les membres du cercle, mais si l'aventure va trop loin ?

- Nous ne nous coupons ni ne nous couperons du monde, trancha Martin.

- Pourtant vous confisquez les téléphones des nouveaux entrants, quand tu gardes le tien précieusement, à ce que je crois comprendre.

- Il s'agit d'éviter les dérapages, l'éventuel péril par négligence, par mégarde.

- Par manque de confiance ?

- Par un réalisme que tout le monde admet, fit Pascal en devançant Martin.

- Je réfléchis en parlant, voilà tout, sourit Pablo.

- Ce n'est qu'un jeu, toutes tes provocations ? fit Richard.

- Si je mentionnais, mais surtout pour en rire, la Scientologie, c'est aussi parce qu'il y a bien quelqu'un, toujours, qui récupère le fric : un gourou !

- Là encore tu te méprends, fit Martin, passablement assagi. Le cercle va se séparer, en communautés. Chacune aura sa part égale. Il n'y a pas de gourou pour diriger le cercle. Nous ne sommes pas une secte. Ce qui nous guide, au-delà des étoiles, ce sont les enfants de la communauté, ces trois enfants déjà qui vont venir à nous.

- Il est appréciable, conclut Pablo, que tu aies cette assurance, que tu aies réponse à tout.

Alain sortit seul de sa chambre et se retrouva devant les quatre hommes. Martin en avait assez, il ne souhaita pas que cela prît une tournure plus problématique encore avec un nouveau contradicteur. Il partait faire quelques emplettes, et leur demanda de s'occuper du camion.

*

Umberto n'avait pas reparu en France depuis trois mois. Giorgio, le frère aîné de Marco, demanda à reprendre l'affaire. Umberto ne voulait d'abord pas l'impliquer dans ses histoires, mais il dut s'y résoudre. L'abattement et la colère de Giorgio l'obligèrent à partager toutes les informations qu'il avait en sa possession. Umberto fut bousculé, il dut entendre qu'il n'était pas motivé pour retrouver le petit frère, et Giorgio n'était pas dans le faux. Mais il était aussi vrai qu'ils n'avaient pas beaucoup d'informations. L'ancien appartement d'Alain n'était plus un lieu possible de surveillance, pas plus que les rues de Valence, ni le parking surplombant de Mirmande. Toutefois Giorgio avait deux pistes pour lui : la librairie dans laquelle s'étaient une fois réfugiés Alain et Lily, ainsi que la voiture de Lily, dans une zone large au sud de Valence.

D'abord avec Angelo, partageant tous deux une chambre d'hôtel miteuse, ils se relayèrent pour parcourir la ville, scrutant les passants, les voitures, dans le secteur où les deux fugitifs avaient leurs habitudes. Parfois ils allaient stationner sur l'axe principal à la sortie sud de Valence, ils attendaient. Le temps leur semblait long. Il y eut bien Martin ou Pascal qui passèrent devant eux, une ou deux fois, mais qu'ils ne purent reconnaître.

Puis Giorgio, resté seul à Valence, eut une idée foudroyante, pendant qu'il faisait son plein d'essence. Une idée qu'il considéra à la fois comme une option très fragile et comme un soupçon de génie. Il dégaina son téléphone pour faire jouer son réseau et trouva en quelques heures les réponses concrètes à son nouvel objectif. Il reçut ensuite sous une semaine le colis qui contenait le fruit de ses réflexions. On était alors à la mi-juin et la facture de l'hôtel augmentait doucement mais régulièrement jour après jour.

Est-ce parce qu'il y croyait que le plan allait réellement fonctionner ? Giorgio était suffisamment superstitieux pour considérer la vie de cette manière, car, certes en deux semaines, pas moins, ce fut un succès.

C'était un petit bijou de technologie qu'il avait déballé, un système de lecture automatisée de plaques d'immatriculation. L'idée ? repérer en temps réel la voiture de Lily, à l'aide d'une application programmé par un petit cousin dans la famille. La facture avait augmenté de deux mille euros, dont une rémunération pour ce cousin, mais Umberto, qui continuait à financer l'opération, considérant que c'était comme la dernière chance, s'était laissé convaincre.

Ce fut un concours de circonstances qui décida de la suite : Martin l'énervé qui prenait sa propre voiture, Pascal en conséquence conduisant la Mégane, qui ne s'inquiétait pas outre mesure d'une surveillance ennemie, surtout pour un aller-retour rapide en Ardèche. Ils ne pouvaient en rien imaginer qu'un dispositif était opérationnel en bord de route, avec un billet donné par Giorgio à l'employé d'une entreprise de Fiancey, sur la Nationale 7, pour accueillir la caméra intelligente, avec une notification le mardi 4 juillet, 11h23 : la Mégane de Lily était en route vers le nord, vers Valence. Il n'y avait plus qu'à venir au même endroit et attendre le retour de la voiture.

Richard conduisait le camion récupéré, ayant mémorisé la route, Pablo à ses côtés, amusé de se faire conduire dans son propre véhicule. Pascal suivait, et se fit suivre dès qu'il passa le point de Fiancey, Giorgio derrière lui, avec une à trois voitures entre eux deux selon le moment.

Dans la traversée de Livron, Pascal eut des doutes, quand Giorgio se retrouva tout juste derrière lui. Car l'Italien n'avait pas fait l'effort de louer une voiture française. Il n'avait fait que maquiller ses plaques, et c'était trop grossier pour l'œil avisé du Corse. En effet, si les plaques se ressemblaient dans les deux pays, si l'autocollant de droite représentant le 26 du département de la Drôme était bien collé, bien appliqué, remplaçant l'AR de la province d'Arezzo, il en allait autrement du « F » qui, à gauche, un peu de travers, un peu volant au vent sur un côté, était censé masquer le « I ».

Pascal choisit de bifurquer dès la sortie de la commune, avant le passage de la Drôme, laissant le camion continuer seul, à la grande surprise de Richard ; il n'avait pas souvenir que Pascal eût dit quoi que ce soit sur un détour. Le Corse fut assez rapidement fixé, dès le bourg d'Allex. Après quelques méandres faits exprès dans Crest, il fut assuré qu'il était bien suivi, convaincu que c'était un Italien derrière lui. Il éteignit le téléphone, par prudence, accéléra quand il le put sur une route de campagne partant vers le nord, à partir d'Aouste.

Giorgio, qui pensait que Pascal l'amenait tout de même dans la bonne direction, ne se laissa pas distraire, il tenait la distance, sans aucun véhicule entre eux deux.

Après une demi-heure de cette route sans issue positive, Pascal prit l'option de ralentir, d'attendre l'adversaire, de le taper quand il fut plus près, freinant brusquement, sur la route déserte. Dans le choc la voiture italienne se plia puis se rangea contrainte en bord de route, se mettant à fumer. Pascal fut propulsé vers l'avant, la Mégane calant et bondissant pour s'arrêter un peu plus loin sur le bas côté.

La tête embrumée par un choc puissant contre le volant, le Corse mit quelques secondes à recouvrer ses esprits. Dans le rétroviseur il vit que l'Italien venait vers lui, une arme à la main. Pascal sortit du côté droit, enjambant le siège passager, donnant un coup dans la portière pour en faciliter l'ouverture. Lui n'avait rien pour se défendre.

Giorgio s'arrêta, lui demanda de quitter la voiture, de se montrer, d'abord en italien, avant d'user d'un français très approximatif, « ici », « monstre toi ». Pascal se mit devant la voiture, visible mais protégé derrière le pare-brise. Giorgio ne l'entendait pas ainsi, il insista, toujours, que Pascal sortît de là, qu'il vînt à lui. « M'emmener à eux, maintenant », avait-il appris à dire. Mais Pascal ne bougeait pas. « Sors de là », ajouta l'Italien, en avançant, et il tira.

Pascal tressauta en même temps qu'une vitre se brisa. Il regarda ailleurs, comme par réflexe, mais il n'y avait personne pour le sauver. Fallait-il compter les balles ? Savait-il au moins combien l'arme pouvait en contenir ? Fallait-il partir en courant, en supposant que l'autre n'eût aucune adresse au tir ? Savait-il au moins courir plus vite que lui ? L'indécision le tétanisait, si bien qu'il fut vite trop tard : Giorgio était passé devant, Pascal à découvert. « M'emmener à eux, maintenant, l'assassin », lui fit Giorgio, plein de haine, le pistolet brandi. Pascal répondit « non », comme pour voir, dans un élan de bravoure qu'il ne contrôla pas, qu'il ne décida pas. Alors Giorgio tira, cette fois dans la cuisse droite de Pascal, qui s'affaissa, qui cria d'une douleur vive issue des muscles, des nerfs, des os. Il s'attrapa la jambe par réflexe en appuyant pour y garder le sang qui sortait du trou formé par le projectile.

Ce devenait difficile pour Giorgio, de réfléchir posément. Une voiture au moins pourrait-elle redémarrer ? Aurait-il en plus à conduire avec Pascal à côté pour le guider ? Pascal, supposant maintenant que rien ne pouvait arrêter son bourreau, choisit de mourir seul ici maintenant plutôt que dans le domaine avec les autres. Alors il se releva, se dirigera non sans peine vers l'Italien pour l'attaquer à mains nues. Giorgio appuya sur la détente, mais par manque de lubrification ou par accumulation de crasse, par défectuosité de la cartouche ou par simple usure de l'arme, aucun coup ne partit cette fois-ci. Pascal était déjà sur lui quand il tenta de nouveau sa chance et que la balle prévue sortit enfin mais se logea alors en lui-même, le pistolet retourné contre son ventre. Il n'y eut pas de lutte, Giorgio lâcha l'arme pour se tenir le bide.

Il n'y avait rien à faire pour le secourir, c'en était fini. Pascal n'avait pas la force d'embarquer le corps dans son coffre, de mettre le feu à la voiture encore fumeuse. Il prit l'arme et monta tant bien que mal dans la Mégane. Son t-shirt lui servit à entourer la plaie pour éviter l'écoulement. Sans que personne ne le rattrapât ni ne l'arrêtât, il mit plus d'une heure pour rejoindre la ferme et le cercle.

*

Dans de bonnes mains avec Priscilla et Vinciane, Pascal reprit des couleurs après de deux jours de pansements et d'une alimentation copieuse, revigorante, accompagnée de vitamines et d'huiles essentielles. Pascal avait perdu une quantité impressionnante de sang, son retour à la ferme ressortait du miracle. La peur parcourait la communauté depuis lors. Entre la crainte que les Italiens eussent débarqué en nombre pour les massacrer, et l'assurance que les autorités policières ne mettraient pas longtemps avant d'organiser une descente ici, la panique aveuglait leur esprit.

Martin voulut un échange collectif, pour s'organiser. Il souhaitait rassurer tout le monde, leur intelligence ensemble allait vaincre les peurs infondées. Pascal, qui se reposait encore dans le lit de Priscilla, restait introuvable selon lui, pour les gens de l'extérieur, il n'était pas identifiable. Quand bien même il avait laissé de lui des traces, il fallait les trouver, puis les analyser, ce qui supposait plusieurs jours, plusieurs semaines de tranquillité, et la pluie qui venait pouvait enlever tout espoir aux enquêteurs. Ils n'avaient aucun moyen de relier leur voiture avec celle de l'Italien, leur dit-il, sans aucune caméra de surveillance pour envisager ce rapprochement. Et les Italiens, fallait-il en parler ? Si Giorgio n'était pas parvenu jusqu'à eux, pourquoi d'autres y arriveraient ? Non, il fallait évacuer la peur, collectivement se donner du courage, et méthodiquement réfléchir à la suite.

Soutenu dans ses réflexions par Pablo, qui savait être aussi critique que pragmatique, Martin commença par la Mégane : on allait la démonter, détruire par le feu toute trace de sang sur les fauteuils et les sols, tout cela dans le bâtiment de vinification, en intérieur, pour ne pas attirer l'attention ; on allait détruire les plaques, désosser la structure, briser les vitres, tout enterrer dans le champ d'à côté.

On allait surtout mieux considérer l'urgence de diviser la communauté en trois groupes.

Les hommes s'occupèrent du véhicule, il leur fallut deux jours pour tout cacher sous terre, la pluie nouvelle vint les aider à bouger des sols jusque-là très secs. Une nouvelle réunion fut organisée, avec un buffet digne d'une soirée de pleine lune, afin de gérer la dispersion des troupes.

Alain en profita pour dévoiler le site web qu'il avait créé, l'Apothéose, dans la joie de vivre qu'il avait retrouvée. Lily, dans sa manière bien à elle de le soutenir, affirma que c'était moche mais qu'il était bon que cela existât. Il y avait le signe du cercle, sur une page d'accueil simple et stylisée, blanc sur fond noir. Quand on cliquait dessus, il n'y avait rien de plus que le texte fondateur, puis dans une autre page un kit de création de communauté, des conseils, les recettes d'une bonne soirée, que Priscilla lui avait données, avec quelques images mal choisies sur le web, quelques mauvaises photographies des ustensiles qu'ils avaient eux-mêmes, parfois floues, ou bien mal éclairées. Il avoua qu'il y avait des retouches à faire, devant les visages de ces compagnons qui passèrent, au fur et à mesure des trois pages, de la joie incertaine à la moue dubitative.

Pablo s'interrogea sur le compteur de visites, à dix chiffres, dont neuf zéros pour l'instant, savoir s'il était bien nécessaire. Quand quelques semaines plus tard, alors que le cercle connaîtrait enfin une certaine renommée et que le nom de l'Apothéose serait sur toutes les lèvres, il serait au contraire impressionné. Le site, lui, varierait peu, on affinerait simplement les conseils, on préciserait le calendrier des festivités à tenir, Priscilla pointilleuse sur le sujet.

*

Cinq jours passèrent et Pascal était toujours à se remettre, mais à plusieurs centaines de kilomètres de Valence. Il se levait à côté de Priscilla dans l'un des soixante bungalows que comptait le centre abandonné du Club Méditerranée corse de Cargèse. Ils avaient décidé de ce retour aux sources pour lui, pour mieux le protéger, sur le territoire de son enfance, avec le soutien qu'ils avaient eu à distance de son grand frère Louis, qui les avait accueilli du mieux possible.

On avait cassé la tirelire pour organiser le voyage, en taxis depuis Mirmande jusqu'à la gare d'Aix-en-Provence, puis en train jusqu'à Nice, en bateau jusqu'en Ajaccio, ensuite de quoi le frère avait organisé le cheminement final.

La communauté s'était séparée en groupes de cinq adultes, mais la particularité du groupe corse était qu'il comptait aussi les quatre enfants, ainsi ceux de Priscilla, de Richard et Fanny. Maria avait tenu à rester proche de Priscilla, malgré le déchirement que ce fut pour elle de quitter Agnès, Vinciane et Lily.

Martin avait repéré ce Club Med' lors d'un séjour avec Vinciane, deux ans auparavant, peu après sa fermeture. Louis était toutefois sceptique sur l'idée d'y être en plein été, quand le centre équestre et la plage proche étaient particulièrement fréquentés. Les enfants eurent logiquement l'interdiction formelle d'aller courir sur la dizaine de terrains de tennis à l'abandon, visibles de la route et donc des touristes et autres habitants. Ils n'allaient à la mer que par des brèches discrètes, tôt le matin, tard le soir, comme on estimait qu'il était trop cruel de les en garder éloignés.

Le groupe utilisait quatre bungalows, ainsi que les cuisines. Ils n'avaient pas de craintes particulières, Louis connaissait les trois hommes qui, pour le compte de l'entreprise, s'occupaient du gardiennage. Mais si ceux-ci pouvaient être de confiance, il savait que la durée à y rester ne jouait jamais en faveur d'un tel dispositif. Ils étaient très exposés, c'était plusieurs centaines de touristes chaque jour, également des autochtones qui pouvaient soupçonner quelque chose de louche.

Au bout d'une semaine, alors que Pascal allait enfin mieux, Fanny et Richard insistèrent pour une autre solution. Ils vivaient mal le fait de ne pouvoir trop allumer les lumières le soir. Priscilla souffrit de ne rien pouvoir organiser pour la nouvelle lune, au 17 juillet, sans veillées possibles après le coucher du soleil. Ce n'était pas pour vivre ainsi cachés, terrés, qu'ils avaient rejoint la communauté.

Louis avait conscience de la précarité de cette situation, mais l'idée qu'il proposa nécessitait l'aval de sa femme ; il la fit venir dans le centre abandonné. Elle ne les avait pas encore rencontrés, sauf Pascal dans le passé, et si l'échange avec Priscilla ou Maria ne fut pas aisé, elle s'enticha par contre de Fanny, et surtout se prit d'affection pour les enfants. Professeure des écoles ici, elle venait de la métropole ; elle était tombée amoureuse de l'île et de Louis pendant un séjour ici avec ses parents, cela faisait quinze ans.

Elle ne comprenait pas tout à fait ce qui motivait le regroupement sectaire, mais elle cernait le principe d'un retrait du monde. Elle se sentait elle-même à l'écart. L'hiver, ici, les prévint-elle, il n'y avait personne, surtout chez eux là haut.

Pendant que, dans le clair-obscur de bougies discrètes, les quatre femmes discutaient de leur passé, de leur parcours, les trois hommes organisaient ce nouveau projet de rejoindre le hameau de Louis et Nelly. Les contraintes du présent lieu écourtèrent les hésitations, on se mit d'accord pour déménager au petit matin, puis de gérer ensuite l'installation correcte de leur nouveau camp.

Quand Pascal se retrouva le lendemain aux courses avec son frère, petit détour avant de rejoindre sa nouvelle maison, il reconnut aux poignets de deux jeunes filles, dix-huit ans tout au plus, le fameux alambic. Timide, il n'avait jamais fait le premier pas. Craintif, la paranoïa y ajoutait la peur du piège tendu par la police. Il se retint d'aller vers elles, même de leur montrer sa propre marque. Richard lui en voulut, quand il raconta l'histoire, le soir même, mais ce fut oublié devant la tâche qui les attendait dans leur nouvelle installation. Ils n'auraient pas l'occasion d'être confrontés de nouveau à cette curiosité.

Ils s'éloignaient de la mer. Nelly promit à Pierre et Céline, qu'elle emmena dans sa voiture avec Fanny, qu'ils y reviendraient de temps en temps. Ils rejoignaient les hauteurs, l'intérieur des terres. Parmi les virages les enfants étaient éblouis par la vue qu'on pouvait parfois gagner sur la côte et le large, tandis que progressivement le soleil montait depuis les montagnes corses.

À deux reprises Nelly ralentit pour leur faire deviner des ruines, d'abord à gauche de la route, puis dans un champ sur la droite, d'une église et d'une chapelle qui avaient été abandonnées quelques siècles auparavant.

- On arrive à Paomia, expliqua-t-elle, le premier village ici, avant que Cargèse n'existe. Il y a une particularité, c'est que c'était un village grec, avec des familles qui s'étaient enfuies de leur région, sous la menace, qui se sont réfugiées ici. Les Grecs ont construit un village important dans ce secteur, dont il ne reste rien si ce n'est plusieurs petits édifices religieux, en ruine. Ils ont été embêtés plusieurs fois par les Corses, qui ne voulaient pas d'eux, qui considéraient qu'ils s'étaient installés ici sans leur accord, et qu'on avait chassé des Corses de leurs terres. Parfois tout allait bien, c'était la paix entre les Grecs et les Corses, mais quand les Corses vivaient plus en difficulté, tout en voyant les Grecs faire de belles récoltes sur ces terres qu'ils considéraient comme les leurs, alors ils les attaquaient.

Ce n'était que champs et arbres alentours.

- Il ne reste aucun plan, aucun écrit de cette période, seulement des récits transmis de génération en génération. Nous ne savons pas tout sur les relations entre les Corses et les Grecs. Quand ils vivaient en paix garçons et filles tombaient parfois amoureux, et c'était comme un mélange entre les deux peuples. Mais finalement ce petit village a été assiégé et détruit, et les familles grecques sont parties pour Ajaccio, là où vous êtes arrivés en bateau. Elles sont revenues plus tard, continua-t-elle en prenant le virage serré pour entrer dans sa cour, et se sont installées dans cette ville de Cargèse, qu'elles ont construite, quelques années avant la Révolution, quand la Corse était déjà devenue française depuis six ans. Il y a eu encore des conflits entre Grecs et Corses, puis ce fut de nouveau la paix, et depuis lors les populations se mélangent.

Les deux enfants apprécièrent le récit. Dans la cour de la maison, une stèle était levée avec le nom de Paomia gravé dedans. C'était une identification, plus qu'une simple appartenance. Dans la continuité, aménagée, accueillante en ses couleurs et les fleurs qui pendaient, il y avait la demeure, elle bordait la route. Plus en retrait, à vingt mètres environ du chemin, se tenait une grange suffisamment grande, sur laquelle les adultes posaient un regard analytique.

Certes les huisseries étaient occupées par des portes en bois, certes la toiture ne menaçait pas de s'effondrer, mais l'intérieur était vide, sans aucun confort : tout, en somme, restait à créer.

*

Si la nouvelle lune, première date symbolique pour fêter la nouvelle organisation, avait été une soirée dans le noir total pour le groupe corse, elle fut bien plus joyeuse pour l'autre groupe à quitter Valence. Partis plus tard, simplement parce qu'ils n'avaient pas réussi à trouver un lieu aussi rapidement, ils arrivèrent dans leur nouveau repère le jour même de cette fête à organiser.

Alain avait fureté sur internet avec Pablo, jamais à court d'idée quand il était motivé. Martin ne s'en occupait que de loin, davantage soucieux de réorganiser les tâches ici, avec Nicolas et Albin pour remplacer Pascal, ce qui n'était pas l'évidence pour le travail aux vignes. Il ne souhaitait pas abandonner les fruits, mais il comprenait, deux mois avant les vendanges, qu'il leur allait être difficile de gérer à la fois tout le domaine et l'activité du cercle, tout en assurant les récoltes et la vinification.

En nombre réduit, ils n'avaient plus d'aménagement à poursuivre dans la maison, mais Martin comptait rapidement reprendre les recrutements. Sans Alain, qui partait, il lui fallait travailler davantage avec Vinciane et Agnès pour assurer de nouvelles venues. Il ne sortait pas de ces tracas de gestion, tandis qu'après de fortes chaleurs les raisins subissaient la pluie malsaine, avec un risque de pourrissement.

Agnès continuait de lire et de relever de bons mots, le plus souvent seule. Vinciane prenait le relais de Priscilla pour la fête à venir. Elle avait conçu son propre livre des ombres, tout d'abord en recopiant de nombreux passages du carnet de Priscilla. Elle y avait ajouté quelques croquis de son imagination, c'était une manière pour elle de mieux retenir les choses. C'était aussi rendre son œuvre plus belle, se disait-elle, comme délivrée d'une jalousie qu'elle avait peu à peu alimentée contre son amie. Elle donnait maintenant plus de détails à certains passages.

Tout en se commentant à haute voix, jurant parfois, elle développait le concept de la trinité. Elle tenait à mieux entendre la relation entre les étoiles des cieux, les êtres sur terre et ce qu'il y avait sous terre, pour son propos lors de la cérémonie. Elle ne savait pas elle-même encore si, dans le troisième espace, ce serait la graine ou la mort, qu'elle ferait émerger, mais elle réfléchissait, cela prit la forme d'un dessin dans lequel on retrouvait tout ce dont elle supposait avoir besoin. Elle pensait au bonheur, à la longévité, à la richesse, au moyen d'allier les trois, dans un équilibre qui obligeait à une définition claire de chaque terme : elle imaginait que le bonheur passait par un état de béatitude, qu'il ne relevait pas d'un sentiment rationnel, tandis que la longévité venait d'une réflexion sur ce qui était bon ou non pour la communauté, par exemple en matière d'alimentation, en matière d'hygiène. Enfin la richesse, elle la concevait à la fois comme une chance, une opulence psychique, et comme une perspective, celle de faire croître encore leur groupe.

Ce recrutement, que Martin souhaitait qu'elle prît en charge avec lui rapidement, trop vite peut-être, elle le définit avec les thèmes de la séduction, de la beauté et de la nature, considérant qu'avec Agnès, Nicolas et Alban, c'était dans le corps de cette ferme qu'il fallait tout mettre en œuvre pour attirer de nouveaux membres de l'Apothéose.

Agnès relisait, à côté d'elle, le cahier de ses propres notes, interrompant Vinciane dans son écriture. Grossmann faisait parler son personnage Strum : « Dans la vie, ceux qui ont raison sont le plus souvent incapables de se conduire correctement : ils ont des sautes d'humeur, jurent, se montrent intolérants et dépourvus de tact. Et, d'ordinaire, on les rend responsables de tout ce qui ne va pas dans le travail ou la famille. Ceux qui ont tort, qui vous offensent, savent, eux, se comporter comme il faut, ils sont logiques, font preuve de doigté et ont toujours l'air d'avoir raison. » Elle lisait de cette manière des passages qui l'avaient touché, voire qui avaient un lien avec ce que préparait son amie, l'espérait-elle. « Ce sont donc des personnes qui ont raison, qu'il faut recruter », en conclut simplement Vinciane, cherchant et trouvant le sourire d'Agnès.

Alban et Nicolas nettoyaient le matériel de la grange. Ils se posaient la question du devenir du logement de Pascal, encore un sujet tabou après qu'il fût vide. Ils voulaient en faire un endroit neutre, enfin, contre tout privilégié qui pût s'y installer, surtout parce qu'ils le voulaient eux-mêmes, ce confort.

Sabrina et Marion s'occupaient de rangement avec Lily, surtout de leurs propres affaires, elles partaient ensemble. Toutes trois s'étaient rapprochées, encore plus depuis leur complicité dans l'affaire du retour au bon vivre d'Alain.

Lily craignait le départ. D'abord elle ne se sentait pas de vivre avec les deux filles et Pablo, malgré son affection pour eux. D'après elle ils manquaient trop de maturité. Elle perdait ses deux protecteurs, ses deux hôtes, elle perdait une certaine sérénité, une certaine sécurité. Elle n'était pas d'accord avec le plan, mais tout de même elle l'acceptait. Elle était la première impliquée, avec les Italiens, elle était celle qu'on recherchait. Ils s'étaient trop rapprochés d'elle, avec la police maintenant, de surcroît, qui allait se mêler à l'affaire. Elle s'était aussi convaincue qu'il lui fallait s'éloigner de Martin, qu'elle n'était pas tant en adéquation avec les principes de la communauté ; sa relation avec lui, elle n'était pas si libre, bien au contraire, comme exclusive. Elle ne souhaitait pas particulièrement se retrouver avec Alain ;

leur idylle lui paraissait consommée, consumée, quand bien même elle ressentait toujours de l'amour pour lui, d'une certaine manière. Mais il gagnait en assurance, il devenait pour elle étranger à l'homme qu'elle avait rencontré. Elle s'était convaincue toutefois que dans leur fuite obligée, ils formeraient un couple efficace pour bâtir un nouveau cercle. Il y avait cet enfant qu'elle attendait, dont il saurait malgré tout s'occuper, qu'il saurait faire sien. Elle craignait les trois autres, mais dans un état permanent de contradiction qui l'amenait à se rassurer puis à prendre peur de nouveau, la nécessité du départ prenant peu à peu l'assise suffisante pour que ses espoirs prissent le pas sur ses incertitudes.

Alain et Pablo trouvèrent une idée. Mais avant de la partager, ce soir-là, ils durent attendre. Martin avait lui aussi à prendre la parole. Il tenait un livre à la main, que seule Vinciane reconnut. Elle seule ne fut pas indifférente quand il dit qu'il voulait rendre un hommage appuyé au grand Kundera, dont on venait d'apprendre la mort. Il savait que l'auteur était inconnu de la plupart dans le groupe, mais cela lui tenait à cœur. Ces écrits avaient participé de son éducation. Il avait choisi, dit-il, un passage à propos, dans un court essai, *Le Rideau*, qu'il se mit à lire après avoir décorné la page : « Derrière la mince lisière de l'incontestable (il n'y a pas de doute que Napoléon a perdu la bataille de Waterloo), un espace infini s'étend, l'espace de l'approximatif, de l'inventé, du déformé, du simplifié, de l'exagéré, du mal compris, un espace infini de non-vérités qui copulent, se multiplient comme des rats, et s'immortalisent. »

Il s'arrêta là, avec une simple phrase qui pouvait pour lui résumer la beauté de cette écriture, tout comme la beauté de leur œuvre communautaire actuelle. Alain comprit que Martin souhaitait que le cercle s'appuyât davantage sur le faux pour faire émerger la vérité, mais il était trop concentré, à côté de Pablo, sur leur idée, pour y aller d'un commentaire. Agnès s'était focalisée sur le geste de corner et décorner la page. Elle avait remarqué cette pratique de Martin, sans jamais trouver ensuite quelles lignes il avait voulu retenir, sans aucune indication dans les pages elles-mêmes, seulement ce petit indice du coin abîmé. Elle n'avait rien entendu de ce qu'il avait lu, et quand il lui tendit le livre elle en fut d'autant plus gênée. Vinciane seule réagit, en l'embrassant, consolante.

Pablo prit vite la parole pour annoncer avec son plus grand sourire et sa plus grande verve que le deuxième groupe allait s'envoler pour un terrain militaire, qu'on se dirigeait également vers le sud, dans les Alpes maritimes, pour une base abandonnée de plus de cinq cents hectares. Il y avait déjà été lui-même, l'endroit était sûr, pas surveillé ; il y avait passé deux semaines avec des amis, sans aucun souci, ils s'y étaient pris des « murges, la ziqmu à donf », et n'avaient jamais été inquiétés.

- Je sais que c'est dépaysant, comme idée, mais c'est cent pour cent sûr, ajouta-t-il quand Alain se pencha et s'avança pour prendre la parole à son tour.

- Ce n'est pas notre première idée. On a pensé à louer, mais c'était trop d'inconvénient, dans notre situation. On est parti du principe qu'on était des clandestins, au moins pour un certain temps, deux mois, trois mois, six mois, je ne sais pas, fit-il devant les yeux tout ronds de Marion, abasourdie par l'augmentation du temps.

- C'est la même idée qu'avec le Club Med', s'amusa Martin, ce n'est pas une mauvaise voie, fit-il sans savoir encore que peu de jours après le groupe corse déménageait.

- C'est un site, compléta Alain, qui appartient à l'État, mais il n'en fait rien. Il y subsiste un central téléphonique totalement dégradé, quelques hangars, une tour de contrôle, une vieille piste pour une ancienne base aérienne, un circuit de karting aussi. Et plusieurs bâtiments, des dortoirs, des cuisines, un cinéma, un bowling, il n'y a plus rien de fonctionnel. Mais tout de même une maison de maître, qui possède un certain charme.

- Il y a des incursions, des squats, poursuivit Pablo. Au mieux, ce sont de nouvelles recrues pour le groupe, au pire ce sont de mauvais moments à passer, ce ne sont pas des gens méchants. Il y a du tag, du bris gratuit, mais rien de grave. Et on s'est dit qu'avec deux ou trois caméras bien placées, on pouvait gérer ces rares inconvenances.

- Et pour l'électricité ? demanda Sabrina.

- On travaille depuis deux jours sur ces recherches : je n'ai jamais autant bosser de ma vie, sourit Pablo. Ne vous faites pas de souci. On ne vous présente pas cela pour rien. On peut repiquer du courant, ce n'est pas sorcier, je ne vous cache pas que j'aurais même une recrue, des plus sûres, pour s'en occuper avec moi. Il suffira simplement de veiller à ne pas trop consommer.

Mais on s'est dit que vu notre niveau de vie, c'était jouable, et même l'hiver, on pourra se chauffer, à condition d'aménager un peu les lieux.

- Venons-en aux détails, fit Alain, présentant un plan sommaire sur une feuille, à partir de la vue aérienne qu'ils avaient déniché sur internet. C'est à trois heures d'ici, au nord de Marseille en pleine campagne, semi-montagnarde, dans le Vaucluse. Vous voyez là ce dont je vous parlais, la grande piste, sa tour de contrôle et ses hangars, le karting au Nord, les terrains de sport à l'Est, une station d'épuration et d'anciens transformateurs électriques, au Nord-Ouest. L'essentiel de la base, à savoir les casernes et autres bâtiments d'exercice et de service, sont au Sud-Ouest. La maison de maître est bien cachée de la départementale qui longe toute la base à l'Ouest. Il y a des casernes, entre la route et notre logement, des arbres.

- Toute la base est clôturée, ajouta Pablo, sur presque dix kilomètres. Il y a beaucoup de brèches, mais de toute façon nous prendrons la grande entrée. Il n'y a aucune surveillance. On déposera d'abord Alain pour qu'il fasse sauter les chaînes qui ferment la barrière. Puis il suffira de s'assurer qu'aucun véhicule ne passe par là quand nous amènerons le camion. Sabrina et Marion pourront suivre en voiture. Rien de bien compliqué si nous avons nos téléphones, chef, fit-il en souriant vers Martin, qui ne dit rien en retour.

- À l'intérieur, c'est tranquille, poursuivit Alain. On pourra ranger le camion dans un hangar. Et la maison sera à nous. Dans le corps principal, il y a beaucoup d'ouvertures en bas, tout est ouvert. On pourra utiliser l'espace comme salle commune, pour manger par exemple, cuisiner, il y a les équipements pour, Pablo m'a dit qu'on pouvait avoir de l'eau. En haut, on disposera de cinq pièces qui ont d'autant moins de fonction précise qu'elles sont vides.

- Et sur quoi allez-vous dormir, sur quoi allez-vous manger ? demanda Martin.

- C'est, je crois, le dernier point de notre exposé, sourit Pablo.

- Effectivement. Comme nous l'avons dit déjà, nous allons devoir engager des frais, pour des caméras, pour du matériel de réparation, d'électricité, mais aussi du stock de nourriture. C'est une première chose, nous allons devoir ensuite affiner la liste. Puis nous pensions, même si ce peut être risqué, faire un deuxième voyage avec le camion, un aller-retour pour quelques matelas qui nous seront nécessaires.

*

Le premier soir dans la base fut très inconfortable, mais la nouveauté tendait à atténuer les difficultés. Les sols étaient sales, dans l'étage, et leur première action fut de jeter dehors trois vieilles couchettes qui avaient pourri là, laissant une odeur difficile à évacuer, quelques bestioles qu'on craignait de voir s'immiscer dans les parties intimes. Mais il y avait de la joie dans le groupe, Pablo y participait par son insouciance.

Tout le monde apprécia le discours donné par Lily, inspiré par le travail de Vinciane sur les trinités. On l'écouta dehors. Malgré la chaleur estivale on avait fait du feu, c'était pour marquer le coup. Un pommier, issu du domaine de Valence, fut planté ce soir-là, juste après les paroles de Lily, devant la maison de maître.

Pablo repartit au petit matin, revint l'après-midi même avec les matelas, du matériel acheté non sans risques par Martin. Pablo revenait en compagnie de deux recrues, son ami Simon et la copine de celui-ci, Katia dite Katy. Mais la plus grande surprise ne fut pas qu'ils fussent deux : ils portaient au poignet droit le symbole de l'Apothéose, l'alambic. Ils l'arboraient, le montrèrent comme une invitation, comme un laisser-passer. Alain regardait Pablo tout éberlué, estomaqué, n'osant croire qu'ils avaient eu le temps de le dessiner pendant la route, on voyait pourtant bien que ce n'était pas un tatouage frais. Lily sentit que quelque chose leur avait échappé. « C'est de la sorcellerie », affirma sérieusement Marion. Simon crut bon de répéter les explications qu'il avait déjà fournies pour Pablo, en ajoutant simplement que celui-ci n'y était pour rien.

Alain et Lily comprirent que leur histoire de communauté avait largement dépassé les limites du cercle. Dès avant la communication faite à travers le site web, toute récente, il y avait eu des bruits sur les réseaux sociaux, des rumeurs sur un groupe qui, on ne savait pas bien où, s'était constitué en retrait de la société, contre la société, en opposition au mode de vie dominant. C'était comme exemplaire, une petite société secrète avec ses propres règles, avec ses propres rites. On lisait que cela prenait de l'ampleur, qu'on y comptait de plus en plus d'adeptes. On l'appelait souvent le Cercle, rien de bien original au goût de Simon quand il le découvrit. Cela ne dépassait pas certains réseaux, mais au détour d'une réflexion télévisée sur le sujet des sectes, un invité mentionna discrètement le nouveau phénomène. Ce fut alors un petit bruit sourd, mais qui suffit à donner du regain à l'histoire, « vue à la télé ».

On y avait associé, à cette activité romantique, des crimes, des meurtres, des relations mafieuses avec l'Italie, ce qui forcément fit sursauter Lily quand Simon aborda le sujet. On glosait sur les membres de ce Cercle, des magiciens, disait-on ici, une vieille et riche famille, disait-on là. Comme s'il y avait ce besoin, à ce moment, d'une telle mythologie, les publications de textes numériques se multiplièrent.

Il y eut deux thématiques qui donnèrent encore davantage d'éclairage et de succès à leur communauté. Ce fut d'abord l'opposition au mode de vie contemporain. Comme cette position n'était plus envisagée par aucun parti politique ni discours médiatique, elle fit dans ce cadre le bonheur de nombre d'individus esseulés qui cherchaient cette identification collective, cette authentification nécessaire à leur survie idéaliste. Simon se trouvait dans ce cas, il l'assumait, d'un anti-capitalisme primaire, vomissant la société de consommation sans trouver les moyens de légitimer sa pensée dans une aide extérieure.

Mais on donnait aussi des explications plus sombres à ce retrait, qui plaisaient moins à Simon, mais qui amusaient les libéraux protectionnistes qui, non séduits pas un mode de vie restreint, qu'il considérait comme légendaire dans le Cercle, estimaient que les membres du groupe, aux mêmes origines ethniques, disait-on, abhorraient le multiculturalisme qui s'imposait à tous dans les dernières décennies. Sabrina n'osa pas avancer que ni les uns ni les autres n'avaient raison, elle ne voulait pas déjà froisser Simon.

La deuxième thématique, loin de la politique, s'attachait à la sexualité débridée qu'on imaginait dans le Cercle, et les meurtres eux-mêmes participaient de cette libéralité. Quel que fût le public, quel que fût le bord politique des récepteurs ou émetteurs du récit, l'orgie était présentée comme une nécessité contre le monde, comme un défouloir utile. Ce n'était qu'un fantasme, qui se dévoilait là, mais il en ajoutait au mystère, à l'attrait et au respect qu'on avait pour le cercle.

Puis un beau jour le symbole était apparu, comme de nulle part. Peu usité, peu connu, Simon n'apprenait rien à Alain à ce sujet, cet alambic avait ravivé, dans le courant du mois de juin, la fièvre numérique à leur sujet. On apprenait alors que le cercle avait un autre nom, qu'il avait des règles, des rituels. Par bribes c'était apparu, Alain n'en avait rien vu. Mais il commençait à comprendre. Lily aussi, elle s'amusait maintenant de ce que Martin et Vinciane avaient certainement diffusé, chacun de son côté, c'était clair au regard de ce que racontait Simon.

Lily imaginait qu'ils n'avaient pas voulu assumer un échec devant le groupe entier, qu'ils avaient donc essayé, sans rien dire à personne. Alain n'en voulait pas à Martin, il souriait en continuant d'écouter Simon. Lily respectait d'autant plus Vinciane qu'elle avait sans doute réussi là une prouesse pour l'Apothéose.

Les internautes avaient découvert ce nom. Au travers de comptes tous plus opaques les uns que les autres, ils avaient appris que le Cercle était l'Apothéose, qu'il fonctionnait avec un calendrier magique, ce qui plut beaucoup, qu'il protégeait, qu'il recrutait, qu'on pouvait se reconnaître entre membres.

Pour Simon et Katia, ce fut alors un choix spontané, après avoir suivi cette histoire pendant plusieurs semaines. Ils avaient rejoint la liste d'attente pour se faire tatouer. Le symbole attirait, sans signification négative, au contraire.

Dans cette popularité nouvelle et anonyme, le petit groupe, passé à sept, se remit au travail jusqu'à la tombée de la nuit, avec l'occasion d'une petite fête arrosée pour accueillir Simon et Katy. Ceux-ci étaient intimidés, à en amuser Sabrina la manipulatrice, qui se mit à flirter avec Katy la serveuse une fois qu'elle eut deux verres de vin engloutis.

Marion s'était rapprochée d'Alain et de Lily. Une fois qu'ils eurent fini de regarder les messages de l'Apothéose sur les réseaux *via* le téléphone d'Alain, à chaque découverte entre le choc et l'euphorie. Ils cessèrent quand ils n'eurent plus de batterie, puis ils écoutèrent Marion, également avinée, qui leur parla de sa difficulté à changer de nouveau d'endroit pour vivre, dans l'ambivalence de son enfance, quand elle passait chaque semaine d'un parent à l'autre, chaque dimanche soir, comme éternellement, avec tout ce que cela comportait de contraintes. Chaque semaine, disait-elle, c'était une autre atmosphère, une autre éducation, un autre mode de conversation qu'elle devait réintégrer. Elle avait été tellement heureuse quand elle s'était installée seule, dans son propre logement. Elle en avait changé trois fois, mais ce n'était pas chaque semaine. Et là, elle avait l'impression fâcheuse qu'on recommençait la boucle, elle en pleurait presque. Lily les quitta, ennuyée, Marion en profita pour glisser dans les bras d'Alain, tandis qu'ailleurs Sabrina finissait d'aimanter les deux nouveaux.

*

Anna participa à la cérémonie de la nouvelle lune avec son frère et avec Vinciane, Albin, Agnès et Nicolas. Elle était venue voir Martin pour discuter, elle avait oublié que c'était jour de fête. Elle découvrit à l'occasion qu'ils n'étaient plus que cinq.

Elle n'eut pas droit à toutes les explications, c'était bien la première fois que Martin lui cachait quelque chose. Ainsi disait-on pour elle qu'on avait décidé plus tôt que prévu de diviser le cercle en trois. Au lieu de le faire à l'automne, on le faisait à l'été, c'était plus agréable avec le beau temps de s'installer dans un nouvel endroit.

Anna ne sut trop que penser de cet état de fait. Elle apprit que par mesure de sécurité, un seul échange était prévu entre les groupes, une fois par mois, après chaque pleine lune, pour faire le point. Elle crut bon d'expliquer qu'ils auraient à revoir cette règle. Leur symbole, leur dit-elle, faisant sourire Vinciane, avait largement dépassé le cadre de leur cercle. Elle avait suivi, par sa veille ésotérique, mais aussi par des clients qui en parlaient spontanément, le développement d'un phénomène qui reprenait leur mantra, qui collait à leurs idées, identifiant aisément l'Apothéose. Elle supposait que c'était de leur fait, elle ne s'en inquiétait pas, mais comme elle n'avait pas de nouvelles et que cela devenait somme toute impressionnant, elle se dit que c'était le bon moment de venir pour en savoir davantage. Elle regrettait que Martin ne l'eût pas contacté, ne fût pas venu vers elle. Lui-même avait ses raisons de ne pas prendre le risque, mais qu'il ne pouvait pas partager avec elle. Il dit qu'il n'était au courant de rien, qu'il n'avait rien suivi de tel, qu'il n'en savait pas l'origine, c'était vrai mais difficile à croire pour Anna. Quand elle ajouta que trois ou quatre clients portaient à leur poignet leur symbole de l'alambic, Martin encaissa la nouvelle en prenant une longue gorgée de vin, comme si celle-ci allait lui faire accepter la situation nouvelle.

Vinciane se retint d'expliquer qu'elle avait initié le phénomène. Certes ce n'était pas sorcier à comprendre, elle seule continuait de fréquenter les forums et réseaux pour fureter à des fins de recrutements. Personne toutefois, sans aveux, ne se permit de la soupçonner explicitement.

Ce dont Anna avait peur ? que la police s'y intéressât, qu'elle remontât jusqu'à cette maison, jusqu'au groupe. Il y avait nécessairement quelqu'un dans le cercle qui était responsable de tout cela, elle le dit d'autant plus facilement que c'était sans doute l'un des absents : elle n'avait aucun mal à soupçonner Alain ou Lily, elle le dit ouvertement comme pour écarter toute autre piste.

Martin trancha : c'était un mal pour un bien, c'était bien l'objectif, obtenir une certaine notoriété, pour ne pas dire la renommée. Il estimait que les techniques de masquage des communications, par Alain, elles étaient sérieuses, que rien ne pouvait amener quiconque dans le domaine, alors pour lui c'était plutôt subtil et intelligent, ce qui avait été fait. Le succès était supérieur à celui escompté. Comme devant le gain colossal à la loterie ou suite au coup de foudre aussi vif que bouleversant, c'était la joie et l'allégresse d'une heureuse nouvelle qui pour lui s'imposaient.

Mais Martin se méfiait tout de même, quant à ce que chaque groupe ferait de cette nouveauté. Pablo notamment l'inquiétait, même avec Alain ou Lily à ses côtés. Martin ne soupçonnait pas ces deux-là, il avait compris que sa femme était responsable de leur succès. Mais Pablo avait insisté pour qu'ils pussent récupérer les téléphones, et s'ils prenaient connaissance ainsi du phénomène, ce pouvait être la voie à des recrutements inconsidérés.

*

Une fois l'électricité établie, sur la base militaire abandonnée, on s'affaira pour assurer les conditions d'une autosuffisance. Pour l'eau, c'était délicat, on ne voyait pas de captage possible. Il y avait bien quelques mares dans la forêt, mais on craignait les bactéries. Ces eaux un peu croupies servaient pour la toilette, elles pouvaient être mises à profit pour l'irrigation mais le stock d'eau en bouteille était pour l'heure suffisant pour leur consommation.

On avait oublié ici toute question d'argent. Sabrina avait récupéré une partie du budget du cercle sur son compte bancaire, c'était avec elle ou Marion qu'il y avait le moins de risques de repérages. Comme les besoins étaient réduits, on ne se souciait plus de faire participer chaque membre à l'effort financier. C'était davantage une négligence qu'un fait exprès.

Dans la maison de maître, Alain se mit de nouveau à observer la toile, les réseaux, mais ils avaient collectivement décidé de ne pas participer, pour l'heure, de laisser faire.

Pablo se fit prêter l'ordinateur portable. Il s'était mis à écrire des pensées sur des bouts de papier, c'était des pattes de mouches, les feuilles étaient rares, il eut vite besoin d'un meilleur confort de travail. Il était comme assailli par les idées, une fois qu'il eut commencé, comme le fruit d'états seconds qui ne pouvaient ensuite que disparaître trop vite dans les airs s'il ne s'occupait pas de les capturer. Il n'était pas dans la mystique, lui, mais dans l'utopie politique.

Il était d'abord parti d'une nécessité, la suppression immédiate de tout véhicule à moteur. C'était pour lui un jeu sérieux, qu'il partagea avec les autres dès le premier soir de son activité nouvelle, que d'envisager ce qu'une marche de six kilomètres par jour au maximum permettait d'imaginer, comment redistribuer les professions selon les forces et compétences présentes. Il rédigeait la liste, interminable, de ce dont il fallait se passer dans ce contexte. Il n'y avait rien de naturellement humain à faire exister ces véhicules. Il supprimait même les trains, sauf à distribuer certaines marchandises. L'homme et la femme ne se déplaçaient plus qu'à pied ou à vélo, c'était son principe avant celui d'une évidence écologique à ce que l'espère humaine fût tout simplement annihilée.

Il se nourrissait le lendemain des discussions de la veillée, mûries dans la nuit. Il avait l'impression, son écriture était si rapide, qu'il était en train de lire des passages d'un essai plutôt que de le rédiger. Il était ébloui par ce qu'il lisait. Il en était d'autant plus surpris que le stock de psychotropes s'amenuisait et qu'il commençait à faire le deuil, avec ses camarades, de toute capacité artificielle à l'évasion.

Dans ce même nouveau paradigme, après vingt pages de réflexion sur un monde sans moteurs, convaincu de sa démonstration, l'ayant épuisée auprès du groupe, il s'occupa de la suppression d'internet, pour une nouvelle recomposition du monde. Cette fois c'était le rapport à l'argent, à la consommation et à la communication, qu'il questionnait, et ce fut de nouveau l'occasion d'échanges riches, même s'il regrettait qu'ils fussent tous sur la même longueur d'ondes. Ils supprimaient les flux financiers virtuels et ramenaient tout à la discussion négociée sans intérêts démesurés, ils supprimaient les achats en ligne et redonnaient de la vie aux villages et quartiers, ils coupaient court à toute conversation digitale et obligeaient à lire ou à sortir. C'était caricatural et stéréotypé, dans l'idée initiale, mais c'était moins un scénario catastrophe qu'un exercice philosophique, pour eux sept.

Enfin, sur une suggestion de Katy, Pablo s'attaqua à la publicité, source de tous les maux, première cause de la désinformation qui sévissait quel que soit le support de communication. À l'origine d'un environnement marchand, la publicité, commerciale et politique était devenue si présente, si puissante, si cruciale économiquement, qu'elle poussait à la tromperie généralisée, à des frustrations qui engageaient à leur tour au mensonge. Engageant la méthode la plus grossière de vente, dans l'altération des faits, dans l'exagération, dans la concurrence la plus vile, la publicité, selon Katy, amenait chaque individu, à un moment ou à un autre, à devenir lui-même un vecteur de marketing, pour lui, pour ses idées, pour ses compétences, pour son *sex appeal*, pour sa postérité. On supprimait la publicité, et le monde allait mieux. L'internet, s'il existait toujours mais sans marketing, c'était une refonte totale des consultations en ligne, des affichages d'informations, des recherches, c'était une remise à plat des principes du numérique, depuis la production d'information jusqu'à la moindre conversation. Hors de cela, c'était des villes plus agréables à parcourir, des magazines plus chers mais plus indépendants. C'était ce que Pablo écrivait, d'autant plus facilement qu'ils étaient isolés et ne pouvaient trop se confronter à la réalité.

Il en était de ces trois sujets quand trois événements se confondirent : le changement de mois, la fête de « première récolte » et la pleine lune.

*

Le 1er août fut l'occasion de premiers échanges entre les trois groupes, par une application de messagerie cryptée.

Martin fit le point sur la situation, mentionnant les craintes d'Anna vis-à-vis de ce phénomène de l'Apothéose qu'il crut leur annoncer comme une nouveauté. Il leur envoya le texte que Vinciane avait lu pendant leur propre fête. Agnès, si elle avait participé à sa conception, n'avait pas retrouvé l'entrain du travail avec Martin et Alain, mais elle imaginait que cela pouvait changer, ou que Vinciane n'avait écrit qu'une fois et s'en lasserait.

Fanny narra de son côté leur déménagement chez Louis et Nelly, et leur nouvelle quiétude. Elle précisa qu'ils avaient eu un aperçu du phénomène, sans se douter de son ampleur. Elle ajouta sur leur groupe corse que leurs hôtes, s'ils étaient opposés à l'idée de rejoindre le cercle, n'hésitaient pas à les aider, soit de leur bras pour les nécessaires travaux à faire, soit dans l'instruction des quatre enfants. Elle envoya aussi le discours prononcé chez eux par Priscilla.

Enfin ce fut Alain qui intervint, au nom du dernier groupe, mettant en avant le caractère précaire de leur installation, mais une équipe soudée, et augmentée, avec ces deux nouveaux membres qui étaient déjà tatoués avant leur arrivée. Il indiqua que cette nuit, il avait mesuré l'attente de leur public, sur les réseaux en ligne, avec un engouement pour leur mouvement, dont il souhaitait profiter. Il leur envoya son propre discours, mais avec l'idée, qu'il partagea aussi, de publier un condensé des textes sur le site du cercle, afin de susciter des réactions, voire des volontés de rejoindre ou créer d'autres communautés.

Il y avait dans ces discours un mélange de genres entre la cérémonie rituelle, du côté de Priscilla, l'approche sociétale, propre à Alain, et la considération mystique, du côté de Vinciane. Alain voulut respecter ces trois approches dans la publication, sans mal à choisir les extraits. Il aimait par ailleurs l'idée que les lecteurs n'auraient pas d'indication du groupe ou de l'individu responsable de chaque élément du texte. Les trois qui ne font qu'un, ce fut l'essence de ce projet, et ce malgré des différences de style qu'il n'était pas simple de cacher.

Que tout le propos sur les trinités fut de Vinciane, que ce fut Priscilla qui citait Harry Potter, dont tous les livres étaient en référence dans la tête et sur ses étagères de Nelly, que ce fut Alain qui reprenait des notes de ses discussions avec Agnès et Martin, qui revenait sur du Péguy, qui ajoutait du Broch, la communauté extérieure n'avait pas à le savoir. Que Vinciane se fut inspiré d'un poème retrouvé dans un carton abandonné, provenant de chez ses parents, nommé « L'Apothéose », d'un auteur local de Mâcon, parce qu'elle ne voulait pas que Martin reconnût un auteur connu, parce qu'elle voulait qu'il croit que c'était d'elle, Alain lui-même n'en avait aucune idée.

Il introduisit la page web en racontant que c'était là les discours prononcés pour la fête du 30 juillet, en ne donnant toutefois qu'un seul texte, trois fois moins long que les trois textes réunis, laissant ensuite opérer le charme et l'interprétation, avec un succès quasiment immédiat après la mise en ligne.

« Ce sont la lumière, le savoir et les arts qui nous rassemblent cette nuit, dans cette fête de la première récolte, en l'honneur des terres cultivables, en l'honneur des fruits issus du monde souterrain, avec la force du soleil qui nous éblouit et nous guide, qui nous rend aveugle et nous permet de lire l'avenir. Nous sommes réunis physiquement, mais aussi par ces innombrables étoiles, pour célébrer une nouvelle fois notre communauté, pour notre prospérité, pour notre santé. Alors que peu à peu les jours vont perdre de leur durée, alors que l'obscurité va reprendre peu à peu le pouvoir sur la lumière, nous semons cette nuit, dans nos trois groupes séparés pour la première fois, les graines qui vont s'épanouir pendant l'hiver.

« Sous l'hospice des abeilles, dans l'enivrante odeur de la rose, du jasmin, de la lavande, nous célébrons toutes et tous, autour de notre feu soleil, sous une couronne de blé. Nous prenons le temps d'affirmer de nouveau la force de notre cercle.

« Nous sommes au début de la mue. Depuis le seul groupe originel, nous en formons maintenant trois, autour de trois êtres chers et attendus. C'est pour nous comme une nouvelle voie tracée pour joindre ces étoiles qui sont notre propre miroir. C'est une étape nouvelle pour relier chaque être sur terre avec son astre dans le ciel, dans chaque graine qui sous terre attend d'éclore. Né d'un accident, le cercle de l'Apothéose doit de nouveau son évolution aux aléas de sa vie, de son développement. Cette alliance entre le bonheur retrouvé par cette séparation en trois, la longévité permise par la création ou la naissance de nouveaux cercles, la richesse qu'on va ensuite accueillir dans chacune des nouvelles communautés, voilà la clé de nouvelles perspectives, d'une force renouvelée.

« Nous qui de tout un peuple excitèrent le désir, nous l'airain frémissant qu'attendait son réveil, qui sûmes de son cœur, qui sûmes de son âme, exprimer les élans avec des mots de flamme, nous sommes lumineux comme le soleil ! L'Apothéose jouit d'une beauté nouvelle, elle séduit sans tricher, elle séduit par nature. Nous qui pour ranimer la caravane humaine, qui montrent au loin le but et qu'ensuite on lapide, n'ayons pas à souffrir, ayons juste à chanter !

« Ayons à cœur que la vérité nous guide, fruit de toutes nos pensées, de toutes nos idées, détachée du monde qui nous entoure, celui des objets, des principes, celui de la publicité qu'on se fait et qu'on subit, celui des promesses vaines de la communication qui nous entoure. Récoltons l'immatérialité de nos fantasmes plutôt que l'inconsistance de discours qui n'ont pour visée que nous manipuler, avilir notre individualité sans avoir conscience que nous pouvons vraiment nous retrouver et vivre ensemble. Surgissons du néant et vivons de nouveau notre existence.

« Quand la jeune femme demande comment pourrait bien exister la Pierre de Résurrection, on lui demande plutôt de prouver qu'elle n'existe pas. Hermione résume alors le principe même d'une belle manipulation de la vérité : 'Enfin, voyons... je suis désolée, mais c'est complètement ridicule ! Comment voulez-vous que je puisse prouver qu'elle n'existe pas ? Vous voudriez peut-être que... que je ramasse toutes les pierres du monde et que je les soumette à des tests ? Si on va par là, on peut affirmer que toute chose existe s'il suffit pour y croire que personne n'ait jamais réussi à démontrer qu'elle n'existait pas !'

« Prouvons ensemble qu'elle existe, par notre volonté. Retrouvons nous pour qu'elle existe, cette résurrection de l'humanité. Séparons-nous du reste, élevons-nous, désertons ! 'Rebelle et criminel, écrit Broch, tous deux confrontent à l'ordre établi leur ordre et leur édifice personnel de valeurs. Mais alors que le rebelle veut soumettre l'ordre établi à sa domination, le criminel cherche à s'adapter à lui.' Mais qu'en est-il du déserteur, c'est la question que pose l'auteur au sujet de son personnage. Son personnage, c'est nous, et c'est pour cela que notre projet doit réussir. La réussite, c'est ce qui peut sauver le déserteur, afin qu'il ait raison du simple fait de cette réussite.

« Fêtons entre nous nos objectifs de réunion, accueillons celles et ceux qui ne sont pas encore éclairés, qui manquent des lumières que nous avons eu le bonheur de recevoir et que nous pouvons communiquer.

« Désabusons, pénétrons, approfondissons, ne refusons aucune estime et apportons ce que nous pouvons apporter, en accueillant ce qu'ils peuvent nous donner ! »

7.

Trois hommes en même temps se penchèrent sur le personnage d'Anna. C'était là une trinité que le groupe n'avait pas prévue, ni souhaitée. Tous trois se firent une idée différente de cette femme. Célibataire sans enfant, âgée de presque cinquante ans, elle était pour l'un la vieille fille qui ne s'était jamais émancipée, pour l'autre la sorcière-type, pour le dernier des trois l'éternelle adolescente indépendante. C'était pour celui-ci, à n'en pas douter, qu'elle avait le plus de charme. Peut-être parce que c'était le moins rationnel, le plus poétique des trois.

Le détective Amard, la trentaine, habitué des couples en instance de divorce dans lesquels chacun cherchait à prouver la faute de l'autre, avait débarqué à Valence le 3 août, tout comme l'inspecteur Goujon, de Lyon, et l'agent Barbot, de Paris.

Umberto avait hésité, mais il estimait qu'un Italien restait un Italien, aussi détective fut-il, et qu'il fallait en engager un de Français. Il avait pris attache avec le notaire marseillais, et lui en avait demandé un sans l'accent du sud, pour aller sur place enquêter pour prendre les bonnes décisions. Le détective Amard avait été le troisième appel téléphonique du notaire. Le premier avait répondu avec un accent trop net, le deuxième n'avait pas décroché. Amard n'avait aucune occupation urgente, c'était un été plutôt calme ; il lui convenait par ailleurs de s'éloigner des chaleurs du midi.

Il avait pris connaissance des surveillances effectuées par Angelo et par le défunt Marco, avec une vague idée de ce qu'avait entrepris l'autre trépassé Giorgio. La piste la plus simple, pour lui, c'était Anna. C'était une piste fragile, qui n'avait encore rien donné, mais elle apparaissait dès le début dans les rapports écrits envoyés. Il voulait au moins l'écarter pour se pencher ensuite éventuellement sur des voies plus complexes. C'était la planque, son passe-temps favori, mais il fut déçu, au début. Il fallut attendre longtemps qu'Anna se déplaçât, puis ce fut plus fructueux. Elle allait relever le courrier, d'abord pour un appartement dans Valence, puis pour une maison de Châteauneuf-sur-Isère, avant de rentrer chez elle. Une simple enquête de voisinage, après avoir relevé les noms de Nicolas, Agnès, Maria et Priscilla sur les boîtes aux lettres, permit à Amard de savoir que c'était seulement Maria et Priscilla qui avaient vécu respectivement à ces adresses, et qu'elles avaient disparu depuis quatre à cinq mois. C'était suffisamment près de la date du meurtre de Marco pour qu'il s'en préoccupât davantage.

Il continua de planquer près de la boutique. Il put remarquer au bout de trois jours qu'un individu revenait souvent. Il était entré le premier jour, s'était promené dans le coin le deuxième, était resté plus longtemps dedans le troisième. L'agent Barbot, la quarantaine, n'était pas un as de la discrétion, contrairement à lui ; il n'avait pas reçu de formation pour l'être. Amard le trouva suffisamment louche pour le suivre à son tour.

Martin s'était trompé, au sujet des caméras lors de la poursuite entre Giorgio et Pascal. Si les enquêteurs n'avaient pas trouvé la caméra intelligente de lecture de plaques, ils avaient pu consulter d'autres vidéos, aux entrées et sorties des villes et villages traversés. Ils avaient compris quelle était la voiture poursuivie, leur base informatique avait fait le reste. Ils avaient retrouvé Lily, à travers la Mégane, son appartement de Marseille, des traces d'activités bancaires à Valence, des virements importants, sans destination claire, derrière un notaire bien difficile d'accès. Et puis plus rien, la femme s'était volatilisée. On avait suivi la piste d'Alain, on avait cherché des indices dans l'internet, mais sans succès ; lui aussi s'était volatilisé. On avait tout de même une zone de recherche circonscrite, c'était un premier pas.

Vu l'importance de l'affaire, on avait cru bon de diligenter l'inspecteur lyonnais Goujon, la cinquantaine, de bonne réputation, que la police locale souhaitait accompagner avec ferveur tandis que lui travaillait toujours mieux seul. Comme Amard il aimait la planque. Il resta d'abord quelques heures près de l'ancien appartement d'Alain, sans résultats. Ce temps lui permit de lire les procès-verbaux locaux, mais sans intérêt. Il passa dans quelques bars, en ville, avec la photographie de Giorgio, jusqu'à ce qu'enfin l'un des indics de Marco et Angelo ne se mît à parler. Un Italien louche, il en connaissait un, oui, qui lui avait demandé de surveiller la boutique, une petite librairie, voir s'il ne verrait pas deux individus y passer. L'homme avait supprimé le numéro à appeler, il avait supprimé les photographies d'Alain et Lily, mais Goujon n'imaginait pas que c'eût pu être une autre affaire.

Goujon planqua devant la boutique, pas très loin d'Amard. Quand Barbot se fit suivre en quittant la librairie par un homme descendu exprès de sa voiture, alors il eut idée que ça mordait, et sortit aussi de son propre véhicule. En entrant à la suite des deux précédents dans le bistro qu'avait choisi Barbot, il vit celui-ci s'asseoir, sortir des documents, tandis qu'Amard s'installait dans son dos, à deux tables. Goujon trouva une place entre eux deux et attendit.

Barbot semblait fébrile, perdu dans ses feuilles, le jeune Amard au contraire en confiance, mais dans une attente indéfinissable, sans véritable objectif. Il se demandait déjà, pendant que l'autre lisait et annotait ses papiers, s'il ne devait pas retourner surveiller la femme. Puis il croisa le regard scrutateur de Goujon, ce qui lui fit perdre sa contenance. Goujon en profita, s'approcha de lui pendant qu'un serveur arrivait, commanda trois cafés pour la table.

- Vous ne trouveriez pas plus simple qu'on fasse connaissance maintenant ? demanda-t-il au détective. Qu'on en cause tous les trois ?

- Euh, c'est-à-dire que...

- Ne bougez pas, ne bougez pas, continua l'inspecteur, vous avez tout à y gagner, et moi aussi, et lui aussi peut-être tant qu'on y est, quand on saura qui c'est.

Barbot ne connaissait personne en ville, il n'avait rien sur lui pour le trahir de quelque condition que ce soit, sauf en son côté cadre administratif. Quand Goujon sortit une carte d'inspecteur en lui demandant poliment de le rejoindre, lui et son acolyte, à la table voisine, parce qu'ils travaillaient sur la même affaire, Barbot n'osa rien rétorquer. Il ramassa vite ses feuilles en pagaille, surtout pour que Goujon n'y lît rien à la va-vite, et les enfourna dans leur chemise en se levant pour aller s'asseoir à leur côté.

*

- Laissez-moi commencer, fit Goujon quand le trio fut bien installé : j'ai une piste, dans une enquête, je surveille quelqu'un, et je constate que cette personne est observée par un autre que moi. Je dirais, monsieur, fit-il vers Amard, par un détective privé. Puis j'observe que ce même détective s'intéresse à un individu qui sort de l'endroit qu'on surveillait. Et là, fit-il vers Barbot, j'avoue encore ne pas avoir idée de qui vous êtes, mais que, vu votre affairement dans ce café après être sorti de la boutique, vous n'êtes pas étranger à notre affaire.

- Pourquoi vous en entretiendrais-je ? réagit Barbot.

- En voilà, de la conjugaison, sourit le détective. Mais si on vous dit qu'on surveillait la dame Anna, qu'en pensez-vous ?

- Que c'est votre affaire, fit Barbot, et que je n'ai surtout rien à dire à un privé : c'est toujours louche, un privé, et ce n'est pas ce qui me rémunère.

- Et peut-on savoir ce qui vous rémunère ? demanda Goujon.

- Quelle garantie puis-je obtenir de votre part, que cela ne mette pas en péril ma propre enquête, mon propre travail ?

- Je n'ai pas davantage confiance en monsieur, un regard vers Amard, qu'envers un loup, voyez-vous, réagit Goujon, et vous n'avez pas confiance en nous, je peux l'entendre. Mais je crois toutefois que nous pouvons nous entraider. Il ne s'agit pas de mener nos enquêtes ensemble, ne soyons pas trop originaux, mais, le temps d'un café, de discuter un peu, de comprendre ce qui nous relie. Et chacun reprend sa route.

- La dame Anna, fit Amard à Barbot, vous avez fait une gaffe avec elle, vu comme je vous ai repéré. Elle sait que vous êtes venu l'observer, la surveiller, vous n'êtes pas bien discret. Alors la suite, pour vous, elle est déjà compromise. Mais comme le dit monsieur, un regard vers Goujon, on a peut-être de quoi nous entraider, en tout cas je ne suis pas contre.

- Bon, alors, je commence, dit Goujon, on verra bien ce qui se passe ensuite. Je suis sans doute, parmi nous trois, celui qui en a le moins à cacher, encore que je saurai me garder de trop en dire. Ce n'est pas un jeu de dupes, c'est donnant donnant. Donc : j'ai un corps, dans la campagne proche, près d'une voiture. Un Italien, une voiture italienne. Tué par balle. L'enquête dévoile une autre voiture, suspecte, et des témoins confirment, approximativement. Cette voiture suspecte, elle appartient à une femme de Marseille, qui est partie de chez elle. Elle n'est plus dans l'appartement qu'elle possédait, elle s'en est séparé. On retrouve sa trace ici, à Valence, installée chez un homme qu'elle aurait rencontré l'été dernier. C'est peut-être lui dans la voiture, le jour du meurtre, mais ce n'est pas sûr, on pense surtout que ce n'est pas une femme, c'est tout ce que nous donnent les vues des vidéos. En tout cas, pas de trace du couple à Valence, l'appartement de l'homme a été revendu, le nouveau propriétaire est incapable de nous aider. J'ai peu d'informations du côté de l'Italie, le corps a été vite réclamé, leur police ne nous aide pas beaucoup, ils nous disent qu'ils n'ont rien de leur côté pour nous aiguiller.

Amard ne put s'empêcher de sourire.

- Vous souriez ? réagit Goujon.

- Je souris, oui, pardon. Je pensais à la barrière de la langue, à ces belles et longues histoires de stériles coopérations policières internationales.

- Je crois plutôt que vous pensez à vos employeurs. C'est eux qui m'ont ouvert la piste d'Anna, parce que le jeune couple que je cherche, ils sont passés chez elle, peut-être par hasard, et que des Italiens, à partir de là, ont surveillé ou fait surveiller sa boutique.

- Vous dîtes que c'est donnant donnant, fit Amard, pourtant vous ne m'apportez rien que je ne sache déjà. Et je suis persuadé que, véritablement, vous n'en savez pas davantage.

- Tout comme vous savez que j'ai largement les moyens de vous doubler, répondit Goujon en souriant et en pianotant sur son téléphone portable.

- Le plus simple, reprit Amard, serait qu'on ait connaissance ce que vient faire monsieur dans toute cette histoire, continua le détective, conscient que Goujon pouvait lui faciliter grandement le travail par cette entremise. Qui sait ? Je vous lâcherai peut-être une ou deux informations, s'il y a de quoi vous remercier.

- Je ne sais par où commencer, fit Barbot. Vos histoires, pour ce que j'en sais, elles n'ont rien à voir avec les miennes. En tout cas je l'espère. Je ne croyais pas qu'on me parlerait de meurtre si tôt, quand j'ai commencé cette enquête.

- Reprenez avec nous par le début, lui dit Goujon. Il doit bien y avoir un début.

- Je suis un agent de la Miviludes. C'est la première fois que je vais sur le terrain. En temps normal je suis à Paris, dans un bureau, je surveille les activités sur le web, je reçois des signalements, je rédige des rapports, des alertes...

- Et la Miviludes, on est censé connaître ? fit Amard.

- Organisme de lutte contre les dérives sectaires, fit Goujon, content de montrer ses connaissances à celui qu'il considérait déjà comme un inspecteur raté.

- C'est bien cela, oui, continua Barbot. Et depuis quelques temps nous sommes confrontés à un phénomène particulier, aussi subi que d'ampleur, qui se nomme l'Apothéose. C'est comme un mouvement ésotérique anarchiste, qui pullule en ligne. Des parents ont fait des signalements, et on soupçonne qu'il y ait un groupe sectaire derrière, mais sans éléments vraiment concluants.

- Les fameux tatouages, fit Goujon, j'en ai entendu parler.

- On commence à voir des porte-clés, des affiches, avec leur signe, leur symbole. On prend cela pour ce que c'est, chez nous, un phénomène de mode qui va s'estomper. Des communautés isolées, il en existe tellement, et tout le monde en a tellement peur. Mais bon, tout de même, le groupe qui gère toutes les publications, ils engagent à créer de nouvelles communautés, des cercles, sur des bases idéologiques dont on ne sait pas encore tout ; donc on enquête, et c'est ce qui m'amène à Valence.

- Et plus précisément dans cette boutique, continua Goujon.

- Effectivement. Car on a eu un signalement intéressant. Quand le phénomène a commencé à prendre de l'ampleur, un couple est venu vers nous. Ils avaient eu l'occasion d'assister à une présentation de ce cercle, dans cette petite librairie, au début du mois de juin. C'était un jour de pleine lune. Pour les organisateurs, d'après ce couple, l'idée, ce n'était pas seulement de faire une conférence, mais d'amener les personnes présentes à rejoindre la communauté. Tous deux étaient curieux, ils aimaient le sujet, mais cela leur avait fait peur. Ils étaient vite partis, mais ils sont certains que d'autres se sont fait enrôler. Pour le reste, je n'ai pas grand-chose, les descriptions sont très floues : un punk, un barbu… Ils nous disent qu'Anna n'était pas là simplement comme quelqu'un qui rendait service, mais qu'elle était partie prenante.

Amard ne cachait pas son excitation. Goujon pianotait de plus belle sur son téléphone.

- J'ai rencontré ce couple avant-hier, continua Barbot, et je suis allé à la boutique pour voir à quoi cela ressemblait, qui était cette fameuse Anna, peut-être ramener de la matière.

- Que lui avez-vous dit ? demanda Goujon.

- Que je cherchais des informations sur l'Apothéose, dont on parlait beaucoup sur internet. Elle m'a répondu gentiment que je n'étais pas le premier à m'y intéresser, mais qu'elle n'avait rien encore sur le sujet, de livres ou autres documents.

- Tu m'étonnes, John, sourit Amard, vous vous êtes bien grillé...

- Donnant donnant, fit Goujon.

- Il y a un autre Italien mort, dans l'histoire, la même histoire, et oui mes employeurs croient qu'une bande de salauds se terre quelque part, avec cette Marseillaise dont vous avez perdu la trace. Mon boulot, c'est de les retrouver, rien d'autre...

- J'avais 22 ans, j'étais un tout jeune flic alors, confessa Goujon, montrant son désintérêt d'Amard, le corps étiré en arrière, quand j'ai été un témoin d'une affaire qui a failli m'éloigner définitivement du métier. C'était en 1995, en décembre 1995, l'hiver, dans le Vercors. Le Trou de l'Enfer, cela vous dit quelque chose ? demanda-t-il à Barbot.

- Un massacre qu'on associe à l'Ordre du Temple solaire, répondit ce dernier.

- Oui ! Seize corps, dont trois enfants : deux ans, quatre ans et six ans, avec leurs parents. Tous drogués, tués par balle puis incendiés dans une clairière.

- De l'ésotérisme, des communautés, des messes, énuméra Barbot, et des meurtres collectifs. J'étais au collège, pendant cette histoire : je crois bien qu'elle a décidé de ma vocation. Mais depuis lors je n'ai rien vu d'aussi grave.

- Le Trou de l'Enfer, c'est peut-être chez le frère d'Anna, fit Goujon en éteignant son téléphone, et je vous y emmène tous les deux avec moi.

*

Dans le domaine de Martin, pourtant, ni corps incendié, ni fraîchement tué, ni même drogué. Pas âme qui vive, hormis les gendarmes déjà dépêchés sur place. Il y avait une déception, chez les trois hommes, mais également le sentiment de pouvoir trouver ici une clé dans leur énigme.

La maison de Pascal était encore fermée, mais celle de Martin et Vinciane était ouverte. Goujon autorisa deux hommes à y entrer, considérant l'urgence, mais seulement pour voir, sans rien toucher. Des gendarmes sortaient bredouille du hangar, se dirigeaient vers les jardins. Goujon proposa à ses deux acolytes de faire le tour des extérieurs. Rapidement Barbot fit remarquer le pommier central, l'arbre sacré du groupe, comme une preuve pour se convaincre d'être au bon endroit. Goujon sut, du regard, qu'Amard pensait qu'il y avait un corps en dessous. Puis on alla jusqu'à la rivière, et peut-être eussent-ils eu le temps de repérer la terre meuble suspecte alors si, de l'autre côté vers l'entrée, on n'avait pas poussé des cris pour alerter : c'était des bouts de la voiture qu'on commençait à trouver.

Amard était tiraillé. Il voulait d'un côté suivre les fouilles, jusqu'à ce que le corps de Marco fût déterré. Il voulait d'un autre côté prendre la route, pour tâcher de retrouver le groupe. Avec les morceaux de la Mégane, il avait sa confirmation. Rester là ne l'aidait pas à savoir où ils étaient tous allés se cacher.

- Je comprends que vous soyez tiraillé, lui fit Goujon, le faisant sursauter.

- Je suis coincé, surtout, répondit Amard. Il n'y a qu'Anna, maintenant, pour nous aider.

- Je l'ai faite conduire à l'hôtel de police, elle m'y attend. Elle n'a pas opposé de résistance, mais elle n'a rien dit pour l'instant.

- Elle ne dira rien, fit Barbot, à leur grand étonnement.

- Parce qu'elle ne sait pas où ils sont, c'est ce que vous voulez dire, compléta Goujon.

- C'est bien cela, oui. Ne les sous-estimons pas. Il faut plutôt chercher une faille, cerner un possible endroit, un pied à terre, une complicité.

- Nous enquêtons... Nous enquêtons...

- Ainsi donc, fit Amard, vous ne m'en direz pas plus, je ne crois pas me tromper.

- C'est donnant donnant, et là vous n'avez rien, sourit Goujon.

- Je ne sais plus si j'ai eu l'occasion déjà de vous dire que je n'aimais pas votre ton, votre arrogance, votre toupet. Vous cachez mal vos ruses derrière votre intelligence. Je vais donc partir sur le principe que je peux me passer de vos informations, comme vous devrez vous passer des miennes. Comme vous le dîtes, je n'en ai pas, sourit-il en retour, tendant la main pour l'au revoir.

Goujon songeur, Barbot dans ses réflexions, ils regardèrent à peine partir Amard, se retournant vite vers les hommes qui fouillaient, qui extirpaient. Ils entrèrent dans la maison, Goujon insista surtout qu'on ne touchât à rien, qu'on ne fît qu'observer, après avoir enfilé les surchaussures et les gants bleus jetables qu'on leur offrait. Un premier passage avait été effectué, sans découverte macabre, avec le sentiment que le groupe avait eu le temps de se préparer, de retirer de là tout ce qui pouvait les compromettre. Mais Goujon se méfiait, convaincu qu'ils avaient fait des erreurs, certainement, avant de quitter les lieux. Il y avait par exemple encore les œuvres de Vinciane, ses peintures. Il y avait les deux petits autels, quelques bougies, qui suscitèrent la curiosité de Barbot. Il allait commencer un cours sur le sujet quand Goujon les fit passer d'autorité à la suite de la visite. Dans le salon qui précédait le bureau-bibliothèque, leurs regards furent attirés par les statuettes de Rodin, Goujon par cette cariatide qui, sous la pierre, lui fit goûter le fardeau qui s'annonçait pour lui, Barbot par la vieille heaumière, qui le renvoya à son profil de vieux garçon et à la tristesse de sa vie parisienne de fonctionnaire.

- Voyez ce qu'ils arrivent à nous faire ressentir, osa Barbot, comme si la présence de ces deux objets étaient un fait exprès. Ils sont plus forts qu'on ne le croit, ajouta-t-il, accablé par les seins flasques de la vieille femme.

Mais Goujon, émerveillé par la beauté et la sérénité des visages, prit le chemin du bureau comme s'il n'avait rien entendu, tout en pianotant sur son téléphone, des notes pour lui-même. Il découvrait en leurs hôtes des personnes de goût, les étagères de livres le confirmèrent. Barbot semblait partager son point de vue. Particulièrement attiré par le piano, il estima à voix haute qu'on allait trouver là des documents oubliés, à n'en pas douter, dans des recoins, entre les pages. Goujon voulait s'arroger le droit de tout fouiller, il ne savait pas ce qui l'en empêchait. Mais il était aussi convaincu du contraire, sûr d'une certaine méticulosité, et que si fétichismes il y avait, aucun ne leur donnerait de pistes.

Ils visitèrent les chambres. On y percevait l'odeur du cercle, au-delà des encens qu'avait dispersés Vinciane jour après jour. On ressentait la sueur, l'alcool, les fumées, sans aucune rationalité scientifique à toucher, sans aucune piste policière à suivre. Goujon était troublé par les indices olfactifs. Fut-il un chien, se dit-il, les aurait-il retrouvés dans l'heure. Barbot se pensait au cœur de la fabrique, ébloui ; c'était là, dans ces pièces, qu'on avait imaginé la visée du cercle, qu'on avait conçu ces idées qui avaient conquis le public, qu'on avait même créé, c'était sûr, les enfants sacrés du cercle. Ils étaient tous deux concentrés dans leurs pensées, dans un silence que réduisaient à peine les bouts de tôle qu'on mettait dehors en tas.

Goujon s'assit sur le lit d'Agnès, encore animé par les effluves mariées d'un air vicié qu'il ne voulait surtout pas qu'on évacuât. Sans doute fut-il resté là longtemps à réfléchir, si Barbot n'avait pas été tout près, debout, dans l'attente, le visage partant en tout sens comme s'il pouvait lire sur les murs et plafonds l'histoire de cette communauté.

- Rien de probant chez Priscilla, fit Goujon tout en regardant son téléphone. Son mari est mort il y a peu de temps, mais elle n'a rien à voir dans ce décès, semble-t-il. Ses beaux-parents étaient inquiets : ils avaient déjà fait une démarche auprès de la gendarmerie, auprès de l'école des petits, sans suites, sans enquête particulière. On n'a pas mieux pour Maria. Espagnole d'origine, son mari est mort dans un accident de voiture, elle a failli y passer aussi, mais il y a déjà quinze ans.

- Il est classique que les communautés accueillent des individus fragiles, qui ont besoin d'aide, fit Barbot tout en sachant que ce n'était que banalités. Les autres noms, on en sait déjà quelque chose ?

- Agnès, Nicolas, c'est tout pour le moment. Affaire à suivre. Mais on a un profil intéressant, un homme qui travaillait ici, Pascal, corse, et on sait d'où précisément.

- Et si nous allions voir Anna, réagit Bobard, tel un coéquipier. Nous n'avons plus rien à faire ici.

*

À l'aller, la voiture avait été silencieuse, Goujon et Barbot se connaissaient encore peu, l'inspecteur se concentrait sur la route mais aussi sur Amard, qui roulait derrière eux. Au retour, Barbot se sentit plus à l'aise, comme s'il s'était réellement trouvé un collègue, un ami, un frère. Alors que Goujon n'avait qu'une hâte, arriver à destination pour continuer le travail, Barbot voulut discuter comme jamais il n'avait l'occasion de le faire au bureau. Il le désira d'autant plus, dit-il, qu'il sentit que sa mission s'arrêtait là, qu'eût-il à faire d'une affaire de meurtre, on lui dirait de laisser la police faire son travail.

- On n'accepte plus aucune alternative, commença Barbot, estimant qu'il devait reprendre la conversation sur une banalité bien évasive.

- Il y a quand même eu deux morts, trancha Goujon, agacé par l'étroitesse des chemins qu'ils parcouraient.

- En avaient-ils le choix ? demanda Barbot.

- Vous parlez de légitime défense ? s'enquit Goujon après trois minutes de silence.

- Je ne suis pas juriste, je demande simplement s'ils avaient le choix, fit Barbot, piqué.

- Tout comme celles et ceux qui ont rejoint le groupe, ont-ils eu le choix ?

- On ne le sait pas encore, mais j'ai le sentiment qu'ils l'avaient. Parfois j'aimerais mieux les rejoindre plutôt que les combattre.

- C'est étonnant de votre part.

- De faire la part des choses ? s'amusa Barbot.

- De jouer avec la mort, trancha Goujon, agacé, arrivé sur la grande route, par la circulation ralentie de l'été. À ce train-là, nous n'aurons plus d'Anna à interroger, continua-t-il, hors de propos. J'aurais apprécié lui tirer moi-même les vers du nez. Et vous, à les défendre ! je ne comprends pas bien vos histoires. Je ne comprends pas cet engouement, ces porte-clés, comme ces conneries d'étoiles.

- Une fois, songea Barbot, alors que la voiture était arrêté dans le bouchon, je prenais ma douche, voyez-vous, et comme toujours machinalement j'allais prendre le morceau de savon, à l'aveugle, voyez-vous, je l'empoigne, et je sens que c'est plus mou que cela ne devrait l'être. Dans ma paume je sens des poils, puis entre mes mains je sens de petites tiges, des pattes, sans vie. Cela ne prend que des dixièmes de secondes, des centièmes de secondes peut-être même, voyez-vous, un rien, mais je me souviens parfaitement de ces trois étapes, aussi vives fussent-elles. La mollesse, la pilosité, puis cette sensation de mort, ou plutôt d'absence de vie. Combien de temps encore, moins d'une seconde sans doute, pour tourner la tête, ouvrir la main et constater qu'en lieu et place du savon, c'est un mulot raide mort qui se trouve là. Par réflexe je le lâche, j'ai du sang dans la main, tout comme du sang coule à mes pieds, quelques instants seulement. Je n'ai jamais retrouvé le savon, ensuite.

- Arrêtez-vous là, fit Goujon. Je n'ai rien contre vous, au contraire, mais je ne vois pas où vous voulez en venir...

- C'est rapport à vos croyances, s'excusa Barbot. Auriez-vous un jour cru au Trou de l'Enfer ? Et vous l'avez vu, vous l'avez observé. Laissez-moi terminer, avec mon savon.

- Si cela vous fait plaisir, réagit l'inspecteur, agacé de ne pas avoir de message alors qu'il pouvait les lire à l'arrêt.

- Voyez-vous, c'est la première fois que je le raconte à quelqu'un.

- Je ne sais pas si vous faites bien.

- Il aurait fallu que ce soit un rat, pour que ce soit impressionnant, fantastique, mais ce n'était qu'un mulot. Je n'avais pas de chat, je vivais seul. Et je n'ai jamais retrouvé le savon.

- Vous l'avez déjà dit. Peut-être était-il dans le mulot ? Encore une fois, où voulez-vous en venir ?

- Je veux dire qu'il faut accepter ce qu'on ne comprend pas.

- Il y a toujours une explication rationnelle. Vous savez que votre histoire peut très bien se satisfaire d'une explication rationnelle.

- Je le sais, oui. Mais, voyez-vous, je m'essuie, je vais chercher de quoi ramasser la pauvre bête, et quand je reviens elle n'est plus là.

- Et le savon est revenu.

- Je vous ai bien dit que je ne l'avais pas retrouvé.

- Alors c'est tout ?

- J'ai déménagé quelques temps après, je ne supportais plus de l'entendre courir dans les combles, ce mulot, seulement quand je fermais les yeux, jamais quand je lisais, jamais quand je m'attendais à le voir. Jusque-là, jusqu'à l'épisode de la douche, ce n'était jamais arrivé, l'entendre dans les combles. C'était comme si c'était le fruit de mon imagination, mais cela ne l'était pas, j'en suis sûr.

- S'ils n'avaient pas le choix, s'ils les ont tué parce qu'ils étaient eux-mêmes menacés, alors ils s'en expliqueront. Pour le reste, je veux bien faire l'effort d'ouvrir mes chakras, sourit enfin Goujon, mais uniquement si vous vous arrêtez là avec votre histoire ridicule de mulot.

Le sourire venait surtout de ce que la circulation devenait de nouveau fluide et que Valence n'était plus qu'à cinq minutes.

*

Amard n'avait rien eu d'autre pour lui que de l'espoir, quand il avait quitté Goujon. Il avait à présent, dans sa chambre d'hôtel, une sacrée piste à creuser. Il faisait maintenant sans l'aide de l'inspecteur, mais avec son instinct. Et son instinct, c'était une camionnette qui précédait la Mégane, quand la caméra avait repéré celle-ci le jour du meurtre de Giorgio.

Le cousin programmeur avait été sollicité pour envoyer tout ce qu'il pouvait d'exploitable, malgré le téléphone sous scellés dans les locaux de la police. Il y avait la notification qu'avait reçue Giorgio, mais aussi des captures préalables de l'avant ou de l'arrière des véhicules, pour la reconnaissance des plaques. Amard avait reçu une centaine d'images, mais se focalisa sur la Mégane et les photographies qui précédaient chaque passage.

Il en retira deux informations : premièrement la Mégane était plus légère au retour qu'à l'aller, suffisamment pour que cela se vît à l'œil nu ; deuxièmement il y avait un petit camion juste avant la Mégane, au retour, tandis que derrière Giorgio personne n'avait tourné comme eux pour les suivre. Amard en conclut, parce qu'il fallait bien envisager cette piste, qu'un groupe était allé chercher un véhicule, et qu'il le ramenait ensuite, que c'était le petit camion, qui avait poursuivi sa route jusqu'à la ferme tandis que Giorgio et le conducteur de la Mégane partaient s'affronter sur une route déserte.

Ce fut un exercice facile que d'obtenir l'identité du propriétaire du camion. Ce fut ensuite encore plus simple de chercher la trace du personnage sur les réseaux sociaux. Et quand apparurent des messages dignes du cercle, des liens vers leur site, le symbole de l'alambic mis en valeur, il sut qu'il avait une information que la police n'avait pas. Plus loin dans les publications du jeune homme, de belles photographies de ce camion dont il semblait si fier, qu'Amard put à loisir télécharger sur son ordinateur.

*

Avec Goujon, Anna n'avait rien dit de ce qu'il attendait. Elle était en pleurs, elle défendait son frère. Elle reconnaissait Priscilla, Agnès, Nicolas, Maria, Alain, Lily, même Pascal, elle ne cachait rien de ce qu'elle savait. Goujon croyait Barbot, ils étaient assez malins pour qu'Anna ne fût pas dans la confidence ; elle n'était pas vraiment du cercle. Goujon se désespérait, la recherche d'enregistrement des plaques de la voiture de Martin ne donnait rien, cela pouvait prendre du temps, trop de temps. La mère et la sœur d'Alain avaient été sollicités, mais il n'en était encore rien sorti, sans aucun échange entre eux depuis des mois. Du côté des proches de Lily, pour le peu qu'on en avait trouvé, il n'y avait rien de mieux, le retrait avait été aussi pour elle comme un principe de vie depuis sa rencontre avec Alain.

Dans la ferme, on faisait fonctionner les détecteurs dans le jardin. Tué par balle, on imaginait que Marco ferait sonner les appareils, il suffisait de quelques éclats. Mais ce furent les couronnes dentaires en métal de l'Italien qui mirent les outils de détection en alerte. À la nuit tombante on engagea les fouilles, et le corps fut dégagé sous la lumière de quelques spots installés dans la précipitation. Goujon reçut la nouvelle en même temps qu'il apprit que les cartes d'identité de Priscilla, Maria et Pascal avaient été enregistrées en juillet par la compagnie Corsica Ferries. Il fallait agir vite, pour lui, éviter de s'endormir.

*

Par messagerie cryptée, les échanges avaient été aussi brefs qu'efficaces. Les Corses avaient vu s'afficher « danger », tandis que dans la base militaire on recevait simplement « envoi gps urgent ». Alain ne comprit pas ce qui les empêchait de faire une phrase, comme si le nombre de mots augmentait le risque, mais il s'en tint à envoyer l'information demandée. Et tandis que le corps de Marco était retrouvé, on organisait au mieux le campement pour la deuxième nuit déjà ici du dernier groupe échappé de Valence.

Cinq personnes d'un coup, et non des moindres, ce n'était pas rien, surtout sans couchages avec eux. Martin et Vinciane avaient intégré que ce ne serait qu'une étape, et la première nuit sans dormir finit de les en convaincre.

Ils étaient des fugitifs, à présent. Bien malgré eux, et pourtant sans aucun état d'âme, ils se retrouvaient dans une situation inextricable. Ici ce n'était pas le lieu d'une communauté, mais c'était une cache, une planque, un abri peu discret. C'était un endroit amusant, dont on ne pouvait rien faire. Sa voiture, Martin savait qu'elle devenait inutilisable.

Les plaisanteries de Pablo lui étaient insupportables, qui parlait en rigolant du temps venu du suicide en groupe, qui cherchait des idées, qui parlait de tout dévoiler et de rameuter du monde, toute la communauté en ligne. Ils seraient sauvés, disait-il, s'ils débarquaient tous ici, les politiques ne pourraient plus les ignorer, on les laisserait vivre, on les laisserait s'installer, on leur offrirait des matelas, le chauffage pour l'hiver, de l'électricité, de la vraie, légale, « merde ! ». C'était un sacré défi écologique, la réhabilitation d'une telle base, et pour une cause comme la leur, qui pourrait dire non ?

Ces fantasmes, ils amusaient Agnès, par contre, heureuse de revoir Alain et Lily. Pour Martin ce n'était qu'insouciances, mais il n'osait pas dire que ce qui lui importait d'abord, c'était le confort. On en était là aux antipodes, et cela ne semblait plus gêner personne, quoique peut-être Lily, et encore, parce qu'elle s'inquiétait pour l'enfant qu'elle portait. Puis Vinciane lui expliqua pourquoi il en était ainsi, elle lui expliqua que cela faisait déjà quelques jours, ici, qu'on s'était fait une idée de la situation. Même Alain, qui avait mal vécu les premiers jours, s'était fait à l'idée. Ils oubliaient l'avenir, lui dit-elle.

Martin emmena Alain et Agnès à l'écart, il voulait reformer le groupe de pensée. Marcher dans le petit bois de la base lui parut propice à ces échanges, surtout loin de Pablo et de ses amis.

L'Apothéose, sous sa forme première, c'était terminé. Ils avaient réussi à ce que le cercle ne leur appartînt plus, à ce que d'autres groupes pussent s'y joindre, et que sa vérité ressortît, par cette diversité. Ils avaient réussi à constituer le récit véritable de l'Apothéose, sur lequel on pouvait à présent s'appuyer. Mais il était nécessaire que le cercle ne constituât pour personne une souffrance. C'était une manière peu subtile de leur dire que lui souffrait. Il était nécessaire que l'Apothéose ne fût pas une impasse, comme cette base, comme ce campement, qui en formait une dont plus personne bientôt ne croirait plus pouvoir sortir.

- Souvenez-vous de la seule crise qu'on a vécu, ajouta Martin, c'était quand Vinciane a lu son ode, et que cela n'a pas plu à Priscilla. Son texte était trop sombre, quand il fallait faire une ode à la nature. Vinciane s'était inspiré de la ballade du concours de Blois, de Villon, que j'ai relu ensuite, auquel j'ai beaucoup repensé dernièrement, et qui me dit tellement de choses aujourd'hui. Comme s'il y avait des signes prémonitoires, dans ces contradictions. Vinciane en avait repris quelques-unes, « je meurs de soif auprès de la fontaine », « en mon pays suis en terre lointaine ». On pourrait prendre cela comme des jeux d'opposition, mais aujourd'hui d'autres parties de ce poème sont en moi, « nu comme un ver, vêtu en président ; je ris en pleurs et attends sans espoir », « puissant je suis sans force et sans pouvoir, bien accueilli, rejeté de chacun ».

- Ce ne seront toujours que des morceaux choisis, fit Alain, cinglant.

- « Mon ami est qui me fait entendant d'un cygne blanc que c'est un corbeau noir ; et qui me nuit, crois qu'il m'aide à pouvoir. » Des signes et des alertes plutôt que des morceaux choisis.

- Mais ni Nostradamus ni les tarots n'ont jamais été une voie pour nous, Alain insista, je ne vois pas en quoi Villon le serait. Si tu veux qu'on trouve ensuite une solution, je suis d'accord, mais pas dans ces contradictions d'un autre siècle.

- « Ils manquent de lumières que nous avons eu le bonheur de recevoir, écrivait Péguy des non chrétiens. Ils ne voient point ce que nous voyons, ce qui éclate à nos yeux. »

- Ne te perds pas dans les citations, au risque de passer pour un être rouillé, sans imagination, fit Agnès en s'arrêtant de marcher. Asseyons-nous, trouvons la solution.

*

En Corse la réception du message ne provoqua pas grand émoi parmi le cercle. On se sentait en sécurité sur l'île, à tort ou à raison. Mais le frère de Pascal, quand il fut mis au courant de ce simple mot, « danger », il le prit moins à la légère. Ici aussi la police débarquait, arrêtait, enfermait, que croyaient-ils donc ? Que c'était un asile ? Ce mot, pour lui, c'était qu'ils étaient repéré, ou sur le point de l'être, et qu'il fallait bouger, se cacher, au moins quelques jours, le temps de voir.

Pascal, en son for intérieur, avait pensé depuis leur arrivée à l'histoire de Colonna. Il était natif du village lui aussi, qui s'était caché pendant quatre ans dans le maquis, dans le Sud de l'île.

Mais Colonna s'était caché seul, il n'y avait ni femmes ni enfants avec lui. On l'avait retrouvé, on l'avait condamné, puis il s'était fait tué en prison, cela faisait un peu plus d'un an, son nom était bien présent sur les murs de la ville, partout sur la route d'Ajaccio. Pascal était trop jeune pour avoir connu toute l'histoire, il était né quelques mois après l'assassinat du préfet, ce pour quoi Colonna avait été pourchassé puis condamné. Mais il en avait entendu parler, en long, en large et en travers, ç'avait été pendant longtemps un héros pour lui, par la force des récits qu'on en faisait autour de lui, un héros innocent, un martyre de la cause nationaliste. Puis c'était devenu un sujet sans intérêt, peu à peu, encore davantage quand il avait quitté l'île. Même quand l'homme s'était fait tué, Pascal s'en était à peine informé. Il avait trouvé la vidéo des obsèques, parce que c'était chez lui, il reconnaissait les visages, mais cela s'était arrêté là.

Il avait pensé à Colonna parce qu'il sentait que de nouveau Cargèse ferait l'actualité, mais pour d'autres raisons que ces assassinats qui faisaient parfois la réputation de la ville. Il s'était posé pour la première fois la question de savoir si leur histoire était bonne ou bien mauvaise, anecdotique ou bien d'ampleur, vouée à la postérité ou tout simplement ridicule. Quand il quittait sa fluctuante subjectivité, qui le faisait pencher d'un côté l'autre selon le moment, il s'accordait à croire qu'il n'y avait rien de figé encore. On était dans l'anecdote tant qu'un événement majeur n'avait pas lieu, se disait-il, la postérité ne dépendait plus d'eux, le cercle ne leur appartenait plus vraiment. Il ne voulait pas tant qu'il restât quelque chose de lui, il ne voulait pas tant que l'Apothéose eût une longue vie, il en avait toujours été sceptique ; mais il aimait Priscilla, il s'était embarqué dans leurs péripéties, il la trouvait tellement sincère, c'était pour elle qu'il s'inquiétait.

De leur côté Richard et Fanny furent convaincus par les craintes de Louis. Sous deux jours ils trouvèrent une location pour la semaine, d'une annulation de dernière minute, vers la côte. Fanny insista pour que Priscilla et Maria fissent de même, avec les jumeaux. Mais on ne trouvait pas d'autre maison, Louis refusant de solliciter ses réseaux ; c'était pour lui comme les livrer. Une fois la police sur place, tout le monde saurait, personne ne se gênerait pour dénoncer, dit-il ; le silence corse, il avait ses limites.

Pascal, devant cette peur qui se généralisait, se prépara mentalement au maquis, il n'était plus d'aucun secours ailleurs, ce serait sa manière à lui d'aider, que de disparaître. Maria pleurait. Et plus les minutes s'écoulaient, plus la panique prenait, plus on sentait que la fin était imminente. Pascal faisait déjà comme des adieux, il partait vers l'ouest, dans les champs, encore diminué par la blessure par balle. Fanny réclamait une voiture, au moins pour rejoindre la maison, Priscilla leur tendit les clés ; il n'y avait plus de proximité dans leurs yeux, juste un abandon. C'était fini, c'était Priscilla qu'on condamnait. Richard lui dit de trouver un hôtel au moins, que Louis pouvait les y conduire, mais on n'y croyait pas, on n'y croyait plus.

Le danger était réel. Louis demanda à Richard de prendre la route qui se perdait dans la campagne, de faire le grand tour par les collines, plutôt que de rejoindre directement Cargèse par la voie directe. Ainsi ne croisèrent-ils pas les deux voitures de police qui rejoignaient Paomia, ainsi ne furent-ils pas arrêtés, contrairement à Louis et Nelly, à Maria et Priscilla. Ainsi furent-ils définitivement hors d'affaire, surtout quand ils eurent à la suite abandonné la voiture de Pascal, qui formait leur dernier lien avec le cercle.

*

Amard jouait son jeu favori, fouiller les réseaux, ce qu'il faisait le mieux déjà dans ces affaires qui l'occupaient habituellement, de tromperies, d'adultères. Il connaissait les failles, il savait comment dresser le portrait complet d'un individu en quelques heures, résumer sa vie complète, rien qu'en passant d'une page web à l'autre, d'un compte à l'autre. Entre ce que chacun dévoilait sur soi et ce qu'on partageait, sans en avoir bien conscience, *via* ses connaissances, Amard nageait dans un océan d'informations comme dans de l'or, béat.

Pablo, c'était un cas d'école, un jeune homme fier et sûr de lui, se donnant un air anarchiste, écrivant tout le mal imaginable sur la surveillance généralisée du web tout en ne s'empêchant pas d'y étaler sa vie personnelle, et la vie de celles et ceux qu'il côtoyait. La soirée pendant laquelle il avait été recruté, elle était bien visible sur son mur de publications. En cherchant bien, Amard trouva même, sous forme de réponses à d'autres messages, des propos écrits pendant que Pablo était dans le domaine. C'était notamment les interactions avec un certain Simon, dont on notait qu'il était convaincu par l'Apothéose.

Amard prenait des notes, capturait des images, avant de fermer l'ordinateur portable comme pour laisser mijoter. Plusieurs fois il se réveilla dans la nuit, afin de creuser une nouvelle piste qui lui était venue dans un demi sommeil, le facebook et l'instagram du bar où avait eu lieu la soirée, les profils des dealers de Pablo. Mais ce furent surtout les comptes de la copine de Simon qui l'animèrent, en fin de nuit, après une nouvelle phase de sommeil. Trois photographies récentes l'intriguèrent. Il n'y avait pas dessous de commentaires de Pablo ou Simon, mais d'*aficionados* du cercle qui y avaient publié, comme une émoticône, le symbole devenu viral de l'alambic, tel un signe de reconnaissance. Il n'y avait personne, sur les clichés, c'était l'intérieur d'un bâtiment presque en ruine, la vue d'une longue route derrière ce qui semblait d'autres bâtiments encore, puis un chemin parmi les arbres.

Dans la salle de restauration de l'hôtel, au petit déjeuner, Amard fut pris de panique. Goujon, dans l'écran de télévision, venait de le surprendre. Les photographies d'identité de Martin et Vinciane étaient diffusaient en grand format, avec un bandeau déroulant qui, en bas, précisait qu'après la découverte d'un cadavre, les deux individus étaient activement recherchés. Il n'y avait qu'eux deux, on n'avait pas été plus loin dans ce qu'on pouvait transmettre aux médias, mais pour Amard c'était déjà beaucoup, beaucoup trop.

Ce qui ne fut pas accessoire à son goût, ce fut la mention de l'Apothéose, par les journalistes en direct comme dans les articles qui commençaient à être publiés un peu partout. C'était discréditer le mouvement aux yeux de l'opinion, en l'associant à un meurtre. Quand bien même on n'avait pas tous les éléments, pour Amard ce n'était pas une si mauvaise idée, dans l'absolu, mais cela réduisait aussi son temps pour les recherches. Bientôt la police elle-même allait fouiller sur le web ; même sans son talent, ils allaient trouver des éléments.

Barbot fut tout aussi surpris, la télévision allumée dans sa chambre pendant qu'il s'habillait. Ce ne fut pas la panique qui le prit, mais la colère. Il appela Goujon, lui fit part de son étonnement, avança que c'était le meilleur moyen d'aller vers une fin tragique, de les acculer ainsi. Goujon lui dit que le groupe réfugié en Corse était sur le point d'être cueilli, c'était pour dans la matinée. Barbot insista pour les autres. Les coincer de cette manière, c'était un point de non-retour. Goujon se renfrogna, dit qu'il n'avait pas le choix. Barbot répondit qu'il manquait d'imagination. Alors Goujon coupa court, c'était lui l'enquêteur, il avait à faire, merci de votre aide au revoir.

Si Barbot avait eu des comptes à rendre, ce matin-là, il eût appelé sa hiérarchie, à Paris, pour présenter son rapport, dresser un état des lieux, pour leur expliquer qu'il n'avait plus rien à faire ici, qu'il rentrait. Mais Barbot n'était pas en mission. Goujon, parce qu'il n'y avait aucune raison qu'il s'en inquiètât, n'avait pas pris la peine de vérifier ce que la Miviludes faisait là.

Barbot, au quotidien, à Paris, il s'ennuyait. Il voyait passer des messages, à longueur de journées, des plaintes plus ou moins fondées. Ce qui l'avait passionné, petit, dans ces communautés, il ne le retrouvait pas dans son travail de bureau. Il le retrouvait par contre dans l'engouement pour l'Apothéose. Les deux fonctionnaires, ils les avaient rencontrés de son propre chef, pour en savoir davantage. Avec Anna, il avait été maladroit, trop honnête, il lui avait tout dit, elle n'avait compris que le contraire, qu'il était un mauvais espion, qu'il venait démanteler le cercle. Avec Amard et Goujon, parce qu'il avait appris de cette erreur, il avait été plus intelligent.

Amard remonta dans sa chambre pour analyser les trois photographies de Katy. Ce qui l'aida d'abord, ce fut la piste visible au fond. Ce n'était pas une route, il y avait des symboles très particuliers qu'on devinait, quelque peu effacés, c'était large et droit, comme un tarmac : une piste d'atterrissage abandonnée. Les bâtiments à côté, leur forme n'avait rien à voir avec ceux d'un aéroport ou d'un aérodrome. Il comprit ce que c'était, il fallait maintenant trouver le lieu exact. Alors il crut faire la même démarche que le groupe, chercher sur le web. Il y en avait, des pages sur les bases militaires abandonnées, mais les photographies ne correspondaient pas, souvent sans vue d'ensemble, sans prises de vue globales des bâtiments. Ce fut en consultant une carte en ligne qu'il put constater d'une part que les bases aériennes référencées n'étaient pas nombreuses, que de telles bases abandonnées l'étaient encore moins. Il n'en trouva qu'une en visant le Sud, qui pouvait correspondre au peu qu'il en savait. Il fallait s'en contenter, le temps manquait : il envoya les coordonnées de localisation à ses clients.

Barbot se démenait aussi, mais d'une autre manière. Il avait retrouvé la source de l'Apothéose sur les réseaux, depuis un moment déjà, ce qu'il appelait « le compte zéro », comme le premier vecteur humain d'une épidémie. Il n'était pas parvenu à entrer en contact. Mais il avait de la matière, à présent. Il devait à la fois faire peur et donner confiance, dans un équilibre délicat, sans se faire repérer. Depuis un faux compte, il opta pour un message suffisamment explicite pour susciter l'attirance, en commentaire à une publication déjà ancienne : « le front ridé, les cheveux gris, elle abandonne sa maison ; et pour garder sa santé frêle, elle écoute bien ses enfants ; ce beau nez droit, grand ni petit, dont maints manants furent atteints ; un autre eden peut l'accueillir, pour défier l'âme et le temps. »

*

Interrogés par la police au sujet des groupes restés sur le continent, Louis et Nelly ne savaient rien, Priscilla et Maria ne disaient rien.

Sur la base on craignait de ne bientôt plus rien pouvoir manger, on avait peur de sortir pour le ravitaillement. Lily attendait, les autres se jouaient des médias, certains qu'on les chercherait longtemps avant de les trouver.

Les Italiens, sur les indications d'Amard, traversaient la frontière sans encombre, en deux voitures séparées de deux heures. Des armes les attendaient en France.

Pascal marchait vers les montagnes au Nord, vers cette chaîne qui l'avait émerveillé dans son enfance. Il marchait dans les champs, dans les bois. Le passage régulier de clôtures n'était pas aisé. La blessure se rappelait à lui. Il trébucha sur un obstacle, le barbelé lui entra dans la cuisse. Le chemin devenait plus escarpé, sans voies évidentes à suivre. Il avait le sommet au loin comme un objectif, dont il ne se souvenait pas le nom, il déviait souvent de cette trajectoire idéale. Le jour tombait dans son dos.

Son sac trop lourd, il l'abandonna près d'un arbre. Il n'avait plus sur lui qu'un téléphone à batterie déchargée. Il continuait de marcher comme il pouvait. Des étoiles apparaissaient, doucement, progressivement. Pascal était le moins mystique du groupe, pourtant ces étoiles donnaient comme un nouveau sens à sa vie, à ce qu'il en restait ; il se voyait les rejoindre, le sommet n'étant qu'une étape sur le chemin. C'est en les voyant se multiplier par la nuit conquérante qu'il trébucha une dernière fois, tomba dans une crevasse au fond de laquelle personne ne le retrouverait, jamais. Paralysé dans le trou, il s'éteignit en même temps qu'une lumière scintilla tout en haut, comme nouvelle.

*

Alors que le campement s'endormait, Alain vit le message de Barbot, sous le pseudonyme peu original de Paracelsus, avec une demande de mise en contact qui datait. Il alla trouver Martin. Celui-ci, ruminant jusqu'alors seul depuis leur promenade dans le bois, eut une petite mine enfantine en lisant le poème. C'était leur voie de sortie, fit-il, tandis qu'Alain redoutait le piège. Martin insista pour qu'on répondît, qu'on acceptât l'échange par messagerie privée ; on verrait bien alors, on se méfierait si besoin.

Alain ne fut pas plus long à convaincre. Quand l'échange fut autorisé, les messages commencèrent à affluer : « la Corse est tombée », « vos heures sont comptées », « l'Italie est à vos trousses », « je peux vous aider ». Barbot attendit patiemment qu'un « comment ? » lui arrive sur son petit écran, c'était le moment qu'il espérait depuis longtemps, depuis qu'il avait reconnu les mots de Villon dans les références du cercle.

Il redoutait toutefois la réception de sa solution. Il pensait comme Amard qu'ils étaient partis vers le Sud, ce qui n'était pas pour les aider au regard de ce qu'il avait à leur proposer. « La route est longue, ronde, jusqu'au vrai nom du poète, il faudra bien s'attacher, alors, là, je pourrais mieux vous guider ».

Alain coupa le signal. Il se mit aussitôt à chercher, pendant que Martin fouillait dans son esprit sans trouver. Le mot-clé, c'était Montcorbier, François de Montcorbier, le réel patronyme de Villon. C'était le nom d'une liqueur, en deux mots, dans les souvenirs de Martin. Tout attaché, Montcorbier, c'était un lieu-dit de Saône-et-Loire, près d'un village nommé Céron, à six ou sept heures de route en évitant les grandes voies. Et quand bien même on évitait les grandes voies, sa voiture devait être en ce moment l'objet d'une attention majeure, objecta Martin. Il y a bien le camion, répondit Alain. Alors nous en sacrifions certains, le comprit Martin. Nous prenons les devants, préféra corriger l'autre. Ils s'imaginaient déjà partir avec Lily, Agnès, Vinciane et Nicolas, tandis qu'ils invitaient Sabrina et Marion, avec leur voiture, à prendre Alban avec elles pour disparaître.

Pablo et Simon furent réveillés par Katy, sortie du sommeil par le bruit des deux véhicules qui quittaient la base. Après avoir parcouru les chambres, comprenant la duperie, ils constatèrent que seule la voiture de Martin restait, les pneus crevés. À la trahison répondait l'impuissance. Ils ne se sentirent pas en danger pour autant, sans urgence en pleine nuit. Quand ils se firent réveiller de nouveau, deux heures plus tard, ce fut encore pour constater leur impuissance, et trop sûrs d'eux les Italiens vengeurs ne firent pas dans le détail et tuèrent sans chercher à entendre que leurs véritables cibles n'étaient pas sur place.

*

Sur les écrans de tous les bars de France, le lendemain matin, l'histoire de l'Apothéose tournait en boucle. Comme la veille on voyait régulièrement les portraits de Martin et Vinciane, on rappelait le cadavre déterré dans le jardin, mais avec en nouveauté des images des alentours, par exemple de voisins bien distants qui ne s'étaient doutés de rien.

On discutait en boucle du phénomène qui s'était développé sur le web, de ce goût d'un jeune public qu'on disait perdu, pour cette philosophie fort discutable que promouvait le couple recherché. Les journalistes se moquaient tour à tour de la vie en communauté, de l'ésotérisme, de ces fameuses étoiles, de cette étrange recherche de la vérité, dans une consensuelle absence de neutralité. Ils avaient un air très sérieux pour montrer leur inquiétude : n'était-on pas dans la vérité alternative ? dans le complotisme anti-capitaliste ? dans l'ultra-gauche ? Les invités, des consultants, des spécialistes, des experts aux titres pimpants, confirmaient cette inquiétude. Alors on moquait de nouveau : fallait-il prendre ce groupe au sérieux ? On le redevenait vite, pourtant, sérieux : il y avait eu deux morts.

On apprit, en boucle, qu'il y en avait trois nouveaux, de morts, deux hommes et une femme, dans une base militaire désaffectée. Dans le village voisin, en pleine nuit, on avait entendu les coups de feu. La police avait mis du temps à réagir. Tués par balle, les corps avaient tous un tatouage au poignet au symbole de l'alambic.

Il n'était plus possible d'en rire, au moins pour la forme. On restait sérieux, on formulait des hypothèses : une expédition punitive, mais de qui ? Les journalistes et spécialistes ne savaient pas grand-chose au sujet des Italiens. Le grand gourou Martin n'avait-il pas tué certains de ses adeptes ? C'était le plus probable, disait un expert, au regard de ce qu'on savait. On avait déjà vu cela, par le passé : le maître du groupe, dans l'impasse, se retournant contre les membres de sa communauté. Certes l'expertise était toute relative, en plein été les principaux acteurs médiatiques étaient en vacances à la plage et n'avaient pas envie de rappliquer pour si peu. Parfois l'un d'entre eux intervenait à distance depuis son lieu de villégiature, et vu sa renommée on le repassait à l'antenne souvent dans la journée. Mais pour l'essentiel c'était des remplaçants qui trouvaient là le moyen de faire leur preuve, de se faire remarquer. Sans doute fallait-il en faire trop, créer le suspense. On s'attendait à d'autres rebondissements, dans les heures à venir, à d'autres morts, voilà ce qu'en boucle on annonçait.

Mais il n'y eut aucun rebondissement.

Il pût y en avoir, si par exemple Goujon avait regardé ces informations télévisuelles. S'il avait vu le directeur de la

Miviludes parler des sectes, de manière très vague, pour expliquer que c'était un phénomène qu'il ne fallait pas prendre à la légère, qui faisait des victimes. S'il l'avait entendu dire qu'on suivait de près, depuis quelques temps, la question de l'Apothéose, et surtout qu'on allait certainement mieux enquêter sur ce sujet, envoyer quelqu'un recueillir des témoignages. S'il avait vu cela, Goujon eût alors compris qu'il y avait un problème avec Barbot, qu'il n'avait pas été honnête, que ces remarques compatissantes sur le cercle étaient plus étranges encore qu'elles ne paraissaient l'être. Mais ces images, il ne les vit pas, personne d'autre qu'Amard et lui n'eût pu réagir, et ces images se perdirent dans l'oubli d'archives audiovisuelles qui ne seraient pas même exploitées par la suite quand des documentaires au rabais seraient montés sur le sujet.

Amard ne les vit pas non plus, ces images. En voiture pour Marseille c'était la radio qui l'informait des suites. Il n'avait de son côté pas de nouvelles des Italiens, ni de l'intermédiaire qui l'avait engagé. Il supposait que l'affaire était terminée, qu'ils avaient tué les bons. Il sut quelques jours après qu'alors il se trompait, mais ce n'était plus son problème.

Goujon avait fait une erreur grossière avec Amard, une erreur de débutant. Il lui avait fait confiance, et de la grande différence d'âge, vingt ans tout de même, il avait établi une supériorité abusive, il s'était fait avoir. Il eut beau solliciter la police des frontières, on ne trouva rien de probant. Et que trois inconnus furent ajoutés à la liste du groupe, ce ne fut pas une grande découverte, surtout qu'ils étaient morts. L'enquête sur place ne donna rien. La voiture de Martin fut fouillée, mais en vain.

*

Les six rescapés estimaient leur situation fragile. Il n'y avait plus d'argent, Barbot était leur seul secours. Dans la ferme familiale qu'il avait mise à leur disposition, à vingt minutes de leur lieu de rendez-vous, ils survivaient de stocks, ainsi que de petites cultures qu'ils développaient ensemble, dans l'isolement le plus total.

Barbot était retourné à Paris, il les protégeait à sa manière. Il revenait chaque fin de semaine avec des vivres, avec du vin, avec des livres, avec du matériel informatique aussi, des caméras, des capteurs, au fur et à mesure ils faisaient de la ferme un vrai bunker.

Leur nouvelle vie rurale était calme. Chaque couple avait sa chambre, on ne se permettait plus aucun écart, avec une timide réserve toute nouvelle entre eux, une nécessité de plus grandes tranquillités individuelles. On se partageait les tâches toujours aussi naturellement, malgré tout, on se retrouvait loin du tumulte vécu, loin de l'urgence.

Très vite dans les médias on perdit l'intérêt pour l'affaire. Elle disparut des écrans à la rentrée de septembre, derrière d'autres faits divers. Elle subsista dans la presse locale en Drôme, que suivait Alain par le web, jusqu'à la mi-novembre, quand un jeune homme de seize ans fut tué dans une rixe à la sortie d'un bal. Ce désintérêt des médias, quand bien même il ne supposait pas que la police avait enterré l'affaire, ce fut pour eux réconfortant.

Barbot soulevait régulièrement le sujet de l'Apothéose, chaque week-end. Au début les réactions furent vives, on ne voulait plus en entendre parler. Mais il continuait de l'évoquer, expliquant que la communauté existait toujours, qu'elle n'avait pas faibli. Peu à peu le sujet ne fut plus cause d'urticaires. Mais pour Alain, c'était un piège dans lequel ils se jetaient, s'ils s'invitaient de nouveau dans la mêlée.

On voulait trouver des gens de confiance, on ne crachait pas sur un ou deux médecins. Les grossesses avançaient sérieusement, mais sans aucun suivi. On ne voyait pas toutefois sous quelles garanties le contact pouvait être établi. Barbot, sur ce point, se voulut rassurant, et ce fut pour lui une question de vie ou de mort, pour les enfants.

Alors Agnès, Alain et Martin se retrouvèrent, ils reprirent leurs exercices, leurs échanges. Alain, en s'assurant toujours de la sécurité des connexions, observa de nouveau ce qui avait trait au cercle, sur internet. C'était moins spontané, mais les publications étaient plus riches. Passée la nouveauté pendant l'été, passé l'engouement, on s'était radicalisé, d'après lui, au bon sens du terme, c'était plus sérieux. On jouait avec d'autres références ésotériques, on en inventait parfois des originales. Alain voulait tirer parti de cette richesse, s'ils devaient être de nouveau actifs parmi ce mouvement qu'ils avaient initié.

Agnès se rappela Villon, la simple énigme que Barbot leur avait soumise, le poème mentionné par Martin, dans le bois. Lui-même choisit le commencement du texte, Alain poursuivit par quelques notes mystiques, avec l'appui d'Agnès. Ils associaient leur retour sur scène à la pleine lune de la fin novembre. Ils insistaient, partie la plus délicate du texte, sur ce qu'ils attendaient pour leur survie.

Elle n'était pas seulement médicale, l'aide qu'ils souhaitaient, elle était aussi financière. Barbot, malgré son dévouement, leur avait fait comprendre qu'il ne pouvait pas longtemps subvenir à leurs besoins. Alain avait vite trouvé des possibilités, qui supposaient une formation expresse au fonctionnement du dark web et des porte-monnaies électroniques, dans un environnement crypté qui ne pouvait souffrir toutefois d'aucune faille humaine. Il n'était pas question d'ouvrir une cagnotte en ligne au tout venant, mais de trouver, dans l'échange discret, des soutiens financiers de grande qualité, de grandes capacités.

« Vérité, bourde, aujourd'hui m'est tout un. Je retiens tout ; riens ne sait concevoir, - bien accueilli, rejeté de chacun. En notre grotte, à la fois nous sommes éloignés du ciel, à la fois nous ressentons sa force, son poids. Dans les temps écoulés, ni Mabon ni Shaiman ne furent ici honorés, mais c'est en cet esbat que nous faisons l'entrée dans l'autre monde, que nous commençons un nouveau cycle, une nouvelle année. Cet esbat devient une date majeure, en souvenir des morts disparus que l'on salue d'en bas.

« Le grand juge Boguet a eu raison d'eux. Nous considérant toutes et tous comme une vermine, comme des illusions sataniques, il s'est lui-même servi de mains étrangères pour punir les âmes innocentes qui nous avaient rejoints. Par la peur démoniaque qu'il a propagée, il en a éloigné d'autres de la vérité. Il nous a emprisonné dans un récit, tout comme il nous avait enfermé déjà dans de grands principes. Il n'est pas de monstre plus vile, et c'est pour l'abattre, lui et ce qu'il représente, que nous sortons enfin ce jour de cet enfer.

« Les danses finies, écrit-il, les sorciers viennent à s'accoupler. Entre deux parties de dés, nous veillons sur ces loups à naître, ne lui en déplaise, en déjouant ses ruses, son poison. Contre le juge Boguet, perdu dans ses principes, dans ses certitudes, le cercle luit, libère des maladies, pour que nos enfants vivent. Impuissant face aux accusations, le cercle jouit. Réduit à rien, étranger à ses anciens biens, dépossédé, le cercle originel est plus que jamais dans la nudité. Mais au contraire de ce que croit le grand juge, le cercle n'a pas le goût du sacrifice. Ces membres ne sont pas des bêtes sauvages, ils ne sont pas marqués, pas autrement que par l'alchimie qui les relie à l'ensemble de la communauté. Ils ne mangent pas de chair humaine, ni de sang. Ils n'attaquent pas comme ils ont été attaqués.

« Ces nouvelles terres qu'on laboure, elles sont notre résurrection. Les grains semés à la fin de l'été, ils sont les prémices d'une renaissance. Dans notre grotte, la culture est céleste. En cet exécrable corps, nous sommes condamnés à respirer la chaleur du soleil, le sel de la lune. Aux sept angles de notre forteresse, île volante à l'abri des assauts, ce sont autant de portes qui s'ouvrent sur le monde, dans un cycle sans fin dont nous ne sommes qu'au début. Nous avons perdu notre frère, nous avons perdu notre maîtresse, nous avons perdu notre mère, nous avons perdu notre fou. Ces pertes sont une grande peine, et ce n'est plus chez nous que la communauté s'agrandira de nouveau. Ce n'est plus chez nous que s'édicteront les nouvelles règles.

« La lune veille sur nous, masse invisible d'étoiles. La communauté veille sur chacun de ses membres. Elle protège, elle prospère, elle aime, elle soigne. Dans les sombres strates de nos écrans, la confiance établie, ce soutien sera nécessairement d'espèces sonnantes et trébuchantes, à seule mesure de nos obligations. »

*

Suite à ce texte, la communauté reprit de la vigueur. De nouveau l'imagination des uns et des autres s'empara du mouvement. On vit fleurir des textes en l'honneur de l'Apothéose, des œuvres graphiques, parfois sous forme de profanes calendriers de l'avent, des représentations de personnages, plus ou moins inspirés des vrais. Les tatoueurs continuaient de recevoir des demandes pour ce signe, qu'ils ajoutaient ou non à leur catalogue, qu'ils refusaient parfois quand il étaient frileux quant à sa signification, surtout face à de jeunes clients. Une communauté se forma pour la création d'un jeu de rôles inspiré du cercle. Plusieurs livres étaient en préparation, petits opuscules qui trôneraient bientôt dans la boutique d'Anna, présentant le cercle, ses textes, ses idées, et donnaient quelques clés de compréhension, d'interprétation. Les éditeurs spécialisés dans le domaine se pressaient, afin d'être chaque fois le premier.

D'autres encore, qui étaient plus bercés dans l'ésotérisme, moquaient davantage ce mouvement qu'à ces débuts, non pas qu'ils l'eussent craint, mais parce que son amateurisme leur déplaisait. Pour eux, et ils n'avaient pas tort en théorie, c'était un enfantillage qui ne respectait pas les valeurs des différentes écoles auxquelles il faisait référence. Pour les wiccans, pour les alchimistes, pour les anarchistes, il n'y avait là rien qui valût la peine de s'investir, sauf pour émettre des critiques, sauf pour mettre en valeur, au contraire, leur propre mouvement. On leur répondait que tout naissait de joyeux mélanges, d'inspirations sincères, de réappropriations, mais c'était un dialogue de sourds qui se développait alors.

Barbot, dans le refuge bourguignon, avait pris la place d'Anna : il était devenu leur égérie. Avec le concours de Vinciane et d'Alain, il put concrétiser le mécénat dont ils avaient besoin. Deux richesses pécuniaires leur suffirent, ils refusèrent toutes les autres propositions. Deux hommes de confiance, âgés, seuls, sans liens entre eux, se proposaient de subvenir à leur besoin avec le versement d'une rente. Ils acceptaient tous deux de ne pas les rencontrer, de ne pas s'immiscer dans leurs décisions. En contrepartie, le groupe devait continuer son activité de réflexion et de communication, à laquelle ils souscrivaient complètement. Les deux hommes avaient à peu de choses près la même motivation, en outre le fait qu'ils avaient une fortune à distiller, sans femmes ni héritiers. Ils aimaient ce que le cercle représentait, ce qu'il instillait, ils appréciaient son succès.

De chez elle, Priscilla les enviait. Elle avait pris connaissance du texte, elle en avait pleuré. Elle regrettait le groupe, mais appréciait le suivi médical de l'enfant à naître. Elle croyait aux énergies cosmiques, à la vertu des plantes, mais aussi à la médecine, dont le développement, selon elle, s'était opéré dans l'histoire en concordance avec ses croyances. Bien sûr elle savait qu'on avait retrouvé dans l'usage des plantes, des méthodes pour mieux en extraire les principes les plus puissants. Mais elle était convaincu aussi que dès les prémices de la médecine, les ponts entre l'irrationnel et le rationnel étaient restés nombreux, comme avec un possible équilibre entre les médecines conventionnelles, constituées de chimies plus ou moins polluantes, et les médecines alternatives que certains, dont elle-même, disaient naturelles. Agnès et Lily n'avaient accès ni aux unes ni aux autres, c'était le problème fondamental selon elle. Elle s'en attristait pour elles deux, qui au loin partageaient certainement son point de vue.

Cette inquiétude était partagée par d'autres. À ce sujet, par le succès du cercle, l'aventure allait prendre fin, avec trois facteurs qui accélérèrent le mouvement.

D'abord il y eut une attente dans la communauté autour de la naissance des trois enfants. Cette impatience était palpable, elle participait de l'engouement pour l'Apothéose. Cette trinité, elle était un symbole fort, un événement d'ampleur. Personne ne connaissait le sexe de chaque enfant, pas même les trois mères, mais on donnait déjà des prénoms, sous forme ici de pronostics, là de prémonitions. Si la date ne faisait pas de doute, ainsi lors de la pleine lune du 25 janvier, on devisait longuement par ailleurs sur ce que l'arrivée de ces enfants signifiait pour l'avenir de l'Apothéose.

Tout le monde savait que l'un d'entre eux naîtrait en dehors, alors on disait parfois qu'il retrouverait de lui-même, par instinct, les deux autres, comme pourvu d'un système mystique de géolocalisation psychique. On les disait déjà frères et sœurs, qui se ressembleraient, au moins psychologiquement. Des groupes de trois étoiles, selon certains, venaient d'apparaître dans le ciel, tout juste avant eux. L'important c'était d'y croire, d'autant qu'en suivant les préceptes, chacun sur Terre était le garant de la vérité universelle. Les plus férus faisaient ajouter trois étoiles tatouées sous le symbole de l'alambic, à leur poignet, parfois conscients qu'ils augmentaient leur religion d'une trinité pour laquelle d'autres ne faisaient que peu de cas. Et ce fut l'occasion d'une discorde ; on s'opposait, certains mettaient en doute l'arrivée simultanée des trois enfants, leur gémellité.

À la mi-décembre, deuxième facteur d'accélération, un fait divers très médiatisé rappela celui-ci. Un jeune Anglais de 17 ans avait fui un groupement qualifié de spirituel, installé dans les Pyrénées, une communauté nomade dans laquelle vivaient notamment sa mère et son grand-père. Si le jeune Alex n'avait rien à reprocher à cette communauté, à ce qu'il semblait, les enquêteurs et journalistes insistèrent sur le fait qu'il y était entré quand il n'avait que onze ans, sans l'accord de sa tutrice légal, sa grand-mère. Au bout de six ans de cette vie, d'abord au Maroc puis en France, il en avait eu marre. Il voulait retrouver son pays. Les journalistes rappelèrent le nombre important de ces communautés, et firent le lien avec l'actualité récente de l'Apothéose, pour laquelle on soupçonnait jusqu'à cinq meurtres. Et de fil en aiguille, via des chroniqueurs bien informés, on parla des trois enfants à naître, en arrivant à la conclusion qu'on ne pouvait pas laisser faire cela. « Et ces enfants, d'ailleurs, seront-ils déclarés ? », demandait l'un. « Iront-ils à l'école, ou seront-ils livrés à eux-mêmes et à ses pseudo-éducations alternatives ? », demandait l'autre.

Quelques jours plus tard, dernier facteur d'accélération, alors que le président de la République était présent dans une émission pour répondre à des questions sur la dernière loi votée contre l'immigration, d'autres sujets furent abordés, comme les guerres contre l'Ukraine et contre Gaza, les violences faites aux femmes, mais aussi le phénomène des sectes.

- Vous l'avez vu, Monsieur le Président, commença le chroniqueur, le jeune anglais Alex, retrouvé près de Toulouse. Il a quitté, il a fui une communauté qu'il a qualifié de « spirituelle », ajouta-t-il avec un rictus contagieux, communicatif. Cette histoire pose bien sûr la question des sectes, de ce qu'on tolère à leur sujet. Cette histoire n'est pas sans nous rappeler celle de l'Apothéose, un phénomène récent qui jouit d'un grand succès, notamment auprès des plus faibles, auprès des plus jeunes. On vient d'apprendre, au sujet de cette secte, dont les membres sont des fugitifs, soupçonnés de meurtres, je le rappelle ; on vient d'apprendre que trois enfants allaient bientôt naître, chez eux, au sein de leur groupement. Ce n'est pas un mystère, et c'est un engouement sur les réseaux sociaux, qu'en pensez-vous ?

- Que les choses soient claires, répondit le président, je n'ai aucune tolérance pour ces groupes. Ils sont en effet sectaires, ils ne laissent pas de choix, ils endoctrinent, ils volent aussi souvent l'argent de leurs soi-disant membres. Il faut donc y donner une réponse claire.

- Mais régulièrement, ajouta le chroniqueur, de telles histoires nous parviennent, et rien n'est fait pour autant. Le directeur de la Miviludes, chargé de la lutte contre les dérives sectaires, nous l'avons reçu cette semaine, nous expliquait qu'il y avait des nuances, des définitions précises à respecter, des règles à contrôler, sur l'éducation par exemple, qu'il fallait regarder si la loi était respectée ou non. On peut avoir l'impression d'une impuissance, quand on entend cela, comme si on ne pouvait rien faire. D'ailleurs, concernant l'Apothéose, on n'en parle plus depuis plus de quatre mois, il n'y a plus d'enquête.

- Il y a une enquête, et je vous assure qu'elle se poursuit activement. Il y a des nuances, oui, mais là, vous l'avez dit vous-même, c'est une affaire de meurtres, c'est aussi une affaire d'enfants qui sont soustraits à la société. Dans ce cas précis nous n'avons pas à faire dans la nuance. Et vous pointez par ailleurs, c'est un sujet plus complexe, le succès sur les plus faibles, sur les plus jeunes. Là aussi, il faut une réponse, et elle sera donnée rapidement. Nous avons trois priorités conjointes qui doivent permettre de sortir de ce phénomène : d'abord responsabiliser les parents, les aider, en particulier avec internet, et nous travaillons là-dessus avec la Ministre des Solidarités et des Familles, avec les fournisseurs d'accès, également ; ensuite responsabiliser les entreprises du web, et c'est un travail de fonds que nous menons, et qui porte ses fruits ; enfin responsabiliser l'expression en ligne, et je suis désolé de le dire mais c'est punir quand il le faut ceux qui répandent des messages de haine, par exemple. On doit pouvoir prévenir, et en même temps sévir, quand c'est nécessaire. On le fera, je vous l'assure.

- Mais n'entendez-vous pas, fit la présentatrice de l'émission, alors, l'accusation de vouloir museler la liberté d'expression, ou encore durcir les peines pour les mineurs, qui souvent sont à l'origine de ces messages ?

- Quand on discute de meurtres et de ce qui relève d'une séquestration, réagit le président, je ne l'entends pas ainsi, non.

Il avait été prévenu à l'avance que ce sujet serait abordé, si bien que déjà des consignes avaient été données. Les plus fins limiers avaient été dépêchés. Goujon avait laissé l'affaire de côté depuis longtemps.

À peine l'entretien télévisé était-il commencé qu'on trouvait l'emplacement de la ferme et qu'on inventoriait par la même occasion tout le matériel informatique utilisé, dont les caméras et leur localisation. À peine l'entretien était-il terminé qu'on finalisait la procédure d'arrestation. Un simple encerclement ferait l'affaire, après coupure du courant et du réseau, avec une sommation de sortir à laquelle aucune résistance n'était possible.

*

Lily savait ses fautes, d'avoir engagé tous ces individus dans ses histoires familiales, mais elle ne se sentait pas coupable. Elle n'avait obligé personne, ni Alain, ni Martin. Celui-ci prit tout sur lui, pour protéger Anna et Vinciane. Il resterait enfermé, de même que Nicolas et Alain, tous les autres en liberté surveillée, même Barbot, en attente de procès.

Après la naissance des trois enfants, sans plus aucune force vive, avec le conseil soutenu pour les femmes libres de ne rien diffuser, le mouvement se délita doucement. Quand la machine judiciaire se mit en mouvement, ils n'eurent un soutien que marginal, on était passé à autre chose, c'était la fin de l'Apothéose.